Copyright Johnny Ring

Philippa Gregory, geb. 1954 in Kenia, studierte Geschichte und promovierte über die englische Literatur des 18. Jahrhunderts. Ihre historischen Romane sind weltweit Bestseller und wurden mit Starbesetzung verfilmt, zuletzt »Die Schwester der Königin« mit Natalie Portman, Scarlett Johansson und Eric Bana in den Hauptrollen. Außerdem arbeitete Philippa Gregory als Journalistin für Zeitung, Radio und Fernsehen. Heute lebt sie mit ihrer Familie in Nordengland.

Philippa Gregory

Order of Darkness

Sturmbringer

Aus dem Englischen von Maren Illinger

FISCHER Taschenbuch

MIX
Papier aus verantwortungsvollen Quellen
FSC® C083411
FSC www.fsc.org

Erschienen bei FISCHER Kinder- und Jugendtaschenbuch
Frankfurt am Main, November 2015

Die englische Originalausgabe erschien 2013
unter dem Titel ›Stormbringers‹

Published by arrangement with Simon & Schuster UK Ltd
1st Floor, 222 Gray's Inn Road, London, WC1X 8HB
A CBS Company

Für die deutschsprachige Ausgabe:

Lektorat: Sarah Iwanowski
Satz: Dörlemann Satz, Lemförde
Druck und Bindung: CPI books GmbH, Leck
Printed in Germany
ISBN 978-3-7335-0175-4

Auf dem Weg von Rom nach Pescara,
Italien, November 1453

Alle, die den fünf Reitern auf der holprigen Straße nach Pescara begegneten, wandten die Köpfe und sahen ihnen nach: die Wirtin, die ihnen im Gasthaus das Bier gebracht hatte, der Bauer, der eine Steinmauer am Wegrand errichtete, der Junge, der eilig vom Unterricht nach Hause lief, um seinem Vater im Weinberg zu helfen. Alle lächelten beim Anblick der jungen Frau und des jungen Mannes an der Spitze des kleinen Zuges, weil sie so jung waren, so schön, und, wie jeder sehen konnte, auf dem besten Wege, sich zu verlieben.

»Aber wo soll das alles bloß hinführen?«, fragte Freize an Ishraq gewandt und deutete mit einem Nicken auf Luca und Isobel ein Stück weiter vor ihnen auf der schnurgeraden Straße, die gen Osten an die Adriaküste führte.

Es war ein goldener Herbsttag. Die tiefen Furchen in der unbefestigten Straße, die im Winter zu unüberwindlichen Hindernissen werden konnten, störten die Reiter nicht. Die Pferde waren kräftig und trabten zügig der Küste entgegen.

Freize, ein junger Mann mit breitem Gesicht und gewinnendem Lächeln, kaum älter als sein Herr Luca, ließ Ishraq keine Zeit, um zu antworten. »Er ist bis über beide Ohren in sie verliebt«, fuhr er fort. »Wenn er die Welt kennen würde, wüsste er, dass er sich hüten sollte. Aber er ist schon als mickriger Knabe ins Kloster gekommen, und deshalb hält er sie für einen Engel, der vom Himmel gestiegen ist. Sie ist so strahlend schön wie ein Wandbild in der Kirche. Es wird mit Tränen enden. Sie wird ihm das Herz brechen.«

Ishraq zögerte mit ihrer Antwort. Ihre dunklen Augen richteten sich auf die beiden Gestalten vor ihnen. »Warum glaubst du, dass *er* das Nachsehen haben wird? Was ist, wenn er *ihr* das Herz bricht?«, fragte sie. »Ich habe noch nie erlebt, dass Isobel so in einen Jungen vernarrt war. Es ist auch für sie die erste Liebe. Sie ist zwar in einem Schloss aufgewachsen und wurde zur Fürstin erzogen, aber fahrende Ritter oder von der Liebe singende Troubadoure wurden dort nicht geduldet. Glaub nicht, dass es wie in einer der Balladen zuging, in denen edle Ritter den Damen Rosen durchs Fenster reichen. Sie ist sehr streng erzogen worden. Ihr Vater hat sie darauf vorbereitet, das Schloss und die Ländereien zu führen. Nach seinem Tod hat ihr Bruder ihr alles gestohlen und sie ins Kloster gesperrt. Diese Tage der Wanderschaft sind ihre erste Gelegenheit, sich frei durch die Welt zu bewegen – und meine auch. Kein Wunder, dass sie glücklich ist. Und es ist nur verständlich, dass sie gerade Luca ins Herz geschlossen hat. Er ist in ihrem Alter, er ist der schönste Mann, den wir – ich meine, den *sie* – je getroffen hat, er ist freundlich und einnehmend, und er kann die Augen nicht von ihr lassen. Welches Mädchen würde sich nicht auf den ersten Blick in ihn verlieben?«

»Es gibt noch einen anderen schönen Mann, den sie täglich um sich hat«, gab Freize zu bedenken. »Praktisch, freundlich, tierlieb, kräftig, bemüht, nützlich … und gutaussehend. Ich denke doch, die meisten würden ihn als gutaussehend bezeichnen. Wenn nicht gar als unwiderstehlich.«

Ishraq machte sich einen Spaß daraus, ihn falsch zu verstehen. Sie sah ihm in das runde, lächelnde Gesicht und die ehrlichen blauen Augen. »Du meinst Bruder Peter?« Sie warf einen Blick auf den mürrischen Schreiber, der ihnen mit dem Esel an der Leine folgte. »Ach nein, er ist viel zu ernsthaft für sie, und außerdem mag er sie noch nicht einmal. Er denkt, wir würden euch von eurer Mission abhalten.«

»Das tut ihr ja auch!« Freize gab den Versuch auf, mit Ishraq zu schäkern, und wandte sich wieder seiner ursprünglichen Sorge zu. »Luca ist vom Papst beauftragt worden, das Ende der Tage zu erforschen. Seine Mission lautet, die entsprechenden Anzeichen zu studieren. Falls uns morgen oder übermorgen tatsächlich der schreckliche Tag des Jüngsten Gerichts bevorsteht, wie alle zu glauben scheinen, sollte er seine letzten Stunden auf Erden nicht damit vergeuden, mit einer entflohenen Nonne herumzualbern.«

»Ich finde, er könnte nichts Besseres tun«, gab Ishraq zurück. »Er ist ein hübscher junger Mann, der die Welt entdeckt, und Isobel ist eine schöne junge Frau, die gerade der Herrschaft ihres Vaters und ihres Bruders entronnen ist. Was könnten sie in ihren letzten Tagen auf Erden Besseres tun, als sich zu verlieben?«

»So denkst du nur, weil du eine Heidin bist«, erklärte Freize rundheraus und zeigte auf die Hose, die sie unter ihrem weiten Gewand trug, und auf die Sandalen an ihren nackten Füßen. »Außerdem fehlt dir jegliches Gespür für unsere wahre Bedeutung. Luca muss dem Papst von jedem Zeichen berichten, das auf das Ende der Welt hindeutet, von jedem Teufelswerk. Er ist jung, aber er ist Mitglied eines äußerst wichtigen christlichen Ordens. Eines geheimen, päpstlichen Ordens.«

Sie nickte. »Wie so oft mangelt es mir an Verständnis für die Bedeutsamkeit der Männer. Du machst mir ganz zu Recht Vorwürfe.«

Der Spott in ihrer Stimme entging ihm nicht. Er amüsierte sich über ihren widerspenstigen Geist und bewunderte sie zugleich dafür.

»Wir *sind* wichtig«, beharrte er. »Wir Männer regieren die Welt. Du solltest mir mehr Respekt bekunden.«

»Bist du nicht bloß ein Diener?«, fragte sie neckend.

»Und was bist du?«, gab er zurück. »Eine arabische Sklavin? Eine Gelehrte? Eine Ketzerin? Eine Hofdame? Niemand scheint so recht zu wissen, was du bist. Ein Wesen wie ein Einhorn, seltsam und wunderbar, aber rar und vermutlich zu nichts zu gebrauchen.«

»Oh, da wäre ich mir nicht so sicher«, erwiderte sie gelassen. »Meine Mutter hat mich gelehrt, nie zu vergessen, wer ich bin – auch wenn es sonst keiner weiß.«

»Wahrhaftig, ein Einhorn«, sagte er.

Sie lächelte. »Vielleicht.«

»Du bist jedenfalls ein Mädchen, das seinen eigenen Kopf hat. Aber das ist höchst unmädchenhaft.«

»Natürlich frage ich mich, was aus uns werden soll«, fuhr sie mit ernsterer Stimme fort. »Wir müssen Fürst Vladislav finden, den Sohn von Isobels Paten, und ihn um Hilfe bitten, das Schloss und die Ländereien von Isobels Bruder zurückzuerobern. Aber was, wenn er uns seine Hilfe verweigert? Was tun wir dann? Wie soll sie je in ihre Heimat zurückkehren? Ich sage dir, Freize, ob sie in Luca verliebt ist oder nicht, ist im Augenblick unsere geringste Sorge.«

Vor ihnen warf Isobel den Kopf in den Nacken und lachte über einen Scherz, den Luca ihr zugeraunt hatte.

»O ja, sie scheint wirklich ganz krank vor Sorge zu sein«, bemerkte Freize.

»Wir sind glücklich, *inshallah*«, erwiderte Ishraq. »Ihr Herz ist leichter als in den ersten Monaten nach dem Tod ihres Vaters. Und wenn, wie dein Papst behauptet, tatsächlich das Ende der Welt bevorsteht, sollten wir uns lieber unseres Lebens freuen, statt uns um die Zukunft zu sorgen.«

Das fünfte Mitglied ihres Grüppchens, Bruder Peter, lenkte sein Pferd neben sie. »Wir werden die Hafenstadt Piccolo bei Sonnenuntergang erreichen«, sagte er. »Bruder Luca sollte nicht neben Fräulein Isobel reiten. Ihre Vertrautheit wirkt …« Er suchte nach dem richtigen Wort.

»Natürlich?«, schlug Ishraq vor.

»Unbeschwert«, fügte Freize hinzu.

»Unschicklich«, fuhr Bruder Peter ihnen über den Mund. »Vergesst nicht, dass Bruder Luca sein Leben der Kirche geweiht hat.« Er wandte sich an Ishraq. »Deine Herrin sollte neben dir reiten, den Blick sittsam gesenkt, ihr solltet nur das Nötigste miteinander besprechen, und das leise. Bruder Luca sollte allein reiten und beten oder sich mit mir über ernsthafte Angelegenheiten unterhalten. Außerdem gibt es eine neue Anweisung.«

Bei diesen Worten schlug Freize sich gegen die Stirn. »Die geheimnisvollen Anweisungen!«, rief er aus. »Immer, wenn wir gerade gemütlich reiten, ein freundliches Gasthaus vor uns haben und vielleicht ein paar müßige

Tage, in denen die Pferde ausruhen können, packt er seine versiegelten Anweisungen aus, und wir müssen Gott weiß was ermitteln!«

»Wir haben eine Mission«, entgegnete Bruder Peter gemessen. »Ich muss die versiegelten Anweisungen öffnen, wenn der richtige Zeitpunkt gekommen ist. Selbstverständlich müssen wir ermitteln. Der Sinn dieser Reise besteht nicht darin, von einem schönen Gasthaus zum nächsten zu reiten und Frauenzimmer aufzugabeln – auch wenn manche das denken. Nein, wir sollen die Vorzeichen der letzten Tage und das Ende der Welt erforschen. Mir wurde aufgetragen, heute bei Sonnenuntergang die nächste Anweisung zu öffnen. Gleich werde ich euch sagen, wo unsere nächste Station liegt und was wir dort untersuchen sollen.«

Freize steckte zwei Finger in den Mund und stieß einen durchdringenden Pfiff aus. Sofort blieben die beiden Pferde an der Spitze des Zuges stehen. Luca und Isobel wendeten und ritten zurück zu den anderen, die im Schatten einiger dichter Pinien gehalten hatten. Der Duft nach Harz lag süß und schwer in der Abendluft. Die Hufe der Pferde knirschten auf den herabgefallenen Piniennadeln, und ihre Schatten fielen lang auf den hellen sandigen Boden.

»Es gibt neue Anweisungen«, erklärte Freize seinem Herrn Luca und deutete mit einem Nicken auf Bruder

Peter, der ein gelbliches, gefaltetes Papier aus der Tasche seines Umhangs zog. Es war mit einem dicken, roten Wachstropfen versiegelt. An Bruder Peter gewandt fragte er neugierig: »Wie viele von den Dingern hast du noch da drin versteckt?«

Der Mönch würdigte den Diener keiner Antwort. Unter den Blicken der anderen brach er das Siegel auf und faltete das steife Papier auseinander. Er las schweigend, und sie hörten ihn einen kleinen enttäuschten Seufzer ausstoßen.

»Nicht zurück nach Rom!«, flehte Freize, außerstande, die Spannung länger zu ertragen. »Sag mir nicht, dass wir umkehren und wieder ins Kloster müssen!« Er fing Ishraqs belustigten Blick auf. »Diese Mission ist harte Arbeit«, fügte er schnell hinzu. »Aber ich will sie nicht unvollendet lassen. Ich habe ein starkes Pflichtgefühl.«

»Du würdest alles tun, um nicht zurückgehen und wieder als Küchenjunge schuften zu müssen«, bemerkte sie. »Genauso wie ich lieber hier bin, statt als Hofdame auf einem einsamen Schloss zu dienen. Immerhin sind wir frei. Wir wachen morgens auf und wissen nicht, was der Tag uns bringt.«

»Ich möchte euch daran erinnern, dass das hier keine Vergnügungsfahrt ist«, sagte Bruder Peter streng. »Wir werden in die Hafenstadt Piccolo reiten und ein Schiff nach Split nehmen. Von dort aus werden wir weiter nach

Zagreb reisen. An der Marienkirche vor den Toren Zagrebs sollen wir den Pilgerweg zu den Kapellen des heiligen Georg und des heiligen Martin einschlagen.«

Isobel stieß einen unterdrückten Freudenschrei aus. »Zagreb!« Luca streckte ihr die Hand entgegen – und zog sie bei dem Gedanken, dass er sie nicht berühren durfte, schnell wieder zurück.

»Wir haben den gleichen Weg«, sagte er, und die Freude in seiner Stimme war unüberhörbar. »Wir können zusammenbleiben.«

Bruder Peter entging ihr erfreuter Blick, weil er in die neue Anweisung vertieft war. »Wir sollen unterwegs auf alles achten, was uns ungewöhnlich erscheint«, erklärte er. »Wir sollen die Reise unterbrechen und Ermittlungen einleiten, wann immer uns Geschehnisse begegnen, die möglicherweise das Werk des Teufels sind: die Ausbreitung unbekannter Ängste, Zeugnisse menschlicher Bosheit oder andere Vorzeichen für das Ende der Tage.« Er faltete den Brief wieder zusammen und sah die vier jungen Menschen an. »Und da Zagreb auf dem Weg nach Budapest liegt und die jungen Damen darauf bestehen, nach Budapest zu reisen, scheint es Gottes Wille zu sein, dass wir unsere Reise gemeinsam fortsetzen.«

Isobel hatte sich wieder gefasst, als Bruder Peter den Blick zu ihr hob. Sie schlug die Augen nieder und vermied es, Luca anzusehen. »Wir wären Euch sehr dankbar für

Euer Geleit«, sagte sie sittsam. »Aber wir stoßen schon bald auf einen wichtigen Pilgerpfad. Sicherlich können wir uns dort einer anderen Gruppe anschließen, die denselben Weg hat wie wir. Wir wollen Euch nicht zur Last fallen.«

Lucas strahlendes Gesicht versicherte ihr, dass sie ihm nicht zur Last fielen, doch Bruder Peter kam ihm mit seiner Antwort zuvor. »Sobald wir auf eine Gesellschaft treffen, zu der auch Damen gehören, solltet Ihr mit dieser weiterreisen. Wir können nicht Eure Führer und Beschützer sein. Wir dienen einer höheren Mission, und Ihr seid nun einmal junge Frauen. Wie sittsam Ihr Euch auch betragt, Ihr lenkt uns dennoch ab und führt uns in die Irre.«

»In Vittorito hat die junge Dame uns gerettet«, bemerkte Freize ruhig und wies mit dem Kinn auf Ishraq. »Sie kann kämpfen und mit einem Langbogen schießen, und sie kennt sich mit der Kunst der Medizin aus. Es dürfte schwer sein, eine brauchbarere Begleitung für eine gefährliche Reise zu finden.«

»Sie lenken uns ab«, wiederholte Bruder Peter unbeirrt.

»Sie werden sich von uns trennen, sobald wir eine passende Reisegruppe für sie gefunden haben«, beendete Luca die Diskussion. Seine Freude, einen zusätzlichen Abend mit Isobel verbringen zu können und möglicherweise sogar noch einen weiteren, entging niemandem, am wenigsten Isobel. Ihre dunkelblauen Augen begegneten seinen braunen in einem langen, stillen Blick.

»Wollt Ihr gar nicht wissen, welche Aufgabe uns an den heiligen Stätten erwartet?«, fragte Bruder Peter vorwurfsvoll. »Fragt Ihr Euch nicht, welche ketzerischen Machenschaften wir ergründen sollen?«

»Doch, doch, natürlich«, erwiderte Luca schnell. »Sagt mir, womit wir es dort zu tun haben werden. Ich will mich darauf vorbereiten. Ich werde darüber nachdenken. Ich werde umfassend ermitteln, und Ihr werdet den Bericht schreiben und ihn an den Herrn unseres Ordens schicken, damit der Papst ihn lesen kann. Wir werden unsere Arbeit verrichten, wie unser Herr es befohlen hat, im Dienste des Papstes und zu Ehren Gottes.«

»Und in Piccolo bekommen wir sicher etwas Gutes zu essen«, schloss Freize fröhlich und bewunderte den blutroten Sonnenuntergang. »Morgen früh bleibt uns noch genügend Zeit, um uns Sorgen darüber zu machen, wie wir nach Kroatien kommen.«

Piccolo,
Italien, November 1453

Die kleine Hafenstadt war zur Landseite hin von hohen Mauern umgeben, und das Tor war bereits verriegelt. Freize rief nach dem Pförtner, der mürrisch den Fensterladen öffnete und den Kopf herausstreckte. Er erklärte, dass Reisende sich an die Sperrstunde halten müssten und er ihnen keinen Einlass gewähren könne, nachdem die Abendglocke geläutet habe und die Stadttore für die Nacht verschlossen worden seien.

»Die Sonne ist kaum untergegangen!«, wandte Freize ein. »Der Himmel ist noch hell!«

»Die Sonne ist untergegangen«, beharrte der Pförtner. »Wie soll ich erkennen, wer Ihr seid?«

»Da es noch hell ist, kannst du sehr gut erkennen, wer wir sind«, entgegnete Freize. »Und jetzt lass uns ein, oder es wird dir schlecht ergehen. Mein Herr ist Ermittler und reist im Auftrag des Papstes. Wir könnten nicht wichtiger sein, wenn wir Kardinäle wären.«

Murrend knallte der Pförtner seinen Fensterladen zu und trat ans Tor. Während die Reisenden im letzten goldenen Abendlicht warteten, hörten sie, wie er vor sich hin schimpfend das knarrende Tor so weit aufschwang, dass sie unter dem steinernen Bogen hindurchreiten konnten.

Das Städtchen bestand aus kaum mehr als einer Handvoll Gassen, die alle hinunter zum Hafen führten. Die Reiter saßen ab, sobald sie das Tor passiert hatten, und führten die Pferde vorsichtig über das abgetretene Kopfsteinpflaster den schmalen Durchgang zur Uferstraße hinab. Sie hatten den Ort durch das Haupttor an der Westseite der Stadtmauer betreten. An der Nord- und Südseite befanden sich jeweils kleinere Tore, die um diese Uhrzeit ebenfalls verschlossen waren. Auf dem Weg zum Hafen entdeckten sie am Ufer des dunklen Meeres die einzige Herberge des Städtchens, deren offen stehende Tür und von Kerzenschein hell erleuchtete Fenster sie freundlich willkommen hießen.

Die Reisenden führten ihre Pferde in den Stallhof, wo sie die erschöpften Tiere dem Knecht überließen, und traten in die Herberge. Durch die halbgeöffneten Fenster konnten sie die Wellen gegen die Kaimauer schlagen hören und den intensiven Geruch nach Salzwasser und feuchten Fischernetzen wahrnehmen. Der Hafen von Piccolo war klein, aber belebt. Etwa ein Dutzend Schiffe ankerte schaukelnd in der Bucht oder war an Ringen in der Hafenmauer vertäut. In den engen Gassen ging es trotz der einsetzenden Dunkelheit laut zu. Die Fischer waren auf dem Heimweg, und die letzten Reisenden verließen die Schiffe, die regelmäßig mit Waren beladen zwischen den Küsten verkehrten. Kroatien war keine hundert Meilen weit entfernt. Die Reisenden, die in die Herberge kamen und sich in die kalten Hände hauchten, beschwerten sich über den kräftigen Gegenwind, der ihre Überfahrt um gut zwei Tage verlängert hatte. Sie waren bis auf die Knochen durchgefroren. Der Winter stand bevor, und die Zeit für sichere Überfahrten würde bald vorbei sein.

Ishraq und Isobel bekamen das letzte freie Zimmer in der Herberge, eine kleine Kammer hoch oben unter dem spitzen Dach. Sie hörten Mäuse und vermutlich auch Ratten unter den Ziegeln rascheln, aber das störte sie nicht. Sie legten ihre Reitumhänge auf dem Bett ab und wuschen sich Hände und Gesicht in der kleinen Tonschüssel.

Freize, Luca und Bruder Peter sollten gemeinsam mit einem halben Dutzend anderer Männer in der gegenüberliegenden Dachkammer schlafen – so war es üblich, wenn das Haus viele Gäste beherbergen musste. Bruder Peter und Luca warfen eine Münze um den letzten freien Platz in dem großen Bett. Luca verlor und musste sich mit einem Strohsack am Boden begnügen. Die Wirtin entschuldigte sich bei dem jungen Mann, der wegen seines hübschen Gesichts und seiner guten Manieren schnell die Herzen der Frauen gewann. Sie erklärte, die Herberge sei an diesem Abend ungewöhnlich voll und morgen werde es wohl noch schlimmer, weil das Gerücht umgehe, eine große Pilgergruppe sei im Anmarsch.

»Ich weiß nicht, wie wir all die hungrigen Mäuler stopfen sollen«, klagte sie. »Sie werden sich mit Fischsuppe und Brot begnügen müssen.«

»Wohin geht die Pilgerfahrt?«, fragte Luca. Beschämt musste er sich eingestehen, dass er hoffte, die Gläubigen wollten nicht nach Zagreb. Er hatte keinen größeren Wunsch, als mit Isobel allein zu sein, und er wollte auf keinen Fall, dass sie sich einer anderen Reisegruppe anschloss.

»Nach Jerusalem, heißt es«, erwiderte sie.

»So eine weite Reise! Was für ein Abenteuer!«, rief er begeistert.

Sie lächelte. »Nicht für mich«, sagte sie. »Mir reicht das Abenteuer, sie alle satt zu bekommen. Was wünschen die Damen zum Abendessen?«

Freize, der die anderen manchmal bediente und manchmal mit ihnen aß, je nachdem, wie groß das Gasthaus war und ob man ihn in der Küche brauchte, wurde von der Wirtin ins Speisezimmer geschickt und setzte sich zu seinen Gefährten an den Tisch.

Die Mädchen empfingen ihn lächelnd, und er verneigte sich vor Isobel. Dabei entging ihm nicht, dass sie ihre blonden Haare sittsam unter einem schlichten Kopftuch verborgen hatte und ihre dunkelblauen Augen sorgfältig Luca mieden. Der wiederum konnte sich nicht beherrschen, ihr von der Seite her Blicke zuzuwerfen. Bruder Peter, dem diese Feinheiten entgingen, sprach ein langatmiges Dankgebet, und Isobel und Luca beteten mit ihm.

Ishraq schloss ihre dunklen Augen nicht und saß während des Gebets nachdenklich schweigend da. Sie sprach die christlichen Gebete nie mit, aber sie schien, wie Freize nach einem verstohlenen Blick durch seine gefalteten Hände vermutete, die Zeit des Dankgebets zu nutzen, um ihren Gedanken nachzuhängen. Allem Anschein nach betete sie nicht zu ihrem eigenen Gott. Soweit er wusste, war kein Gebetsteppich in ihrem kleinen Bündel, und er hatte nie gesehen, dass sie sich gen Osten richtete. In dieser und in vielerlei anderer Hinsicht, dachte Freize, war sie ein Rätsel, ein Fall für sich.

»Amen!«, sagte er laut, als er merkte, dass Bruder Peter endlich zum Schluss gekommen war und die Speisen aufgetragen werden konnten.

Die Wirtin hatte sich selbst übertroffen und schleppte nach und nach fünf Schüsseln herbei: zwei Sorten Fisch, geschmortes Lamm und einen etwas zähen gesottenen Fasan sowie eine Spezialität der Region, Pitadine, eine Art Pfannkuchen mit einer reichhaltigen, herzhaften Füllung. Freize versuchte sich in einem Anflug von Abenteuerlust an dem Gericht und lobte es überschwänglich. Die Wirtin lächelte und erklärte, wenn es ihm so schmecke, könne er Pitadine zum Frühstück, zum Mittag- und zum Abendessen bekommen. Die Füllung ändere sich je nach Tageszeit, aber der Pfannkuchen bleibe der gleiche. Dazu gab es grobes dunkles Brot, das frisch aus dem Ofen kam, mit Butter und zur Nachspeise Honigkuchen.

Die Reisenden langten tüchtig zu. Sie waren hungrig von ihrem beschwerlichen Ritt und gesellig gestimmt. Selbst Bruder Peter war durch das gute Essen und die Gastfreundschaft so beschwingt, dass er den jungen Damen ein Glas Wein einschenkte und ihnen zuprostete: »*Salute!*«

Nach dem Essen erhoben sich die Mädchen und wünschten allen eine gute Nacht. Ishraq stieg die Treppe zu ihrer Kammer hinauf, während Isobel noch einen Augenblick lang zögerte. Luca verließ beiläufig den Tisch und kam gerade rechtzeitig aus dem Speisezimmer, um ihr eine gute Nacht zu wünschen. Sie stand mit der brennenden Kerze auf den unteren Stufen, eine Hand auf dem schmalen Treppengeländer, und er legte die seine darauf.

»Wie es aussieht, werden wir noch eine Weile gemeinsam reisen«, sagte er schüchtern und blickte zu ihr auf.

Sie nickte. »Aber ich werde das Versprechen halten müssen, das ich Bruder Peter gegeben habe, und mich einer anderen Reisegruppe anschließen, sobald sich die Gelegenheit dazu bietet«, erinnerte sie ihn.

»Aber nur, wenn die Gesellschaft vertrauenswürdig ist«, entgegnete er.

Sie lächelte, so dass ihre Grübchen zum Vorschein kamen: »Sie kann gar nicht vertrauenswürdig genug sein.«

»Versprichst du mir, dass du deine Wahl sorgfältig triffst?«

»So sorgfältig, wie nur irgend möglich«, sagte sie, und ihre Augen strahlten. Dann senkte sie die Stimme und fügte etwas ernster hinzu: »So schnell werde ich dich nicht verlassen, Luca Vero.«

»Ich kann mir nicht vorstellen, ohne dich weiterzureisen«, brach es aus ihm heraus. »Ich kann mir nicht vorstellen, dich nicht jeden Morgen zu sehen und nicht jeden Tag neben dir zu reiten. Ich kann mir nicht vorstellen, diese Reise ohne dich zu unternehmen. Ich weiß, dass es verrückt ist – wir kennen uns erst seit wenigen Wochen –, aber du bist für mich …«

Er verstummte, und sie trat eine Stufe tiefer. Jetzt überragte sie ihn kaum noch. »Ja?«

»Unverzichtbar«, entgegnete er schlicht, trat auf die unterste Stufe und war nun auf einer Höhe mit ihr. Sie waren sich quälend nah, so nah, dass sie sich hätten küssen können, wenn er sich ein wenig vorgebeugt oder sie ihren Kopf ein wenig gedreht hätte.

Langsam beugte er sich vor, langsam drehte sie den Kopf …

»Wollen wir die Weiterreise planen, bevor wir zu Bett gehen, Bruder Luca?«, ertönte Bruder Peters trockene Stimme von der Tür des Speisezimmers her. »Wir sollten morgen früh zeitig aufbrechen.«

Luca wandte sich mit einem leisen Seufzen von Isobel ab. »Ja«, erwiderte er, »natürlich.« Er trat auf Bruder Peter zu. »Das sollten wir tun. Gute Nacht, Isobel.«

»Gute Nacht«, sagte sie leise und blickte ihm nach, während er ins Speisezimmer ging und die Tür hinter sich schloss. Sobald er verschwunden war, legte sie die Finger an den Mund, als spüre sie dem Kuss nach, zu dem es an diesem Abend nicht gekommen war und zu dem es auch niemals kommen durfte.

Schon früh am nächsten Morgen ging es am Hafen laut und lebendig zu. Die Fischerboote, die vor Sonnenaufgang aufs Meer hinausgefahren waren, drängten sich in dem engen Hafenbecken. Das Boot des frühesten Heimkehrers war an der Hafenmauer vertäut, die anderen Boote waren an Heck und Bug wie zu einer Kette daran befestigt. Die Fischer legten Planken von einem Boot zum nächsten und trugen ihre großen runden Körbe voller Fische an Land. Das Wasser troff ihnen auf die breiten Schultern, bis sie den Kai erreichten, wo sie die

Körbe aufstellten, um den Käufern ihren Fang zu präsentieren.

Der Himmel war voller Möwen, die über den Booten kreisten und herabschossen, um sich auf die Innereien der ausgeweideten Fische zu stürzen. Ihr Schreien und Kreischen war allgegenwärtig, und ihre glänzenden weißen Flügel blitzten in der Morgensonne.

An der Kaimauer wurden die frisch gefangenen Fische versteigert. Preise wurden ausgerufen und Hände in die Höhe gestreckt, bis der Meistbietende nach vorn kam, zahlte und den Korb entweder auf seinen Wagen hob, um ihn ins Landesinnere zu bringen, oder ihn die Steintreppe zum Marktplatz hinauftrug, der ein gutes Stück oberhalb des Hafens gelegen war.

Korb um Korb voll schwarz gesprenkelter, wie angelaufenes Silber glänzender Sardinen kam an Land. Die Wirtin der Herberge erstand zwei Körbe voll und wies den Stallknecht an, sie zum Gasthaus zu tragen. Die anderen Frauen der Stadt warteten ab, bis die Preise niedriger wurden, bevor sie auf einzelne Fische boten. Ehefrauen und Töchter liefen um die Boote der Männer und suchten sich einen guten Fang fürs Abendessen aus. Einige Fischer besaßen Waagen und wogen die schimmernden Fische für die wartenden Frauen, die sie entgegennahmen und in ihre Körbe legten.

Magere Katzen schlängelten sich um die Beine der

Käufer und Verkäufer und warteten darauf, dass die Eingeweide der ausgenommenen Fische zu Boden geworfen wurden. Am Himmel kreisten noch immer die Möwen, und die kalte Morgensonne schien so hell auf ihre glänzenden Flügel und auf die schimmernden Schuppen der Fische, als würden die Luft, das Land und das Wasser den Reichtum des Meeres feiern, den Mut der Fischer und den blühenden Handel von Piccolo.

Freize schlenderte durch das emsige Treiben, sog den scharfen Geruch von Fisch, Tang und Salz ein und zog vor den hübschesten Fischerfrauen den Hut. Er trat um die Fischeimer und Hummerkörbe herum und genoss den Lärm, die Freude und das Leben im Hafen. Er freute sich, der Einsamkeit des Klosters entronnen zu sein, während er sich einen Weg durch die Menge bahnte, um ein Schiff zu finden, das sie nach Osten bringen würde. Er hatte bereits mit einem Kapitän verhandelt und wollte noch einen anderen finden, um die Preise zu vergleichen. »Wahrscheinlich haben sie mich kommen sehen und sich längst auf einen Preis verständigt«, murmelte er bei sich. »Eine Reisegruppe aus Rom, zwei schöne Damen und ein Ermittler der Kirche – da würde ich auch ein saftiges Sümmchen verlangen. Ganz zu schweigen von Bruder Peters langem Gesicht. Allein die Aussicht auf seine Gesellschaft treibt den Preis in die Höhe.«

Während er sich umsah, strich ihm ein orangerotes

Kätzchen um die Beine. Freize blickte zu ihr hinab. »Hunger?«, fragte er. Das kleine Gesichtchen wandte sich ihm zu, das rosafarbene Schnäuzchen öffnete sich zu einem Maunzen. Ohne nachzudenken, beugte Freize sich vor und hob das Tier auf den Arm. Er konnte die zarten Rippen durch das weiche Fell spüren. Es war so klein, dass es problemlos in seine breite Hand passte. Es begann zu schnurren, sein ganzer Körper vibrierte unter dem tiefen, zufriedenen Geräusch. »Na, dann komm mit«, sagte Freize. »Mal sehen, was wir für dich finden können.«

In einer Ecke des Hafens, von einer unebenen Mauer vor dem kalten Morgenwind geschützt, saß eine Frau auf einem Stein und nahm ihre Fische aus. Die Innereien warf sie auf den Boden, wo die großen Katzen sich sofort darauf stürzten. »Die sind zu stark für dich«, erklärte Freize dem Kätzchen. »Du musst erst größer werden, bevor du hier etwas zu Fressen bekommst.« An die Frau gewandt sagte er: »Gott segne dich, Schwester, könnte ich einen Happen für das Kätzchen hier bekommen?«

Ohne den Kopf zu heben, schnitt sie ein Stück einer Schwanzflosse ab und reichte es ihm. »Ich hoffe, du hast tiefe Taschen, wenn du streunende Katzen fütterst«, sagte sie missmutig.

»Aber nein, sieh doch, du bist gut zu mir, und ich bin gut zu dem Kätzchen«, erwiderte Freize. Er setzte sich neben sie und nahm das kleine Tier auf die Knie, wo es die

Schwanzflosse mit verblüffender Geschwindigkeit verschlang.

»Willst du den ganzen Tag hier herumsitzen und ein Kätzchen bestaunen? Hast du keine Arbeit zu tun?«, fragte sie, als das Kätzchen auf Freizes Knien begann, sich mit der kleinen rosafarbenen Zunge die Pfoten zu putzen.

»Ach Gott! Hier sitze ich und vergesse mich selbst!« Freize sprang auf die Füße und nahm das Kätzchen auf. »Ich habe genug Arbeit zu tun, und wichtige obendrein! Danke dir, Gott segne dich, Schwester, ich muss jetzt gehen!«

Sie hob ihr von tiefen Falten durchzogenes Gesicht. »Und welche dringende Arbeit hast du zu tun, dass du Zeit und Geld vergeuden kannst, um herumzulungern und streunende Katzen zu füttern?«

Er lachte. »Ich arbeite für die Kirche, Schwester. Ich diene einem jungen Herrn, der im Auftrag des Papstes ermittelt. Ein brillanter junger Mann, der von seinem Kloster unter allen anderen auserwählt wurde wegen seiner Gabe, alles zu analysieren und zu begreifen – die größten Rätsel unserer Zeit. Er ist der Ermittler, und ich bin sein Freund und Diener. Ich stehe im Dienste Gottes.«

»Dein Gott scheint ja recht großzügig zu sein«, sagte sie lächelnd und zeigte dabei ihre schwarzen Zähne. »Kein Gott, der Pünktlichkeit verlangt.«

»Mein Gott tut keiner Fliege was zuleide«, versicherte

Freize. »Ein Lob auf ihn und all seine kleinen Geschöpfe. Einen guten Tag.«

Er steckte das Kätzchen in die Tasche seines Umhangs, wo es sich zusammenrollte und die Pfoten auf den Saum legte, so dass es hinausschauen und sehen konnte, wie sie zurück durch die Menge bis an den Rand des Kais gingen. Dort breiteten die Fischer ihre Netze aus, um sie zu flicken, holten die Segel ein und rollten die Seile auf.

Schließlich fand Freize einen Kapitän, der bereit war, sie zu einem gerechten Preis nach Split überzusetzen. Aber er wollte erst gegen Mittag aufbrechen. »Ich war die halbe Nacht auf See. Ich will jetzt ein gutes Frühstück und trockene Kleider, dann fahre ich Euch«, erklärte er. »Wir segeln am Mittag los, wenn die Glocke zur Sext läutet.«

Sie besiegelten die Abmachung mit einem Handschlag, und Freize kehrte zur Herberge zurück. Im Stallhof wies er den Knecht an, die Pferde rechtzeitig für die Abreise fertig zu machen. Er hatte den Eindruck, das Treiben im Hafen sei noch reger geworden, obwohl der Fischmarkt bereits geschlossen hatte. Vor der Herberge standen viele junge Menschen und spähten durch die Tür, und im Stallhof saß etwa ein Dutzend Kinder auf dem Steigblock und der Brunnenmauer. Einige von ihnen hatten den Eimer heraufgezogen und tranken aus der hohlen Hand.

»Was treibt ihr hier?«, fragte er eine Gruppe von sechs

Jungen, keiner von ihnen älter als zwölf Jahre. »Wo sind eure Eltern?«

Sie antworteten nicht sofort, sondern bekreuzigten sich erst feierlich. »Mein Vater ist im Himmel«, antwortete einer von ihnen.

»Gott segne euch«, sagte Freize in der Annahme, dass sie Betteljungen waren, die gemeinsam durchs Land zogen, um sich gegenseitig zu helfen und zu beschützen. Er durchquerte den Hof und betrat die Herberge durch die Küche, wo die Wirtin gerade mehrere ansehnliche Laibe groben Roggenbrots aus dem Ofen zog.

»Riecht das gut!«, sagte Freize genießerisch.

»Aus dem Weg«, erwiderte sie. »Für dich gibt es erst zum Frühstück was.«

Er lachte und ging in den kleinen Vorraum am Eingang der Herberge, wo er auf Luca und Bruder Peter traf, die sich mit dem Wirt unterhielten.

Luca wandte sich um, als er Freize kommen hörte. »Da bist du ja. Sind viele Leute draußen?«

»Es wird immer voller«, entgegnete Freize. »Kommt ein Jahrmarkt oder etwas in der Art hierher?«

»Ein Kreuzzug«, erklärte der Wirt. »Und wir müssen sie alle irgendwie satt bekommen und dafür sorgen, dass sie bald weiterreisen.«

»Das ist es also? Deine Frau sagte gestern, dass sie Pilger erwarte«, sagte Freize.

»Pilger!«, rief der Mann aus. »Tja, so hat man es uns gesagt. Aber jetzt sollen Hunderte, vielleicht sogar Tausende von ihnen in unsere Stadt kommen. Es ist keine gewöhnliche Pilgerfahrt. Sie reisen zusammen wie ein Heer. Es ist ein Kreuzzug.«

»Wohin wollen sie?«, fragte Bruder Peter.

Der Wirt schüttelte den Kopf. »Ich weiß es nicht. Sie haben einen Anführer, er wird es wissen. Ich muss jetzt den Priester holen, er wird sich darum kümmern, dass sie ein Dach über dem Kopf und etwas zu essen bekommen. Und ich muss dem Gutsherrn Bescheid geben, damit er dafür sorgt, dass sie weiterziehen. Hier können sie nicht bleiben. Abgesehen davon haben sie kein Geld, sie betteln sich durch die Welt.«

»Wenn sie im Auftrag Gottes handeln, wird er sie führen«, sagte Bruder Peter fromm. »Ich begleite Euch zum Priester und mache ihm klar, dass er sie gastfreundlich aufnehmen muss.«

Luca sagte zu Freize: »Komm, schauen wir uns draußen um. Ich habe gehört, dass sie nach Jerusalem wollen.«

Die jungen Männer traten aus der Tür und sahen, dass die Uferstraße voller Jungen und Mädchen war, einige von ihnen barfuß, einige mit kaum mehr als ein paar Lumpen bekleidet, alle schmutzig und müde. Die meisten saßen erschöpft auf dem Kopfsteinpflaster, manche standen aufrecht und betrachteten das Meer. Keiner von ihnen war älter als sechzehn, einige waren erst sechs oder sieben Jahre alt, und durch das Stadttor kamen immer mehr. Der Pförtner sah sie verstört hereinströmen und suchte fieberhaft nach einem Vorwand, um das Tor zu schließen und ihnen den Eintritt zu verwehren.

»Gott steh uns bei!«, rief Freize aus. »Was ist hier los? Das sind ja alles Kinder!«

»Es kommen noch mehr«, rief Isobel aus dem geöffneten Dachfenster. Sie zeigte über die Dächer der kleinen Stadt hinweg gen Norden, wo sich die Straße den Hügel hinunterwand. »Ich kann sie sehen. Es müssen mehrere Hundert sein.«

»Haben sie einen Anführer? Einen Erwachsenen?«, rief Luca ihr zu. Der Anblick ihrer offenen Haare und ihres geöffneten Nachthemdkragens brachte ihn völlig aus der Fassung.

Isobel schirmte die Augen mit der Hand ab. »Ich kann niemanden sehen. Niemanden auf einem Pferd, nur jede Menge Kinder.«

Zu Lucas und Freizes Füßen begann plötzlich ein kleines Mädchen leise zu schluchzen. »Ich kann nicht mehr gehen«, sagte es. »Ich kann nicht mehr. Ich kann einfach nicht.«

Freize kniete sich neben sie und sah, dass ihre kleinen Füße von Blasen und Schnitten übersät waren und bluteten. »Das kannst du wirklich nicht«, sagte er. »Und ich weiß nicht, was dein Vater sich dabei gedacht hat, dich ziehen zu lassen. Wo wohnst du?«

Ihr Gesicht leuchtete auf, die wunden Füße waren vergessen. »Ich wohne bei Johann dem Guten«, sagte sie.

Luca bückte sich zu ihr hinunter. »Johann dem Guten?«

Sie nickte. »Er hat uns hergebracht. Er wird uns ins Gelobte Land führen.«

Die beiden jungen Männer wechselten einen skeptischen Blick.

»Dieser Johann«, setzte Luca an, »wo kommt der her?«

Sie runzelte die Stirn. »Aus der Schweiz, glaube ich. Gott hat ihn geschickt, um uns zu führen.«

»Aus der Schweiz?«, rief Freize aus. »Und wo hat er dich aufgelesen?«

»Ich habe auf einem Hof bei Verona gearbeitet.« Sie streckte die Hand aus und rieb sich die Füße. Ihre Hände waren blutbefleckt, aber das kümmerte sie nicht. »Johann der Gute und seine Anhänger kamen auf den Hof und baten um etwas zu essen und einen Schlafplatz in der Scheune, aber mein Herr war ein harter Mann und schickte sie fort. Ich wartete, bis er schlief, dann liefen mein Bruder und ich ihnen nach.«

»Dein Bruder ist auch hier?«, fragte Freize und schaute sich um. »Ist er älter als du? Kann er auf dich aufpassen?«

Sie schüttelte den Kopf. »Nein, mittlerweile ist er tot. Er hat das Fieber bekommen und ist eines Abends gestorben. Wir mussten ihn in einem Dorf zurücklassen. Sie haben gesagt, dass sie ihn auf dem Kirchhof begraben würden.«

Freize legte Luca fest die Hand auf die Schulter und schob ihn ein Stück von ihr weg. »Was für ein Fieber?«, fragte er das Mädchen misstrauisch.

»Ich weiß es nicht. Es ist schon Wochen her.«

»Wo wart ihr da? In welchem Dorf?«

»Ich weiß es nicht. Es spielt keine Rolle. Ich muss nicht um meinen Bruder trauern, weil ich ihn wiedersehen werde, wenn er von den Toten aufersteht. Johann hat gesagt, er wartet im Gelobten Land auf mich, wo die Guten auferstehen und die Bösen brennen.«

»Johann hat behauptet, dass die Toten auferstehen?«, fragte Luca. »Dass sie aus ihren Gräbern auferstehen und wir sie wiedersehen?«

Freize beschäftigte eine andere Frage: »Wer kümmert sich jetzt um dich, da dein Bruder tot ist?«

Sie zuckte ihre mageren Schultern, als läge die Antwort auf der Hand. »Gott kümmert sich um mich«, sagte sie. »Er hat mich gerufen, und er leitet mich. Er leitet uns alle, und Johann sagt uns, was er will.«

Luca richtete sich auf. »Ich will mit diesem Johann reden«, sagte er.

Das Mädchen rappelte sich hoch, wobei es vor Schmerz zusammenzuckte. »Da ist er«, sagte sie und zeigte auf einen Kreis von Jungen, die gemeinsam durchs Stadttor gekommen waren. Sie hatten ihre Wanderstöcke an die Hafenmauer gelehnt und ihre Rucksäcke auf das Kopfsteinpflaster fallen lassen.

»Hol Bruder Peter«, befahl Luca Freize. »Er soll mitschreiben, was dieser Junge erzählt. Wir sollten herausfinden, was genau hier los ist. Vielleicht handelt es sich um einen echten Ruf Gottes.«

Freize nickte und legte dem Mädchen sanft eine Hand auf die Schulter. »Du bleibst hier«, sagte er. »Wenn ich wieder da bin, wasche ich dir die Füße und besorge dir ein Paar Schuhe. Wie heißt du?«

»Rosa«, sagte sie. »Aber mach dir keine Sorgen um meine Füße. Gott wird sie heilen.«

»Ich helfe ihm dabei«, erwiderte Freize. »Er freut sich über ein bisschen Unterstützung.«

Sie kicherte über seine Unverfrorenheit. »Gott ist allmächtig«, wies sie ihn dann ernst zurecht.

»Wahrscheinlich weil er ständig ein bisschen Unterstützung bekommt«, entgegnete Freize mit einem warmen Lächeln.

Luca beobachtete weiter die Pilgerkinder, während Freize die enge Gasse zum Marktplatz hinauflief, wo oberhalb einer breiten Treppe die Kirche aufragte. Als Freize die Treppe, zwei Stufen auf einmal nehmend, hinaufsprang, öffnete sich die Kirchentür, und Bruder Peter trat heraus.

»Luca braucht dich«, sagte Freize knapp. »Er will, dass du mitschreibst, wenn er mit dem Anführer der Pilgerkinder spricht. Sie nennen ihn ›Johann, den Guten‹.«

»Eine Ermittlung?«, fragte Bruder Peter eifrig.

»Mit Sicherheit, hier geht etwas Merkwürdiges vor sich.«

Bruder Peter folgte Freize zurück zur Uferstraße, die in der Zwischenzeit noch voller geworden war. Ununterbrochen kamen weitere Neuankömmlinge durch das Haupttor und die kleine Pforte an der Nordseite der Stadtmauer. Einige waren Kinder von neun oder zehn Jahren, einige junge Männer, Lehrlinge, die von ihren Meistern weggelaufen waren, oder Bauernjungen, die den Pflug zurückgelassen hatten. Schließlich trudelte ein Grüppchen kleiner Mädchen ein. Sie hielten sich paarweise bei den Händen. Luca vermutete, dass die kleineren, schwächeren Kinder am Ende des Zuges die anderen erst wieder einholten, wenn sie Station machten, und manchmal auch gar nicht.

Bruder Peter wandte sich an Luca: »Der Priester ist ein guter Mann und hat genug Mittel, um die Kinder zu speisen. Das Kloster backt Brot, die Mönche werden es später in die Stadt bringen und verteilen.«

»Es scheint eine Pilgergruppe zu sein, die nur aus Kindern besteht und von einem jungen Mann angeführt wird«, erwiderte Luca. »Ich denke, wir sollten ihn uns einmal vornehmen.«

Bruder Peter nickte. »Vielleicht handelt er im Auftrag Gottes«, sagte er bedächtig. »Aber vielleicht hat ihm auch der Teufel befohlen, diese Kinder zu stehlen. So oder so, unser Herr würde es wissen wollen. Wir sollten der Sache auf den Grund gehen und eine Ermittlung einleiten.«

»Angeblich spricht er von der Auferstehung der Toten«, berichtete Luca.

Die Auferstehung der Toten war ein Schlüsselzeichen für den Tag des Jüngsten Gerichts: Die Gräber würden sich öffnen, die Toten wieder auferstehen und über alle würde gerichtet werden.

Bruder Peter sah ihn überrascht an. »Er predigt vom Ende der Tage?«

»So ist es«, erwiderte Luca finster.

»Wer ist er?«

»Er heißt Johann«, erklärte Luca und steuerte durch die Menge auf einen Jungen zu, der für sich stand, den Kopf zum Gebet gesenkt. »Eins der Kinder nannte ihn ›Johann den Guten‹.«

Mittlerweise kamen so viele Kinder zur Uferstraße herab, dass Luca nichts anderes übrigblieb, als stehen zu bleiben und zuzusehen, wie sie vorbeiströmten. Es mussten etwa siebenhundert sein. Die meisten von ihnen sahen erschöpft und hungrig aus, aber alle wirkten hoffnungsvoll, einige sogar beseelt, als folgten sie einer heiligen Bestimmung. Luca sah, dass Freize das kleine Mädchen namens Rosa in die Küche gebracht hatte, um ihr die Füße zu waschen. Er dachte daran, dass viele kleine Mädchen wie sie unter den Kindern sein mussten, kaum in der Lage, mit den anderen Schritt zu halten, ohne jemanden, der sich um sie kümmerte, getrieben von der völlig unkindlichen Überzeugung, dass Gott nach ihnen rufe.

»Vielleicht ist es ein Wunder«, sagte Bruder Peter unsicher und kämpfte sich durch die Flut junger Menschen an Lucas Seite. »Ich habe so etwas schon einmal gesehen. Wenn Gott nach Pilgern ruft und sein Volk dem Ruf nachkommt, ist es ein Wunder. Wir müssen herausfinden, wie viele es sind, wohin sie gehen und was sie dort bewirken wollen. Vielleicht verfügen sie über Heilkräfte, vielleicht können sie hellsehen oder haben die Gabe der Sprachen. Vielleicht wurden sie aber auch schrecklich in die Irre geführt. Unser Herr wird alles über ihren Anführer und seine Verkündigungen erfahren wollen.«

»Johann der Gute«, wiederholte Luca. »Aus der Schweiz, hat sie gesagt. Der da ist es.«

Als hätte er ihren Blick gespürt, hob der am Tor lehnende Junge den Kopf und lächelte sie strahlend an. Er war etwa fünfzehn Jahre alt und hatte langes blondes Haar, das ihm in wirren Locken über die Schultern fiel. Seine Augen waren von intensivem Blau, und er trug die Kleidung eines Schweizer Ziegenhirten, einen kurzen Umhang, dicke, über Kreuz geschnürte Gamaschen und robuste Sandalen. In der Hand hielt er einen Hirtenstab, in den mehrere Kruzifixe eingeritzt waren. Unter ihren Blicken küsste er eines der Kreuze und flüsterte ein Gebet, dann wandte er sich ihnen zu.

»Gott schütze und behüte euch«, sagte er.

Bruder Peter, der eher daran gewöhnt war, Segen auszuteilen als sie selbst zu empfangen, erwiderte steif: »Und Gott segne dich. Was führt dich hierher?«

»Gott führt mich hierher«, erwiderte der Junge. »Und euch?«

Luca verkniff sich ein Lachen über Bruder Peters Überraschung, dass der Junge es wagte, ihn auszufragen. »Wir sind ebenfalls im Dienste Gottes unterwegs«, erklärte er. »Bruder Peter und ich ermitteln zum Wohle des Christentums. Wir sind Gesandte des Heiligen Vaters in Rom.«

»Das Ende der Tage steht uns bevor«, entgegnete der Junge schlicht. »Die Zeit des Christentums ist vorbei, und das Ende der Welt hat begonnen. Ich habe die Zeichen gesehen. Weiß der Heilige Vater das?«

»Welche Zeichen hast du gesehen?«, fragte Luca.

»Genug, um mir sicher zu sein«, erwiderte der Junge. »Deswegen sind wir auf unserer Reise.«

»Was hast du gesehen?«, wiederholte Luca. »Was genau?«

Johann seufzte, als hätte er genug von Zeichen und Wundern. »Viele, viele Dinge. Aber jetzt muss ich essen und mich ausruhen und mit meiner Familie beten. Dies alles sind meine Brüder und Schwestern vor Gott. Wir sind weit gekommen, und wir müssen noch weiter reisen.«

»Wir möchten mit dir reden«, sagte Bruder Peter. »Es ist unsere Aufgabe, dem Heiligen Vater zu berichten, was du gesehen hast. Wir werden darüber urteilen, ob deine Visionen wahrhaftig sind.«

Der Junge nickte gleichgültig. »Vielleicht später. Verzeiht mir. Aber so viele Menschen wollen wissen, was ich gesehen habe und was ich weiß. Urteile von dieser Welt interessieren mich nicht. Später werde ich predigen. Ich werde mich auf die Kirchentreppe stellen und zu den Leuten der Stadt sprechen. Ihr könnt kommen und zuhören, wenn ihr wollt.«

»Handelst du in heiligem Auftrag? Bist du ein Diener der Kirche?«, fragte Bruder Peter.

Der Junge lächelte und zeigte auf seine ärmlichen Kleider und den Hirtenstab. »Ich bin von Gott berufen, ich bin kein Gelehrter der Kirche. Ich bin ein einfacher Ziegenhirte, und ich gebe nicht vor, mehr zu sein als das. Er hat mich mit seinem Ruf geehrt, wie er vor mir Fischer und andere arme Menschen geehrt hat. Er spricht zu mir. Ich brauche keinen anderen Lehrer.«

Er drehte sich um und schlug das Kreuz über einige Kinder, die einen Psalm singend durch das Tor kamen und sich um ihn scharten, bevor sie sich auf dem harten Pflaster am Hafen niederließen, so unbeschwert, als säßen sie auf einer saftigen Wiese.

»Möchtest du nicht ins Gasthaus kommen und gemeinsam mit uns frühstücken?«, schlug Luca vor. »Dort kannst du dich stärken und ausruhen und uns von deiner Reise berichten.«

Der Junge sah sie einen Augenblick lang an. »Gut«, sagte er dann. Er drehte sich um und sagte etwas zu dem Kind, das am dichtesten bei ihm stand. Sogleich ließen sich die umstehenden Kinder auf der Uferstraße nieder, öffneten ihre Rucksäcke und begannen, ihren spärlichen Proviant zu essen – ein Stück trockenes Brot, etwas Käse. Die Kinder, die nichts bei sich hatten, blieben, wo sie waren, als wären sie zu erschöpft, um hungrig zu sein.

»Und deine Gefolgschaft?«, fragte Luca.

»Gott wird für sie sorgen«, entgegnete der Junge zuversichtlich.

Luca warf Bruder Peter einen Blick zu. »Der Priester wird ihnen etwas zu essen bringen, die Mönche im Kloster backen Brot für sie«, sagte Bruder Peter vorwurfsvoll. »Hast du überhaupt an sie gedacht?«

»Ich habe gewusst, dass Gott für sie sorgen wird«, erwiderte Johann. »Und nun sagt ihr mir, dass es so ist. Warum sollte ich an ihm zweifeln?«

»Tja, warum nur?«, gab Bruder Peter eisig zurück und ging in das Speisezimmer der Herberge.

Isobel und Ishraq frühstückten nicht mit den Männern. Sie warfen einen Blick durch die angelehnte Tür, sahen den jungen Johann am Tisch sitzen und trugen ihre Teller leise in ihre Schlafkammer unter dem Dach. Sie aßen am Fenster sitzend und beobachteten das Schauspiel auf der Uferstraße. Immer neue Kinder kamen an, die kleinsten und schwächsten, die kaum mit dem Zug mithalten konnten, zuletzt. Ihre zerlumpten Kleider zeigten, dass sie aus den unterschiedlichsten Gegenden stammten. Da waren Kinder aus weiter nördlich gelegenen Fischerdörfern in den rauen Kitteln jener Region, und da waren Kinder aus Bergdörfern in den Umhängen und Gamaschen der dortigen Schäfer und Ziegenhirten. Unter den Kindern waren auch viele Mädchen. Einige von ihnen trugen Kittel aus feinem Tuch und Schürzen aus Ziegenleder, als hätten sie in einem wohlhabenden Haus in Dienst gestanden. Isobel stieß Ishraq an, als drei Mädchen in Novizinnentracht, die Rosenkränze in der Hand und die kleinen verschleierten Köpfe gesenkt, unter ihrem Fenster entlanggingen.

»Die sind wohl aus dem Kloster abgehauen«, sagte sie.

»So wie wir«, stimmte Ishraq zu. »Was glaubst du, wohin sie wollen?«

Im Speisezimmer sprach der Junge das Tischgebet, segnete das Brot und verzehrte mit Appetit das üppige Frühstück, das Freize aus der Küche brachte. Nachdem er gegessen hatte, sprach er ein langatmiges Dankgebet und richtete einen kurzen Dank an Luca. Bruder Peter nahm Papier aus seinem Schreibkasten und tunkte die Feder in die Tinte.

»Ich berichte dem Herrn meines Ordens, der wiederum dem Heiligen Vater in Rom berichtet«, erklärte er, während der Junge ihm bei seinen Vorbereitungen zusah. »Wenn deine Reise auf Geheiß Gottes stattfindet, wird der Heilige Vater das erfahren und prüfen wollen. Wenn er glaubt, dass du einem heiligen Ruf folgst, wird er dich unterstützen. Aber auch wenn nicht, wird er alles über dich wissen wollen.«

»Meine Reise ist gesegnet«, sagte der Junge. »Glaubt ihr, dass wir so weit gekommen wären, wenn Gott uns nicht führen würde?«

»Wie weit seid ihr denn schon gekommen?«, fragte Luca vorsichtig.

»Ich war ein Ziegenhirte im Kanton Zürich, als ich Gottes Stimme vernahm«, erklärte der Junge. »Er sagte mir, dass im Osten schreckliche Dinge passiert seien. Etwas Schlimmeres als die Sintflut, die alle außer Noah ertränkt hat. Ein noch größeres Unrecht. Er sagte mir, die Osmanen zögen mit einem mächtigen Heer gegen das Christentum und hätten die heilige Stadt Konstantinopel, das Herz der Kirche im Osten, eingenommen und zerstört. Ist das wahr oder nicht?«

»Es ist wahr«, bestätigte Luca. »Aber das hätte dir jeder fahrende Händler erzählen können. Es geschah im Mai dieses Jahres.«

»Es war aber kein fahrender Händler, der es mir sagte, denn ich war mit meinen Ziegen allein in den Bergen. Jeden Tag bei Sonnenaufgang verließ ich mein Dorf und führte die Ziegen auf die Hochweiden, wo das Gras frisch und süß ist. Jeden Tag saß ich bei ihnen und hütete sie. Manchmal spielte ich auf meiner Flöte, manchmal lag ich auf dem Rücken und sah die Wolken ziehen. Wenn die Sonne in den höchsten Wipfeln der Weißbirke spielte, aß ich das Brot und den Käse, die meine Mutter für mich in ein Stück Tuch gewickelt hatte. Jeden Abend, wenn die Sonne unterging, brachte ich meine Herde sicher nach Hause und führte sie auf die Weiden und in die Ställe meiner Nachbarn. Ich sah niemanden, sprach mit niemandem. Mein einziger Gefährte war ein Engel. Dann, eines Tages, sprach Gott zu mir und sagte, die Ungläubigen hätten die Heilige Kirche von Konstantinopel erobert. Er sagte, das Meer sei so hoch gestiegen, dass sie mit ihren Galeeren über Land gerudert seien, über die Hafenmauer und in den Hafen hinein. Er sagte, dass die größte Kirche der Welt, die einst den Namen Hagia Sophia getragen habe, jetzt in den Händen der Heiden sei und dass sie eine Moschee daraus machen wollten; sie hätten den Altar fortgetragen und die heiligen Gänge geschändet, und dies sei ein Zeichen für das Ende der Tage. Ist das wahr oder nicht?«

»Die Ungläubigen haben die Kathedrale erobert«, gab Luca widerwillig zu. »Sie haben die Stadt eingenommen.«

»Und haben die Priester am Altar gebetet, als die Ungläubigen kamen und ihnen die Kehle durchschnitten?«, fragte Johann.

Luca sah Bruder Peter fragend an. »Sie haben bis zum letzten Augenblick die heilige Messe gefeiert«, bestätigte dieser.

»Sind sie mit ihren Galeeren über Land gerudert?«

»Das kann nicht sein«, unterbrach Luca.

»Es stimmt nicht ganz«, erklärte Bruder Peter. »Es war eine List. Sie haben die Galeeren auf große Walzen gehoben und sie über das Land bis in den Hafen geschoben. Der Teufel selbst muss ihnen eingeflüstert haben, Sklaven an die Ruder zu stellen und den Trommler den Takt schlagen zu lassen, so dass es wirklich schien, als ruderten sie durch die Luft. Alle sagten, es habe wie eine Flotte auf trockenem Boden ausgesehen.«

Luca schüttelte fassungslos den Kopf. Er kannte die Geschichte noch nicht, doch der Junge nickte, als hätte er die schreckliche Gotteslästerung mit eigenen Augen gesehen. »Gott hat mir gesagt, dass die Ungläubigen kommen und Schrecken über jedes Dorf der Welt bringen würden. So, wie sie durch Griechenland gezogen sind, würden sie weiter und weiter ziehen und nichts könne sie aufhalten. Er sagte, dass sie auch in meine Heimat kommen würden, in jedes Dorf in der Schweiz. Er sagte, dass sie von einem jungen Mann geführt würden, der kaum älter sei als ich. Ist das wahr?«

Luca blickte erneut zu Bruder Peter. »Sultan Mehmet ist neunzehn Jahre alt«, bestätigte dieser.

»Gott hat mir gesagt, dass es ein Krieg der jungen Leute und der Kinder ist. Die Ungläubigen werden von einem jungen Mann geführt. Ich habe meinen Ruf vernommen. Ich wusste, dass ich meine Heimat verlassen muss.«

Die beiden Männer schwiegen.

»Ich habe meinen Hirtenstab und meinen Rucksack genommen und meiner Mutter und meinem Vater Lebewohl gesagt. Das ganze Dorf kam zusammen, um mich zu verabschieden. Sie wussten, dass Gott zu mir gesprochen hatte.«

»Ist jemand mit dir gekommen?«

Er schüttelte den Kopf und starrte aus dem Fenster, als könnte er in den trüben Hornscheiben die Armut und den Schmutz der Dorfstraße sehen, das eintönige Leben der Menschen, die dem dünnen Bergboden mühsam ihr Brot abrangen, die jeden Winter hungerten und froren und selbst in der Wärme des Sommers nie vergaßen, dass die Kälte und der Hunger des Winters bald zurückkehren würden. Menschen, die darauf vertrauten, dass sich nie etwas ändern, dass das Leben im immer gleichen unerbittlichen Kreislauf aus harten Wintern und strahlenden Sommern weitergehen würde – bis sie eines Tages hörten, dass die Türken anrückten, und verstanden, dass mit einem Schlag alles schlimmer geworden war und noch viel schlimmer werden würde.

»Die Kinder haben sich mir unterwegs angeschlossen«, sagte Johann. »Sie haben meine Stimme gehört und sie haben verstanden. Wir alle wissen, dass das Ende der Tage naht. Wir alle wollen am Jüngsten Tag in Jerusalem sein.«

»Du glaubst, du schaffst es nach Jerusalem?«, fragte Freize ungläubig von der Tür her. »Du willst diese Kinder nach Jerusalem führen?«

Der Junge lächelte ihn an. »Gott führt sie nach Jerusalem«, erklärte er geduldig. »Ich gehe nur mit ihnen. Ich begleite sie.«

»Da hat Gott sich aber eine seltsame Route ausgesucht«, entgegnete Freize barsch. »Warum sollte er dich in den Osten Italiens schicken? Warum nicht nach Rom, um den Papst um Unterstützung zu bitten? Warum nicht weiter nördlich mit einem Schiff übers Meer? Warum sollte er wollen, dass all diese Kinder so lange laufen?«

Freizes lautstarker Zweifel schien den Jungen zu verletzen. »Ich führe sie nicht, und ich wähle die Route nicht. Ich gehe, wohin Gott mich schickt«, sagte er leise. Er sah Bruder Peter an. »Der Weg offenbart sich mir beim Gehen. Wer ist dieser Mann, und warum zweifelt er an meinen Absichten?«

»Das ist nur Bruder Lucas Diener«, erwiderte Bruder Peter gereizt. »Du musst ihm nicht antworten. Er nimmt an dieser Befragung nicht teil.«

»Bitte vielmals um Entschuldigung für die Unterbrechung«, sagte Freize ungerührt. »Aber darf ich die Reste des Frühstücks unter deinen Anhängern verteilen? Sie sehen hungrig aus. Es ist noch Fleisch übrig, und das Brot wurde nicht angerührt. Du hast gut gegessen.«

Der Junge reichte ihm seinen Teller und den Brotkorb, ohne noch einen Blick darauf zu werfen. »Gott sorgt für uns«, sagte er. »Gib es ihnen mit meinem Segen.«

»Und kümmere dich darum, dass das Brot vom Kloster gerecht verteilt wird, wenn es fertig ist«, wies Bruder Peter Freize an, der nickte und hinausging. Sie konnten hören, wie er das Haus polternd durch die Hintertür verließ.

Bruder Peter richtete seine Aufmerksamkeit wieder auf den Jungen. »Wie lautet dein Name?«

»Johann Brunner.«

»Und dein Alter?«

»Ich glaube, ich bin etwa sechzehn Jahre alt. Ich weiß es nicht genau.«

»Hast du früher schon einmal Wunder gesehen oder Stimmen gehört?«

Er lächelte. »Als Kind habe ich immer ein Singen in den Kirchenglocken meines Dorfes gehört«, vertraute er ihnen an. »Wenn es zur Messe läutete, hörte ich darin meinen Namen, als ob Gott selbst mich an seinen Tisch rief. Und manchmal, wenn ich im Sommer mit den Ziegen auf den Hochweiden war, hörte ich eine schöne Stimme meinen Namen rufen. Es war ein Engel, der mir dort oben Gesellschaft leistete. Ich wusste, dass eine Aufgabe auf mich wartete. Aber ich wusste nicht, dass es diese Aufgabe sein würde.

Gott sprach zu mir über das Ende der Tage, als ich allein auf den Hochweiden war, und ich wusste nicht, was ich mit diesem Wissen anfangen sollte. Ich sprach mit unserem Priester, und er sagte, vielleicht sei es eine Offenbarung. Wir sollten abwarten, bis wir mehr wüssten. Wir konnten nicht glauben, dass das, was ich auf der Weide über die Kirche im Osten gehört hatte, wahr sein sollte. Es war unvorstellbar, dass eine große Stadt wie Konstantinopel fallen könnte. Aber dann kam wirklich ein fahrender Händler in unser Dorf und erzählte mit Tränen in den Augen, dass das Rom des Ostens gefallen sei. Er sagte, dass die Stadt sich bis zuletzt tapfer geschlagen habe, ein helles Licht in der Dunkelheit, die sich immer weiter ausbreitete, doch die osmanischen Türken waren zu stark. Da wusste ich, dass meine Vision wahr war, dass die Stimme, die ich gehört hatte, die Stimme Gottes war, und dass uns das Ende der Tage bevorsteht und ich nach Jerusalem reisen muss.«

»Du wusstest also vom Fall Konstantinopels, bevor der Händler in dein Dorf kam und davon erzählte?« Bruder Peter machte eine Notiz. »Und du hattest dem Priester von deiner Vision erzählt?«

»Ja«, erwiderte der Junge fest.

»Du bist dir sicher, dass du dem Priester vom Ende der Tage erzählt hast, bevor der Händler kam?«

Der Junge nickte, ohne sich die Mühe zu machen, seine Worte zu wiederholen.

»Und wie willst du nach Jerusalem kommen?«, fragte Luca.

»Gott hat mir gesagt, dass sich das Meer für uns teilen wird«, erklärte der Junge. »So wie für das Volk Israels. Wir werden bis zum südlichsten Punkt Italiens gehen, dort werden die Wellen sich teilen, und wir werden zum Heiligen Land laufen.«

Luca und Bruder Peter wechselten einen verstohlenen Blick. »Das ist eine weite Reise«, wandte Luca vorsichtig ein. »Kennst du den Weg? Weißt du, wie weit es ist?«

»Es spielt keine Rolle, wie die Straße heißt oder wie lang sie ist«, entgegnete der Junge zuversichtlich. »Nicht Wegweiser oder Landkarten führen mich, sondern Gott. Ich folge meinem Glauben. Ich bin nicht der Spielball von Männern, die Karten zeichnen und versuchen, die Welt zu vermessen. Ich folge nicht ihren Vorstellungen, sondern der Vorstellung Gottes.«

»Und was wirst du tun, wenn du ins Heilige Land kommst?«, fragte Bruder Peter.

»Dies ist kein kriegerischer Kreuzzug«, erwiderte der Junge. »Es ist ein Kreuzzug der Kinder. Wenn wir ins Heilige Land gelangen, werden die Kinder Israels sich uns anschließen. Die Kinder der Türken werden sich uns anschließen. Und die Kinder der Araber werden sich uns anschließen. Wir werden alle dem einen Gott dienen. Sollten in dem geplagten Land noch Christenkinder leben, werden auch sie zu uns kommen. Sie werden ihre Väter und Mütter zur Vernunft bringen, und es wird Frieden geben. Die Kinder der Feinde werden der Welt den Frieden bringen. Es ist ein Kreuzzug der Kinder, und jedes Kind wird unserem Ruf folgen. Dann wird Jesus nach Jerusalem kommen, und die Welt wird enden.«

»Das hast du alles in deiner Vision gesehen?«, hakte Bruder Peter nach. »Bist du dir sicher?«

Der Junge nickte. Sein Gesicht leuchtete vor Überzeugung. »Ich bin mir sicher«, sagte er. »Wie hätten all diese Kinder mir sonst folgen können? Sie kommen aus armen Dörfern und von kleinen Höfen. Sie kommen aus schmutzigen Werkstätten und den Elendsvierteln verdorbener Städte. Sie kommen mit ihren Brüdern und Schwestern. Sie kommen mit ihren Freunden. Sie kommen aus unterschiedlichen Ländern, sie kommen, selbst wenn sie meine Sprache nicht verstehen, denn Gott spricht zu ihnen. Auch die Kinder der Araber, auch die Kinder der Juden werden sich uns anschließen.« Er wischte sich den Mund am Ärmel ab, ganz der einfache Bauernjunge, der er war. »Ich sehe, dass ihr erstaunt seid, aber so ist es. Es ist ein Kreuzzug der Kinder, und er wird die Welt verändern. Und jetzt muss ich mit meinen Brüdern und Schwestern beten. Ihr könnt uns Gesellschaft leisten, wenn ihr wollt.« Er erhob sich, nahm seinen Hirtenstab und ging zur Tür.

»Wie wird das Wasser sich teilen?«, fragte Luca neugierig.

Johann machte eine Geste mit den Händen, als wolle er die Luft vor sich auseinanderdrücken. »So, wie es sich schon einmal geteilt hat«, sagte er. »Für Moses oder wen auch immer. Die Wellen werden zu beiden Seiten auseinandergehen. Wir werden den Boden unter unseren Füßen sehen. Wir werden die Schiffswracks sehen, die am Grund des Meeres liegen, und ihre Schätze bergen können, während wir gehen. Wir werden Perlen pflücken wie Blumen. Wir werden trockenen Fußes den ganzen Weg bis nach Palästina gehen.« Er hielt inne. »Die Engel werden singen«, fügte er freudig hinzu. Dann verließ er den Raum, und Luca und Bruder Peter blieben allein zurück.

»Was für ein außergewöhnlicher Junge!«, rief Luca aus und erhob sich. »Er hat eine Gabe, das lässt sich nicht bestreiten.« Er strich sich über den Unterarm und das Genick. »Ich habe eine Gänsehaut. Ich glaube ihm. Ich bin völlig überzeugt. Ich wünschte, ich könnte mit ihm gehen. Wenn ich ihn als Kind gehört hätte, hätte ich den Pflug auf dem Acker stehen lassen und wäre ihm gefolgt.«

»Ein charismatischer Anführer«, gab Bruder Peter ihm recht. »Aber ob er ein Träumer ist oder ein Prophet – oder gar ein falscher Prophet –, das kann ich nicht sagen. Wir müssen uns seine Predigt anhören und ihn vielleicht noch weiter befragen. Ich muss unseren Herrn sofort informieren. Es ist dringend.«

»Wird er sich für einen einfachen Jungen interessieren, der mit einer Gruppe Kinder durchs Land zieht?«

»Für diesen Jungen und diesen Kreuzzug mit Sicherheit. Es könnte ein weiteres Vorzeichen für das Ende der

Tage sein. Er wird alles darüber erfahren wollen. Wenn sie es bis nach Palästina schaffen und auch nur die Hälfte dessen tun, was sie versprechen, dann werden sie den Osmanen großes Kopfzerbrechen bereiten. Da wird ihr schlimmster Albtraum an die Tür klopfen. Es sind so viele Kinder, dass sie sie bewachen oder gefangen nehmen, sie angreifen oder ihnen Zutritt zu den heiligen Stätten gewähren müssen. Diese Kinder könnten einigen Aufruhr verursachen. Vielleicht stellt sich sogar heraus, dass sie unsere stärkste Waffe gegen unsere Feinde sind. Von allein wären wir nie darauf gekommen, aber sie könnten mächtiger sein als jedes Heer ausgewachsener Krieger. Wenn Johann die osmanischen und türkischen Kinder für sich gewinnt und sie ihn in seinem Kreuzzug unterstützen, steht die Welt der Ungläubigen Kopf.«

»Glaubt Ihr wirklich, dass sie bis nach Jerusalem kommen werden?«

»Wer hätte gedacht, dass sie es bis hierher schaffen? Und doch sind sie da, zu Tausenden.«

»Zumindest zu Hunderten«, schränkte Luca ein.

»Hunderte Kinder folgen diesem Jungen bereits. Wie viele mehr kann er für sich gewinnen, wenn er weiter gen Süden zieht?«

»Ihr glaubt doch nicht ernsthaft, dass sich das Meer vor ihnen teilen wird?«, fragte Luca. »Wie könnte das möglich sein?«

»Glaubt Ihr, dass das Rote Meer sich für die Kinder Israels geteilt hat?«, gab Bruder Peter zurück.

»Ich muss es glauben. So steht es in der Bibel. Das in Frage zu stellen, wäre Ketzerei.«

»Warum sollte also ein solches Wunder unmöglich sein, wenn es schon einmal geschehen ist?«

Luca schüttelte den Kopf. »Gut, es könnte sein. Aber ich …« Er brach ab. »Ich kann mir nur nicht erklären, wie so etwas möglich sein kann. Zweifelt nicht an meinem Glauben, ich glaube an die Bibel, wie es meine Pflicht ist. Ich leugne keines ihrer Worte. Aber dieses Meer soll sich teilen? Und diese Kinder sollen trockenen Fußes nach Palästina laufen? Kann das überhaupt möglich sein?«

»Wir werden sehen, ob es möglich ist. Sollte das Meer sich nicht für sie teilen, wird unser Herr ihnen vielleicht Schiffe schicken lassen.«

»Warum sollte er das tun?« Luca wurde argwöhnisch, als er die Aufregung im Gesicht des Schreibers sah. »Geht es bei unseren Ermittlungen um das Ende der Tage, oder ist der Orden eher daran interessiert, die Osmanen zu besiegen? Suchen wir nach der Wahrheit, oder schmieden wir eine Waffe?«

»Beides natürlich, beides«, erklärte Bruder Peter freimütig. »Wir tun immer beides. Es ist ein und dasselbe. Die Welt wird untergehen, wenn die Osmanen die Tore Roms passieren, und im selben Augenblick werden die

Toten aus ihren Gräbern auferstehen und sich vor dem Jüngsten Gericht verantworten. Wir zwei müssen durchs Christenreich reisen, um nach Vorzeichen für die Auferstehung der Toten Ausschau zu halten, nach dem Teufel und den osmanischen Heeren. Die Ungläubigen in Jerusalem und die Wiederkunft Jesu sind ein und dasselbe – Vorzeichen des Endes. Wir müssen herausfinden, wann es so weit ist. Diese Kinder könnten ein Zeichen sein. Ich glaube wirklich, dass sie ein Zeichen sind. Wir müssen unserem Herrn von ihnen berichten und mehr über ihre Reise in Erfahrung bringen.«

Luca klopfte an die Dachkammer der Mädchen, und die Tür öffnete sich weit, als Isobel ihn sah. »Ich kann nicht bleiben«, erklärte er. »Aber ich will Ishraq warnen.«

Ihr dunkler Schopf tauchte hinter Isobel auf. »Mich?«

»Ja. Du hast die Kinder gesehen, die in die Stadt gekommen sind. Es ist ein Kreuzzug, Hunderte Kinder, vielleicht noch mehr. Sie ziehen gen Süden. Sie wollen nach Jerusalem, um die Osmanen zu besiegen.«

»Wir haben sie vom Fenster aus gesehen. Sie wirken müde.«

»Ja, aber sie sind überzeugt, dass sie auf dem Weg nach Palästina sind. Sie betrachten sich als mächtigen Kreuzzug und als Vorzeichen für das Ende der Tage. Sie wissen von der Eroberung Konstantinopels durch die Osmanen.

Wenn du auf die Straße gehst, zeig dich nicht in deiner arabischen Kleidung. Sie könnten sich gegen dich stellen. Ich weiß nicht, was sie tun würden.«

»Ich soll das arabische Gewand nicht tragen? Ich soll meine eigenen Kleider verstecken? Ich soll meine Herkunft verleugnen?«

»Nur solange die Kinder hier sind. Nimm ein Kleid von Isobel.«

Ishraq warf ihm einen langen Blick zu. »Und was soll ich mit meiner arabischen Haut machen?«

Luca errötete. »Deine Haut ist sehr schön, weiß Gott, sie hat die Farbe von Heidehonig, und deine Augen sind schwarz wie die tiefste Nacht«, stammelte er. »Aber du kannst deine Hosen, deinen Umhang und deinen Schleier nicht tragen, bis der Kreuzzug die Stadt wieder verlassen hat oder bis wir auf unserem Schiff sind. Kleide dich wie Isobel, wie eine Christin, zu deiner eigenen Sicherheit.«

»Das wird sie«, versprach Isobel und brachte Ishraq zum Schweigen. »Es macht keinen Unterschied, Ishraq, du trägst meine Kleider ebenso oft wie deine Hosen. Du musst deinen Mut nicht unter Beweis stellen.« Sie wandte sich an Luca. »Legen wir wie geplant heute Mittag ab?«

»Nein. Wir müssen länger mit diesen Kindern reden und einen Bericht nach Rom schicken. Bruder Peter glaubt, dass sie von Gott gesandt sind. Eines ist jedenfalls sicher: Wenn sie wirklich nach Jerusalem kommen, ob nun mit oder ohne Gottes Hilfe, werden sie für die Osmanen eine große Herausforderung darstellen.«

»Sie reisen weiter?«

»Ich denke, dass sie heute Nachmittag weiterziehen werden. Die Leute schenken ihnen Essen und Geld. Das Kloster speist sie. Und sie sind fest entschlossen, die Reise fortzusetzen. Es ist ein bemerkenswerter Pilgerzug. Ich bin froh, dass ich ihn mit eigenen Augen gesehen habe. Es ist wie eine Erleuchtung, mit diesem Jungen zu reden, diesem Johann. Glaubt mir, wenn ich frei wäre, würde ich mit ihm ziehen.«

»Meinst du wirklich, dass sie sich bis nach Jerusalem durchschlagen können?«, zweifelte Ishraq.

»Wer hätte gedacht, dass sie es überhaupt bis hierher schaffen? Kinder unter der Führung eines Jungen, der nicht einmal weiß, wo Jerusalem liegt? Bruder Peter hält sie für eins der Zeichen, die wir untersuchen müssen. Ich bin mir nicht sicher, aber ich muss zugeben, dass es eine Art Wunder ist. Er ist ein ungebildeter Bauernjunge aus der Schweiz, und trotzdem ist er hier, in Italien, auf dem Weg nach Jerusalem. Ich muss es fast für ein Wunder halten.«

»Aber du bist dir nicht sicher«, bohrte Ishraq nach.

Er zuckte die Schultern. »Der Junge behauptet, das Meer werde sich für sie teilen – das kann ich mir beim besten Willen nicht vorstellen. Das wäre wahrhaftig ein Wunder, und ich weiß nicht, wie es geschehen sollte. Aber vielleicht gelangen sie bis nach Messina, wenn jemand ihnen Schiffe schickt. Es gibt viele Wege, trockenen Fußes nach Jerusalem zu kommen. Es gibt Wunder, die ebenso groß sind wie ein geteiltes Meer.«

»Du glaubst allen Ernstes, dass der Junge es nach Messina schaffen könnte?«, wiederholte Ishraq.

Luca runzelte die Stirn. »Es ist nicht dein Glaube«, verteidigte er sich. »Es überrascht mich nicht, dass du diesen Pilgern nicht traust. Du hältst sie für Narren, die von einem Scharlatan angeführt werden. Aber dieser Junge hat große Kräfte. Er weiß Dinge, die er nur durch eine Offenbarung erfahren haben kann. Er behauptet, dass Gott zu ihm spricht, und ich glaube ihm. Er ist schon so weit gekommen!«

»Können wir uns seine Predigt anhören?«, fragte Isobel.

Luca nickte. »Er predigt heute Nachmittag auf dem Marktplatz. Wenn ihr die Köpfe bedeckt und eure Umhänge tragt, könnt ihr uns begleiten. Ich denke, die halbe Stadt wird da sein, um ihm zu lauschen.«

Isobel und Ishraq verließen in schlichten grauen Kleidern und braunen Umhängen die Herberge und gingen die Uferstraße entlang. Die Fischkutter lagen im Hafen vor Anker und schaukelten auf den sanften Wellen. Fischer flickten ihre Netze, wickelten Seile auf oder besserten die zerschlissenen Segel aus. Die Mädchen gaben vor, die Pfiffe und Rufe der Männer nicht zu hören, denen die schlanken Gestalten durchaus aufgefallen waren und die hübsche Gesichter unter den Kapuzen vermuteten. Isobel errötete und lächelte über ein Kompliment, doch Ishraq wandte verächtlich den Kopf ab.

»Sei nicht so stolz. Es ist keine Beleidigung«, bemerkte Isobel.

»Für mich schon«, widersprach Ishraq. »Mit welchem Recht glauben sie, mich beurteilen zu dürfen?«

Sie bogen in eine der engen Gassen, die zum Marktplatz hinaufführten, und schritten unter schwer behängten Wäscheleinen hindurch, die kreuz und quer von einem Balkon zum anderen gespannt waren. Einige alte Frauen saßen auf den Stufen vor ihren Häusern, die

Hände mit Flick- oder Klöppelarbeiten beschäftigt, und nickten den Mädchen zu. Doch die meisten Leute waren bereits auf dem Marktplatz, um Johann den Guten predigen zu hören.

Isobel und Ishraq kamen an der Bäckerei vorbei, als der Bäcker gerade vor die Tür trat und seinen Laden abschloss, Gesicht und Haare weiß von Mehl. Der Schuster nebenan saß im Schneidersitz in seinem Fenster, einen halbfertigen Schuh auf dem Amboss, und blickte nach draußen auf die zusammenströmende Menge. Ein Haus weiter hatte ein Händler für Schiffsbedarf seinen Laden. Im dunklen Ladeninneren befand sich ein Durcheinander an Gütern – von Fischernetzen und Korkflößen über Fischmesser, Ruderdollen, Gläser voller Schrauben und Nägel bis hin zu Salzblöcken und Fässern. Daneben befand sich eine Hutmacherei, die in dem kleinen Städtchen kaum genügend Kunden hatte, und im nächsten Haus war ein Sattler.

Die Mädchen gingen an den kleinen Läden vorbei, ohne auf die Auslagen zu achten. Ihre Augen waren auf die Kirchentreppe gerichtet und den leuchtend hellen Schopf des Jungen, der dort wartend stand, die Wange an seinen Hirtenstab gelehnt, als lausche er auf ein Geräusch.

Vor ihm drängte sich erwartungsvoll murmelnd die Menge. In dem dunklen Torbogen hinter ihm standen

Bruder Peter, Luca und Freize mit dem Priester. Viele Fischer und fast alle Frauen und Kinder der Stadt waren gekommen, um Johann den Guten predigen zu hören, aber Isobel bemerkte, dass auffallend wenig ältere Kinder anwesend waren. Sie vermutete, dass man sie mit ihren Vätern aufs Meer geschickt oder zu Hause gelassen hatte – nicht alle Eltern wollten riskieren, dass ihre Kinder Johann predigen hörten. Viele Mütter musterten ihn wie einen gefährlichen Rattenfänger, der ihre Kinder aus der Stadt führen und sie ihnen für immer wegnehmen könnte. Vor allem diejenigen, die nur ein einziges Kind hatten, nannten ihn einen Kinderdieb, den man fürchten sollte.

Die Kinder des Kreuzzuges waren mit einem einfachen Frühstück aus Brot und Fisch versorgt worden. Der Priester hatte von seiner Gemeinde Almosen gesammelt, und die Markthändler hatten ihre Reste gespendet. Die Mönche aus dem Kloster hatten Körbe mit frisch gebackenem Brot und Honigkuchen geschickt. Einige Kinder sahen immer noch hungrig aus, viele von ihnen hatten sicher tagelang nichts zu essen bekommen. Doch auf ihren Gesichtern lag noch immer dasselbe Leuchten wie in dem Moment ihrer Ankunft in Piccolo.

Ishraq, die sehr empfänglich für die Stimmung von Menschenmengen war, konnte die leidenschaftliche Überzeugung der jungen Kreuzritter nahezu greifen: Die Kinder wollten daran glauben, dass Johann ihnen von Gott gesandt worden war, und redeten sich ein, dass er sie nach Jerusalem führen würde.

»Das ist kein Glaube«, flüsterte sie Isobel zu. »Das ist Sehnsucht. Etwas ganz anderes.«

»Ihr fragt mich, warum wir den langen Weg ins Heilige Land auf uns nehmen sollen?«, begann Johann unvermittelt zu sprechen, ohne Vorwort und ohne Bitte um Aufmerksamkeit. Er erhob nicht einmal die Stimme oder blickte vom Boden auf, er stützte sich weiter nachdenklich auf seinen Hirtenstab. Und doch waren Hunderte Menschen augenblicklich still und lauschten ihm wie gebannt. Der rundliche Priester in seiner ungebleichten Kutte des Zisterzienserordens, der in seinem ganzen Leben noch keine Menschenmenge dieser Größe um sich geschart hatte, senkte den Blick auf die Schwelle seiner kleinen Kirche. Bruder Peter trat leise vor, als wolle er kein Wort verpassen.

»Ich sage euch, warum wir so weit reisen müssen«, fuhr Johann ruhig fort. »Weil wir es wollen. Das ist alles! Weil wir uns dazu entschlossen haben. Das Ende der Tage steht uns bevor, und wir wollen unseren Beitrag leisten. Die Ungläubigen haben die heiligen Stätten im Osten in ihren Besitz gebracht, sie haben die größte Kirche Konstantinopels erobert. An dem wichtigsten Altar der Welt wird nicht mehr die heilige Messe gefeiert. Wir müssen dort hingehen, wo Jesus als Kind war, und wir müssen in seine Fußstapfen treten. Wir müssen wie Kinder sein, die ins Himmelreich eintreten. Jesus hat uns versprochen, dass er diejenigen, die als Kinder zu ihm kommen, nicht abweisen wird. Wir, seine Kinder, werden zu ihm gehen, und er wird wiederkommen, wie er es versprochen hat, um über die Lebenden und die Toten zu richten, die Alten und die Jungen. Wir werden da sein, in Jerusalem, wir werden die Kinder sein, die ins Himmelreich kommen. Versteht ihr?«

»Ja«, hauchte die Menge. Die Kinder antworteten eifrig, doch auch die älteren Menschen, sogar die Fischer, die diese Botschaft nie zuvor vernommen hatten, ließen sich von Johanns ruhiger Autorität überzeugen. »Ja«, sagten auch sie.

Johann warf den Kopf zurück, so dass ihm seine blonden Locken über die Schultern fielen. Er sah sich um und blickte in die Menge. Luca hatte plötzlich das mulmige Gefühl, dass der junge Prediger ihn mit seinen durchdringenden blauen Augen direkt ansah, als ob er etwas über ihn wüsste, als ob er nur zu ihm sprechen wollte. »Du vermisst deinen Vater«, sagte er. Luca, dessen Vater bei einem Überfall der Osmanen verschleppt worden war, als Luca selbst vierzehn Jahre alt gewesen war, zuckte zusammen. Er blickte über die Köpfe der Kinder hinweg zu Isobel, deren Vater erst vor fünf Monaten gestorben war. Sie war blass und starrte Johann gebannt an.

»Ich fühle deinen Kummer«, sagte er sanft. Wieder streifte sein Blick Luca und blieb dann an Isobel hängen. »Er hat sich nicht von dir verabschiedet«, stellte er fest. Isobel biss sich auf die Lippe, und aus der Menge ertönte leises Wehklagen von all jenen, die ihre Väter verloren hatten – an die See oder durch eine Krankheit oder durch einen der vielen Unfälle des täglichen Lebens. Ishraq griff nach Isobels Hand und fühlte, dass sie zitterte. »Ich sehe einen edlen Fürsten, der blass und kalt in seiner Kapelle liegt, und einen treulosen Sohn, der ihm sein Schloss stiehlt«, sagte Johann. Isobels Gesicht wurde kreidebleich. »Ich sehe ein Mädchen, das sich nach seinem Vater sehnt, und ich sehe den Vater, der auf dem Totenbett ihren Namen ruft. Aber man hält sie von ihm fern, und jetzt kann er nicht mehr zu ihr sprechen.«

Luca stieß einen erstickten Schrei aus und wandte sich an Bruder Peter. »Ich habe ihm nichts über sie erzählt.«

»Ich auch nicht.«

»Woher weiß er es dann?«

»Ich sehe eine einsame Bahre in einer Kapelle«, fuhr Johann fort. »Aber niemand trauert um den Verstorbenen.« Irgendwo in der Menge schluchzte eine Frau auf und fiel auf die Knie. Isobel stand wie erstarrt da und lauschte dem jungen Mann, der so erschreckend genau den Tod ihres Vaters beschrieb. »Ich sehe eine Tochter, die aus ihrer Heimat vertrieben wurde und sich danach sehnt, wieder zurückzukehren.«

Isobel drehte sich zu Ishraq. »Er spricht von mir!«

»Es scheint so«, erwiderte Ishraq vorsichtig. »Aber es könnte auf viele Menschen zutreffen.«

»Ich sehe eine junge Frau, deren Vater ohne ihren Beistand sterben musste, deren Bruder sie um ihr Erbe betrogen hat und die sich auch jetzt noch danach sehnt, daheim zu sein und ihren Vater wiederzusehen«, sagte Johann mit seiner tiefen, überzeugenden Stimme. »Ich habe eine frohe Botschaft für sie. Ich sehe diese junge Frau, ihr Herz ist durch den Verlust gebrochen, doch ich kann ihr sagen, dass sie nach Hause zurückkehren wird. Sie wird nach Hause zurückkehren und den Platz einnehmen, der ihr zusteht.«

Isobel umklammerte Ishraqs ruhige Hand. »Er sagt, dass ich nach Hause zurückkehren werde!«

»Ich sehe noch mehr«, fuhr Johann fort. »Ich sehe einen jungen Mann, einen Knaben. Einen Jungen, der seinen Vater an die See verloren hat. Ich sehe einen Jungen, der am Ufer wartet und wartet und nach einem Schiff Ausschau hält, das nie zurückkehren wird.«

In der Menge ertönte ein ersticktes Schluchzen, das die Umstehenden aufseufzen ließ. Es bestand kein Zweifel,

Johann war ein Seher. Viele Menschen erkannten sich in seinen Schilderungen wieder. Jemand rief einen Segen für eine vaterlose Familie aus, und eine trauernde Frau wurde getröstet, deren Mann nie vom Meer zurückkehren würde.

»Mit dieser Vermutung kann man in einer Hafenstadt kaum verkehrt liegen«, raunte Ishraq Isobel zu und erntete dafür einen strafenden Blick.

»Ich sehe einen Jungen, der erfährt, dass sein Vater von den Ungläubigen geraubt wurde. Sie sind des Nachts in ihren schrecklichen Galeeren gekommen und haben seinen Vater und seine Mutter geraubt, und alles, was sie besaßen. Der Junge will wissen, warum. Der Junge muss es wissen. Der Junge wird den Rest seines Lebens damit verbringen, Fragen zu stellen.«

Freize, der mit Luca zusammen im Kloster gewesen war, als der Abt ihn zu sich gerufen und ihm gesagt hatte, dass osmanische Sklavenfänger in sein Dorf eingefallen und seine Mutter und sein Vater verschwunden waren, wechselte einen Blick mit Luca. »Seltsam«, sagte er nur.

»Ein Junge, der seinen Vater ohne ein Wort der Erklärung verloren hat, wird sein Leben lang Fragen stellen«, fügte Johann hinzu.

Luca konnte die Augen nicht von dem jungen Prediger abwenden. Es war, als ob Johann ihn selbst beschreiben, als ob er ihn bis ins Innerste kennen würde.

»Ich kann seine Fragen beantworten«, versicherte er der Menge. Seine Stimme war schwer, wie in Trance. »Ich kann dem Jungen antworten, der fragt: ›Wo ist mein Vater? Wo ist meine Mutter?‹ Gott gibt mir die Antwort. Ich kann dir sagen, dass du deinen Vater hören wirst. Ich kann dir sagen, dass du seine Stimme hören wirst.«

Er blickte zu Isobel, die unscheinbar zwischen den Frauen des Städtchens stand. Sie war gekleidet wie sie und hatte die goldenen Haare bescheiden unter der Kapuze verborgen. »Und dir kann ich sagen, dass du dein Erbe zurückbekommen und auf dem Thron deines Vaters sitzen wirst, so wie er es wollte. Ich kann dir sagen, dass du heimkehren wirst.«

Isobel stieß einen kleinen Schrei aus, und Luca musste sich zurückhalten, um nicht zu ihr zu laufen.

»Komm mit uns«, sagte der Junge ruhig. »Komm mit nach Jerusalem, wo die Toten auferstehen werden und dein Vater auf dich warten wird. Komm mit mir, komm mit uns allen, wir gehen nach Jerusalem, und die Welt wird nicht untergehen. Dein Vater wird seine Hand auf deinen Kopf legen und dich segnen, und du wirst seine Liebe spüren und wissen, dass du sein Kind bist.«

Isobel schluchzte, ebenso wie die Hälfte der Menge. Luca schluckte die Tränen hinunter, und selbst Freize rieb sich die Augen. Johann wandte sich an den Priester. »Jetzt werden wir beten«, sagte er. »Pater Benito wird mir die Beichte abnehmen und mit uns beten. Darf ich beichten, Pater?«

Der Priester nickte tiefbewegt und führte ihn in die dunkle Kirche. Der Großteil der Menge kniete an Ort und Stelle nieder, faltete die Hände und schloss die Augen. Isobel ließ sich auf den schmutzigen Pflastersteinen auf die Knie fallen. Ishraq stand aufrecht neben ihr, fast so, als wolle sie sich vor der Kraft dieser Offenbarung schützen. Freize blickte zu ihnen hinüber und begegnete Ishraqs ruhigem, dunklem Blick. Er musste sich eingestehen, dass die Worte des Jungen auch ihn bewegt und verwirrt hatten.

»Er weiß Dinge, die wir ihm nicht gesagt haben«, murmelte Luca Bruder Peter zu. »Er weiß Dinge, die er nicht wissen kann, wenn sie ihm nicht offenbart wurden. Er hat von mir und meiner Kindheit gesprochen. Ich habe ihm nichts davon erzählt. Er hat von Fräulein Isobel gesprochen, dabei hat er sie nie zuvor gesehen. Niemand in diesem Dorf weiß etwas über uns ...«

»Ob Freize ...?«, setzte Bruder Peter an.

Freize schüttelte den Kopf. »Ich verschenke kein Frühstück an Jungen, die an der Hafenmauer betteln«, entgegnete er hochmütig. »Und ich tratsche nicht. Ich habe kein Wort zu ihm gesagt, das ihr nicht gehört hättet. Wenn ihr mich fragt, hat er ein paar glückliche Vermutungen angestellt und an den Reaktionen der Leute gesehen, dass er ins Schwarze getroffen hat.«

»Du hattest selbst Tränen in den Augen!«, entgegnete Luca.

»Er hat Dinge gesagt, die einen Stein erweichen könnten!«, gab Freize zurück. »Nur weil es mich zu Tränen rührt, ist es noch lange nicht wahr.«

»Er hat vom Überfall der Osmanen auf das Dorf meiner Eltern gesprochen«, beharrte Luca. »Das war keine Vermutung. Und Isobels Vertreibung aus ihrem Schloss – auch das war keine bloße Vermutung. Wie sollte er ausgerechnet darauf kommen? Er wusste nichts von ihr, er hat sie nie zuvor gesehen. Und doch hat er davon gesprochen, wie ihr Vater kalt auf einer Bahre lag und ihr Bruder ihr das Erbe gestohlen hat.«

»Ich bin überzeugt, dass der Heilige Geist zu ihm spricht«, stimmte Bruder Peter zu und wiegelte Freizes Zweifel ab. »Aber ich werde den Priester um seine Meinung bitten. Ich werde ihn fragen, was Johann zu ihm gesagt hat.« Er spähte in das schattige Kircheninnere, wo der Priester auf der einen Seite des geschnitzten Beichtstuhls kniete und Johann auf der anderen Seite mit andächtig gesenktem Kopf seine Beichte flüsterte.

»Johanns Beichte ist geheim«, erinnerte Luca den Mönch. »Sie bleibt zwischen ihm, dem Priester und Gott.«

Bruder Peter nickte. »Natürlich. Aber Pater Benito darf mir eine Einschätzung geben. Sobald ich mit ihm gesprochen habe, schicke ich unseren Bericht nach Rom. Ob dieser Junge nun ein Prophet oder ein Schwindler ist, ich denke, dass unser Herr ihn unterstützen wird. Er könnte eine wichtige Rolle spielen. Er hat einen mächtigen Kreuzzug ins Leben gerufen, einen Aufstand des Volkes. Das ist viel wirkungsvoller als der Marschbefehl eines Feldherrn. Es ist genau das, wozu der Papst bislang erfolglos aufgerufen hat. Es könnte alles ändern. Johann könnte Tausende mit sich ziehen. Jetzt, nachdem ich seine Predigt gehört habe, bin ich überzeugt, dass er es schaffen kann. Sein Zug könnte zu einer unaufhaltsamen Armee der Gläubigen werden. Unser Herr wird dafür sorgen wollen, dass sie genug zu essen haben und mit Schiffen ins Heilige Land gebracht werden. Und er wird dafür sorgen wollen, dass sie bewaffnet sind.«

»Er hat von Vätern gesprochen«, murmelte Luca, ohne auf Bruder Peters begeisterte Pläne einzugehen. »Er hat von mir und meinem Vater gesprochen. Er hat von Isobel und ihrem Vater gesprochen. Das waren keine Allgemeinplätze, das war keine gewöhnliche Predigt. Er hat von Isobel und mir gesprochen. Er wusste Dinge, die er nicht wissen konnte, es sei denn, er hat sie durch eine Offenbarung erfahren.«

»Er ist beeindruckend«, stimmte Bruder Peter zu. »Vielleicht ist er wirklich ein Seher. Fest steht, dass er die Gabe der Rede hat – habt Ihr gesehen, wie das Volk an seinen Lippen hing?«

Luca bahnte sich einen Weg durch die betende Menge zu Isobel. Er traf sie auf Knien an, Ishraq stand neben ihr. Als sie sich bekreuzigte und aufblickte, reichte er ihr die Hand und half ihr hoch.

»Ich dachte, er würde von mir sprechen«, bekannte er. »Und von dem Verschwinden meines Vaters.«

»Ich bin mir sicher, dass er von mir gesprochen hat«, erklärte sie. »*Zu* mir. Er hat Dinge gesagt, die nur jemand wissen kann, der bei uns auf dem Schloss war oder zu dem Gott gesprochen hat. Gott muss es ihm gesagt haben.«

»Glaubst du ihm?«

Sie nickte. »Ich glaube ihm. Ich muss ihm glauben. Die Dinge, die er gesagt hat, hätte er nicht mutmaßen können. Es war zu genau, zu treffend.«

Er reichte ihr seinen Arm, sie schob die Hand in seine Ellenbeuge, und gemeinsam schritten sie die schmalen Stufen zur Herberge hinab. Freize und Ishraq folgten ihnen in zweifelndes Schweigen gehüllt. Das kleine orangerote Kätzchen heftete sich an Freizes Fersen.

»Du weinst ja gar nicht«, stellte Freize an die junge Frau gewandt fest.

»Ich weine nicht so schnell«, erwiderte sie.

»Ich habe geheult wie ein Schlosshund«, gab Freize zu. »Es war wirklich beeindruckend. Aber ich weiß nicht, was ich davon halten soll.«

»Er hätte dieses Zeug überall sagen können«, erklärte Ishraq rundheraus. »In jedem Hafen an der Küste wird es Frauen geben, die ihren Vater verloren haben. In den meisten Dörfern wird jemand um seine Erbschaft betrogen worden sein.«

»Du glaubst also nicht, dass er ein Gesandter Gottes ist?«

Sie lachte kurz auf und gestand: »Ich bin mir nicht einmal sicher, ob es einen Gott gibt.«

Er lächelte. »Du bist also wirklich eine Heidin?«

»Ich wurde von meiner Mutter als Muslimin erzogen, aber ich habe mein ganzes Leben in einem christlichen Haus verbracht«, erklärte sie. »Ich wurde von Isobels Vater, dem Fürst von Lucretili, zu einer Gelehrten ausgebildet und dazu angehalten, alles in Frage zu stellen. Ich weiß nicht, woran ich glauben soll.«

Einige Schritte vor ihnen unterhielten sich Luca und Isobel leise. »Ich vermisse meinen Vater mehr, als ich je erwartet hätte«, vertraute Luca Isobel an. »Und meine Mutter ...« Er brach ab. »Das Schlimmste ist die Ungewissheit. Ich weiß nicht, was geschehen ist, nachdem sie entführt wurden. Ich weiß nicht einmal, ob sie tot oder lebendig sind.«

»Sie haben dich ins Kloster geschickt?«, fragte sie.

»Sie waren überzeugt, dass ich eine besondere Begabung hätte und die Chance verdiente, mehr als ein einfacher Bauer zu werden. Sie besaßen ihren eigenen Hof, und wir lebten gut davon, aber wenn ich dortgeblieben wäre, hätte ich kaum mehr von der Welt gesehen als die benachbarten Hügel und die Wolken am Himmel. Ich hätte den Hof nach ihrem Tod übernommen und ihn eines Tages an meinen Sohn weitergegeben. Sie wollten mir eine gute Ausbildung ermöglichen. Sie erhofften sich, dass ich in der Kirche aufsteigen würde. Meine Mutter war überzeugt, dass Gott mir besondere Gaben verliehen hatte. Mein Vater sah nur, dass ich Zahlen schneller verstand als die Händler und fremde Sprachen beinahe nach dem ersten Hören sprechen konnte. Er sagte, ich müsse ausgebildet werden. Er sagte, das seien sie mir und sich selbst schuldig.«

»Durftest du sie sehen? Nachdem du ins Kloster eingetreten warst?«

»Ja. Gott segne sie, sie kamen fast jeden Morgen in die Kapelle des Klosters, sonntags sogar zweimal. Ich sah sie in der hintersten Reihe sitzen und nach mir Ausschau halten. Ich war noch so ein kleiner Chorknabe, dass ich kaum über das Chorgestühl gucken konnte und mich auf die Kniebank stellen musste, um sie sehen zu können. Meine Mutter kam mich jeden Monat besuchen und brachte mir immer etwas von unserem Hof oder aus dem Garten mit, einen Lavendelzweig oder ein paar Eier. Ich weiß, wie sehr sie mich vermisste. Ich war ihr einziges Kind. Und Gott weiß, wie sehr ich sie vermisst habe.«

»Wollte sie dich nicht bei sich behalten, trotz der Pläne deines Vaters?«, fragte Isobel und stellte sich vor, was für ein entzückender Junge Luca gewesen sein musste.

Er zögerte. »Da war noch etwas«, gab er zu. »Es gab noch einen weiteren Grund, warum sie mich weggeschickt haben. Weißt du – sie waren schon recht alt, als sie mich bekamen. Sie hatten jahrelang um ein Kind gebetet, aber Gott hatte sie nicht erhört. Deshalb waren viele Menschen im Dorf erstaunt, als ich geboren wurde.«

»Erstaunt?«, hakte sie nach. In dem Augenblick glitt sie auf dem abschüssigen Pflaster aus, und er fing sie auf. Sie blieben kurz stehen, als hätte die Berührung sie erstarren lassen, dann gingen sie weiter, ihre langen Schritte im Gleichtakt.

»Um ehrlich zu sein, es war schlimmer als das«, sagte Luca offen. »Ich rede nicht gern darüber. Es war eine schreckliche Zeit. Die Leute im Dorf behaupteten, ich sei ein Wechselbalg, ein Kind, das meinen Eltern übergeben worden war, und nicht ihr eigenes. Sie sagten, meine Eltern hätten mich auf der Türschwelle gefunden oder im Wald. Sie nannten mich ein E…« Er brachte es nicht über sich, das Wort auszusprechen. »Ein E…«

»Ein Elfenkind?«, fragte sie leise. Sie spürte, wie sehr ihn das Wort beschämte.

Er nickte schuldbewusst, als gestehe er ein Verbrechen.

»Dafür musst du dich nicht schämen«, erklärte sie fest. »Die Leute reden sich die lächerlichsten Dinge ein. Unwissende Menschen glauben lieber an Zauberei als an eine gewöhnliche Erklärung.«

»Wir schämten uns«, gestand er. »In der Nähe unseres Hofes gab es einen Wald, den sie den Elfenwald nannten. Sie sagten, meine Mutter habe sich so sehr ein Kind gewünscht, dass sie dorthin gegangen sei und sich zu dem Elfenkönig gelegt habe. Sie sagten, sie habe mich zur Welt gebracht und meinem Vater untergeschoben. Dann, als ich älter wurde und Sprachen lernte und Zahlen verstand, sagten sie, das sei der Beweis, ich besäße die Weisheit der Elfen.«

Isobels Miene war voller Mitgefühl, als sie sich dem hübschen jungen Mann zuwandte. »Die Leute können so grausam sein. Sie hielten dich für den Sohn eines Elfenkönigs?«

Er wandte den Kopf ab und nickte wortlos.

»Und deshalb schickten dich deine Eltern weg? Weil du ein schlauer Junge warst? Weil du Talent hattest? Weil du so hübsch warst?«

»Ich hielt es für einen Fluch, nicht für eine Gabe«, erwiderte er. »Ich stand für gewöhnlich neben meinem Vater, wenn er am Feuer saß, und er legte den Arm um mich, nahm seine Münzen aus der Tasche und ließ mich Geldbeträge berechnen: Wie viel blieb ihm, wenn er die Hälfte ausgab oder ein Drittel, wenn er die Hälfte verlieh und fünfzehn Prozent Gewinn bekam, aber die andere Hälfte verlor und so weiter. Und ich rechnete immer richtig – ich sah die Antworten vor mir, als ob sie jemand in die Luft geschrieben hätte, ich konnte die Zahlen in hellen Farben leuchten sehen, und mein Vater küsste mich auf die Stirn und sagte: ›*Mein* Junge, mein kluger Junge‹, und meine Mutter erwiderte: ›Er *ist* dein Junge‹, als müsse es immer wieder gesagt werden, damit er es glaubte.

Und dann kamen eines Sommers Fremde in unser Dorf, eine Gruppe reisender Ägypter, und ich lief mit den anderen Dorfkindern zu ihnen und hörte ihrer Unterhaltung zu. Die Kinder lachten über sie, und eines warf einen Stein. Als einer der Reisenden mich lauschen sah, sagte er etwas zu mir, und ich antwortete ihm – ich verstand ihre Sprache in dem Moment, in dem ich sie hörte. Das brachte das Fass zum Überlaufen. Am nächsten Morgen war ein dicker Ring aus Salz um unser Haus, und in jeder Himmelsrichtung lag ein Hufeisen.«

»Salz?«

»Eine Elfe kann Eisen und Salz nicht überwinden, heißt es. Sie dachten, so könnten sie mich einsperren.

Das gab den Ausschlag. Meine Eltern hatten Angst, dass sie mich in unserem Haus verbrennen würden.« Er zuckte die Schultern. »So etwas kommt vor. Die Menschen fürchten, was sie nicht verstehen. Es lag nicht daran, dass sie meinen Vater nicht respektierten. Aber ich hatte keine Freunde unter den Dorfkindern, ich war nicht wie sie, ich konnte nicht zwanglos mit ihnen umgehen. Ich passte nicht zu ihnen. Ich war anders, und wir konnten es nicht länger verleugnen. Meine Mutter und mein Vater waren sich einig, dass es zu gefährlich war, mich weiter bei sich zu behalten. Sie schickten mich ins Kloster, weil sie glaubten, dort würde ich in Sicherheit sein.«

»Und hast du dorthin gepasst?«, fragte sie und dachte an ihre eigene Zeit im Kloster, allein und abgeschottet von der Welt, nur mit Ishraq an ihrer Seite, einer weiteren Außenseiterin.

Er schüttelte den Kopf. »Freize hat mich sofort ins Herz geschlossen«, sagte er lächelnd. »Er war der Einzige. Er arbeitete als Küchenjunge und klaute Essen für mich, um mich aufzupäppeln. Sobald sie mich Lesen und Rechnen gelehrt hatten, begann ich, Fragen zu stellen.«

»Fragen?«

Er zuckte die Schultern. »Ich konnte nicht anders. Aber ich sollte bald herausfinden, dass Fragen Ketzerei sind.«

»Und dann haben die Osmanen deine Mutter und deinen Vater entführt«, sagte Isobel leise.

Luca seufzte, als könne er die Vorstellung noch immer nicht ertragen. »Weißt du, es ist jetzt vier Jahre her, aber ich denke jeden Tag an sie … Ich muss herausfinden, ob sie überlebt haben. Wenn sie leben, muss ich sie retten. Und wenn ich zu spät komme und sie bereits tot sind, sollte ich dafür sorgen, dass sie angemessen bestattet werden. Wenn Johann recht hat und sie in Jerusalem wieder auferstehen, dann muss ich mit ihm gehen. Es ist wie ein Ruf, wie eine heilige Pflicht.«

Isobels Gesicht überzog sich mit einem rosigen Schimmer. »Überlegst du ernsthaft, nach Jerusalem zu gehen?«

Luca nickte zögernd. »Ein Teil von mir hat das Gefühl, dass ich mit meiner Mission weitermachen muss. Ich wurde von unserem Herrn geschickt und unterstehe dem Befehl des Papstes, und ich habe gerade erst angefangen … aber sollte unser Ordensherr es erlauben, würde ich gehen. Ich habe das Gefühl, dass Johann direkt zu mir gesprochen und mir versichert hat, dass ich meine Eltern in Jerusalem wiedersehe. Was könnte mächtiger sein als die Aussicht darauf, sie vor dem Ende der Tage wiederzusehen?«

Sie erreichten die Uferstraße und wandten sich zur Herberge. Sie gingen jetzt langsamer, um ihre gemeinsame Zeit zu verlängern.

»Ich will auch nach Jerusalem«, rief Isobel leidenschaftlich. »Ich will nicht nach Ungarn, nicht jetzt, nachdem ich Johanns Worte gehört habe. Ich trage den Tod meines Vaters wie eine Wunde. Es schmerzt mich so sehr. Jeden Morgen wache ich auf und denke, ich bin in meinem Schlafzimmer in Lucretili und er erwartet mich zum Frühstück, und jeden Morgen muss ich mir klarmachen, dass er tot ist, dass ich mein Zuhause verloren habe und selbst halb verloren bin. Wenn ich ihn nur wiedersehen könnte! Nur ein einziges Mal. Dafür würde ich überall hingehen.«

»Kannst du dir vorstellen, dass du ihn in Jerusalem wiedersiehst? Glaubst du Johann?«

»Während er vorhin sprach, habe ich ihm geglaubt – aber jetzt, wenn du mich so fragst, bin ich mir nicht mehr so sicher.«

Sie hielt inne und blieb neben ihm stehen: Ihre Hand lag auf seinem Arm, die Möwen kreischten über ihren Köpfen, und die Boote schaukelten vor ihnen im Hafenbecken. Ein fahler Mond kletterte im Zwielicht des Herbstabends am Himmel empor und warf einen silbernen Pfad über das Meer.

»Ich weiß, es klingt unglaublich. Und doch – du selbst bist hier, weil der Papst glaubt, dass das Ende der Tage bevorsteht. Der Heilige Vater geht davon aus, dass es jeden Moment so weit sein könnte. Wir alle wissen, dass die Toten am Jüngsten Tag auferstehen werden …« Sie verfolgte den Gedanken schweigend weiter und legte die Hand an den Kragen ihres schlichten Kleids, als wolle sie ihren Herzschlag spüren und sich durch das gleichmäßige Klopfen beruhigen. »Warum sollte es nicht wahr sein? Ich glaube, dass Johann eine Offenbarung hatte. Es muss ein Zeichen sein. Ich werde nach Jerusalem gehen und beten, dass ich meinen Vater dort treffe und dass er mir mein Versagen vergibt. Und dass er mir erzählen wird, wie ich mein Zuhause zurückgewinnen kann.«

Bewegt streckte Luca die Hand aus und berührte ihre Schulter. Dann fasste er mehr Mut und legte den Handrücken an die glatte Linie ihres Kinns. Als sie seine sanfte Berührung spürte, zitterte sie. Einen Augenblick lang stand sie ganz still, dann trat sie mit einem unverständlichen Murmeln einen kleinen Schritt zur Seite.

»Warum glaubst du, dass du versagt hast?«, fragte er leise.

»Als mein Vater im Sterben lag, sagte mein Bruder, Vater wolle nicht, dass ich ihn so krank und verzweifelt sähe. Ich habe ihm geglaubt und in der Kapelle gebetet, während mein Vater einsam starb. Seit ich weiß, dass mein Bruder mich belogen und mir mein Erbe gestohlen hat, fürchte ich, dass er auch meinem Vater Lügen über mich erzählt hat. Vielleicht hat er nach mir verlangt, aber mein Bruder hat ihm gesagt, dass ich nicht kommen wolle. Diesen Gedanken kann ich nicht ertragen.«

Ihre Stimme war von Tränen erstickt. Sie räusperte sich.

»Warum hast du deinem Bruder vertraut?«, fragte Luca sanft. »Warum hast du dich seinen Anweisungen nicht widersetzt?«

Ihr schöner Mund verzog sich. »Ich wurde zur Dame erzogen«, sagte sie bitter. »Eine Dame ist über Lüge und Täuschung erhaben, sie ist ehrbar und vertrauenswürdig. Eine Dame erfüllt ihre Funktion in der Welt ehrenhaft und vertraut darauf, dass der Mann es ebenso tut. Ich glaubte an die Ehre meines Bruders. Er ist der Sohn eines großen Fürsten, er sollte ein ebenso guter Mann sein wie mein Vater. Ich habe lange gebraucht, um zu erkennen, dass er ein Dieb ist. Ich habe lange gebraucht, um zu verstehen, dass ich für mein Leben selbst verantwortlich bin, dass ich meinen eigenen Weg gehen muss. Ich kann nicht auf seine Ehre vertrauen. Ich kann nicht darauf hoffen, dass er mich rettet.«

Sie gingen langsam weiter, ihre Schritte im Gleichtakt, Isobels Hand noch immer auf Lucas Arm. »Und du glaubst wirklich, dass dein Vater von den Toten auferstehen wird?«, fragte er neugierig.

»Ich weiß nicht, wie das möglich sein soll, aber jetzt geht mir der Gedanke nicht mehr aus dem Kopf. Wie war es möglich, dass Johann mich ansah und mir mein eigenes Schicksal beschrieb? Wie konnte er von einer kalten Bahre in einer Kapelle sprechen, wenn er dabei nicht – mit den Augen Gottes – die Bahre meines Vaters in unserer kalten Kapelle vor sich sah? Er muss unsichtbare Dinge sehen können, Dinge, für die wir blind sind.«

Vor der geöffneten Tür der Herberge blieben sie stehen, sie konnten ihren Weg nicht weiter in die Länge ziehen. Luca nahm ihre Hände in die seinen. »Es ist sonderbar, dass wir beide Waisen sind«, sagte er.

Isobel blickte mit einem warmen Lächeln zu ihm auf. »Ich würde dich so gerne trösten«, flüsterte sie.

Er atmete ein. »Und ich dich.«

Sie standen sich Hand in Hand gegenüber. Ishraq und Freize blieben auf der Uferstraße stehen und betrachteten das Paar.

»Würdest du mich als deinen Freund ansehen?«, fragte Luca sehr leise.

Sie zögerte keine Sekunde. »Wir sind beide allein auf der Welt«, sagte sie. »Ich wünsche mir einen Freund, der so verlässlich ist, wie mein Vater es war, so geduldig wie er und so treu.«

»Ich wünsche mir eine Freundin, auf die ich stolz sein kann«, erwiderte Luca. »Vielleicht kann ich dich nie meiner Mutter vorstellen. Vielleicht ist meine Mutter seit vielen Jahren tot. Aber ich male mir gern aus, dass ich dich meiner Mutter vorstelle und dass sie dich mag …«

Er brach ab und wurde sich plötzlich des Gelübdes bewusst, das er abgelegt hatte. Sie fühlte, wie er seine Hände aus ihrem warmen Griff beinahe zurückriss.

»Du weißt, dass ich nur an Freundschaft denken darf. Ich bin Novize und werde einmal Priester sein. Ein eheloser Priester.«

»Noch bist du Novize«, flüsterte Isobel. »Du hast das volle Gelübde noch nicht abgelegt.«

Luca sah sie an, als wolle sie ihn in Versuchung führen. »Ich habe das Gelübde noch nicht abgelegt«, bestätigte er. »Ich bin nicht durch mein Wort gebunden. Ich wollte Priester werden … bevor …« Er verstummte, ehe er sagen konnte: › … bevor ich dich getroffen habe.‹

Während die Menschenmenge vor der Kirche sich langsam auflöste und alle darüber nachdachten, was sie gerade gehört hatten und was es bedeuten mochte, wartete Bruder Peter geduldig, dass Johann seine Beichte bei Pater Benito beendete. Nach einer Weile stand der junge Mann auf, bekreuzigte sich, nickte dem Priester respektvoll zu und schritt durch die Kirche. Er kniete zum stillen Gebet auf den Stufen vor dem Altar nieder, den Kopf an die geschnitzte Chorschranke gelehnt, die das Mysterium der Messe vor dem Volk verbarg. Niemand außer einem geweihten Priester durfte dem Altar so nahe kommen.

Bruder Peter blickte sich in der stillen Kirche um, und da er sah, dass niemand ihn beobachtete, durchquerte er den dämmrigen Raum, um sich selbst zur Beichte hinzuknien. Auf der anderen Seite des Beichtstuhls erwartete ihn schweigend der Priester.

»Pater Benito, ich brauche Euren Rat«, erklärte Bruder Peter und faltete die Hände, jedoch offensichtlich nicht, um seine Sünden zu beichten.

Der Priester beugte sich über seinen Rosenkranz und sprach ein Gebet. Seine Hände zitterten. Er hob kaum den Kopf. »Ich kann Euch nichts sagen.«

»Es ist überaus wichtig.«

»Ich stimme Euch zu. Diese Angelegenheit ist von höchster Wichtigkeit. Ich habe nie etwas Wichtigeres erlebt.«

»Ich muss Euch fragen …«

Der Priester sammelte sich und lehnte sich zurück. »Ihr wollt wissen, ob seine Visionen wahr sind«, vermutete er.

»Ich *muss* es wissen. Hier handelt es sich nicht um irgendeinen Ziegenhirten, dem ein paar Kinder folgen. Das wird ein mächtiger Kreuzzug. Wenn sie ins Heilige Land gelangen, könnte das alles ändern. Mein Herr berät den

Papst, und ich muss ihm berichten, ob dies ein wahrhaftiger Kreuzzug ist. Sollte dieser junge Mann ein Scharlatan sein, müssen wir es wissen. Und sollte er ein Heiliger sein, müssen wir alles über ihn in Erfahrung bringen. Ihr habt ihm gerade seine Beichte abgenommen. Euer Urteil ist überaus wichtig.«

Der Priester blickte durch die geschnitzte Trennwand des Beichtstuhls auf den Mann aus Rom. »Mein Sohn, verzeiht mir, ich kann Euch nicht helfen.«

»Es geht um das Wohl der Kirche. Ich befehle Euch zu sprechen!«

Doch der Priester wiegelte erneut ab. »Ich kann Euch nicht helfen.«

»Pater Benito, ich verlange keine Einzelheiten, Ihr sollt das Beichtgeheimnis nicht brechen. Sagt mir nur Euren Eindruck. Sagt mir: Sündigt er wie ein sterblicher Junge? Wenn er gebeichtet hat wie ein Bauernlümmel, der einfach nur gut reden kann, dann ist er ein Schwindler auf großer Fahrt, und wir müssen ihn als einen solchen behandeln. Jedes Jahr treiben Dutzende wie er ihr Unwesen, und wir halten sie zum Wohle der Kirche und zu Ehren Gottes in Schach. Ratet mir, was wir mit diesem Jungen tun sollen.«

Der Priester dachte einen Augenblick lang nach. »Nein, Ihr versteht mich falsch. Ich verweigere Euch nicht meine Hilfe. Ich kann Euch nichts sagen. Er hat nichts gebeichtet.«

»Er hat die Beichte verweigert?«, fragte Bruder Peter überrascht.

»Nein! Nein, er hatte einfach nichts zu beichten.« Der Priester schaute auf und begegnete Bruder Peters erstauntem Blick. »So ist es. Ich breche das Beichtgeheimnis nicht, denn es gab keine Beichte. Es gibt nichts anzudeuten, nichts, worüber ich Stillschweigen bewahren müsste. Johann kam zu mir und legte ein volles Geständnis ab: Und da war nichts. Er lebt ein Leben ohne Sünde. Ich habe ihm keine Buße auferlegt, weil er keine Schuld zu sühnen hat.«

»Kein Mensch ist ohne Sünde«, entgegnete Bruder Peter.

Der Priester zuckte die Schultern. »Ich habe ihn befragt, und da war nichts.«

»Stolz«, sagte Bruder Peter beim Gedanken an Johanns Predigt vor Hunderten von Menschen, die an seinen Lippen hingen. Er dachte darüber nach, wie er selbst sich fühlen würde, wenn seine Predigten die Leute aus ihren Häusern locken und sie davon überzeugen könnten, das ganze Christenreich zu durchwandern. »Er betrachtet sich als Werkzeug Gottes.«

»Er ist nicht stolz«, erwiderte der Priester. »Ich habe ihn geprüft, und es ist wahr. Er bildet sich nichts darauf ein. Er hat keinen Stolz, obwohl er der Anführer von Hunderten ist. Er sagt, Gott führe ihn und er gehe nebenher.«

»Habgier.« Bruder Peter dachte daran, wie der junge Mann sich das Frühstück hatte schmecken lassen.

»Er fastet oder isst, wie Gott es ihm befiehlt – je nachdem, ob Gott ihm Nahrung schickt oder nicht. Manchmal fastet er, weil er glaubt, dass Gott es so will. Meistens hungert er, weil sie kaum etwas zu essen bekommen und das Wenige teilen. Es überrascht mich nicht, dass er an Eurem Tisch gut gegessen hat. Er glaubt, dass Gott ihm die Speisen geschickt hat und es seine Pflicht war, sie zu essen. Hat er das Dankgebet gesprochen?«

»Ja.«

»Hat er Euch für die Gastfreundschaft gedankt?«

»Das hat er«, gab Bruder Peter mürrisch zu.

»Was verlangt Ihr dann noch von ihm?«

Bruder Peter zuckte die Schultern.

»Wenn Gott ihm befiehlt, zu essen, dann tut er es. Wenn Gott ihm befiehlt, zu dürsten, dann tut er es. Und gibt Gott ihn frei, kann er seine Arbeit verrichten.«

»Stiehlt er die Kinder? Lockt er sie aus den Häusern ihrer Eltern fort, obwohl sie lieber daheimbleiben würden? Ist er ein Kinderdieb? Macht er ihnen falsche Versprechungen?«

»Er sagt, er führe den Willen Gottes aus. Er sagt, seit er von Gott gerufen worden sei, habe ihn die Sünde verlassen, und er sei nun ein Gefäß für Gottes Willen. Ich habe noch einmal nachgefragt, und er antwortete voller Überzeugung. Er hat auch mich überzeugt. Ich glaube, dass er ein Heiliger werden könnte. In all meinen Jahren als Priester habe ich nie erlebt, dass ein junger Mann in der Beichte ein blütenreines Leben vor mir ausgebreitet hat. Und ich hätte auch nie damit gerechnet. So etwas liegt jenseits der Träume eines Priesters.«

»Wollust?«, fragte Bruder Peter und dachte an die üblichen Beichten junger Männer.

»Er sagt, er sei unberührt, und ich glaube ihm.«

Bruder Peter schwirrte der Kopf. »Kann es sein? Ein reiner junger Mann? Ein Unschuldiger?«

»Bruder – ich glaube an ihn. Wenn er es erlaubt, und der Bischof ebenfalls, werde ich mit ihm ziehen.«

»Ihr?«

»Ich weiß. Es muss Euch lächerlich erscheinen. Ich bin ein alter Gemeindepriester, dick und faul vom guten Leben. Aber dieser Junge weiß, dass das Ende der Tage naht. Er hat mir von den Zeichen berichtet. Es sind dieselben, die in der Bibel beschrieben werden. Niemand hat ihn gelehrt, was er erzählen muss, es wurde ihm offenbart. Er sagt, dass wir nach Jerusalem ziehen müssen, wenn wir errettet werden wollen. Ich glaube, dass Gott Johann das Ende der Tage offenbart hat. Ich werde mein Haus schließen und den Kreuzzug der Kinder nach Jerusalem begleiten, wenn ich darf. Ich will es mehr als alles andere auf der Welt.«

Bruder Peter erhob sich mit schwindelndem Kopf. »Ich muss meinen Bericht schreiben«, murmelte er.

»Sagt ihnen«, drängte der Priester ihn, »sagt Euren Herren in Rom, dass hier und jetzt ein Wunder geschieht. Ein Wunder in dieser kleinen Stadt, vor den Augen von uns gottlosen Narren. Gott sei gelobt, dass ich hier bin und es sehe. Gott sei gelobt, dass Johann der Gute in unsere sündige Stadt gekommen ist und mich nach Jerusalem führt.«

Bruder Peter und Luca schrieben gemeinsam ihren Bericht, während Freize einen Stallburschen ausfindig machte, der bereit war, den langen Ritt nach Avezzano zu unternehmen.

»Du nimmst die alte Straße nach Rom«, erklärte Freize dem Jungen, der ins Speisezimmer bestellt worden war, um den kostbaren Brief in Empfang zu nehmen. »Du kannst sie nicht verfehlen.«

»Wenn du dort ankommst, gehst du in die Paulskirche und fragst nach dem Priester«, befahl Bruder Peter. »Er wird dir sagen, dass sein Name Pater Josef ist. Ihm kannst du den Brief geben. Er wird ihn weiterleiten.«

Luca sah zu, wie Bruder Peter den Brief zweimal faltete und eine Wachskerze am Kaminfeuer entzündete. Aus seinem Schreibkasten nahm er einen Riegel Siegelwachs, hielt ihn in die Flamme und ließ das scharlachrote Wachs in drei dicken Klecksen auf die Falz tropfen. Dann nahm er seinen Ring von der Kette um seinen Hals und drückte das Siegel in das noch warme Wachs. Es hinterließ das Bild, das Luca schon einmal gesehen hatte, in den Arm des Mannes geritzt, der ihn in den geheimen Orden aufgenommen hatte. Es war das Bild eines Drachens, der sich in den eigenen Schwanz beißt.

»Dann wartest du ab«, fuhr Bruder Peter an den Jungen gewandt fort, der seine Vorbereitungen so aufmerksam verfolgt hatte, als wäre er ein Alchemist, der Gold herstellt. »Du wartest den Abend und den nächsten Tag ab. Du bleibst im Gemeindehaus, man wird dir zu essen und ein Bett geben. Am nächsten Abend gehst du wieder zur Kirche, und Pater Josef wird dir einen Brief für mich geben. Du wirst ihn an dich nehmen, ihn sicher verwahren und ihn mir bringen, ohne ihn zu lesen. Hast du verstanden?«

»Der Junge kann nicht lesen«, warf Freize ein. »In der Hinsicht musst du dir keine Sorgen machen. Wir Diener wissen nichts. Er wird eure Geheimnisse nicht lesen, und es wird ihm nicht in den Sinn kommen, das Siegel aufzubrechen. Aber er versteht, was du sagst. Der Junge ist nicht dumm.«

Zögernd reichte Bruder Peter den Brief an Luca weiter, der ihn einen Moment lang festhielt, um das Siegel zu betrachten. Dann übergab er ihn dem Jungen, der die Hand zu einem unbeholfenen Gruß an die Stirn hob und sich eilig auf den Weg machte.

»Was bedeutet es?«, fragte Luca. »Das Siegel? Ich habe es auf dem Arm des Mannes gesehen, der mich in den Orden aufgenommen hat.«

»Es ist das Zeichen des Ordens, der Euch als der Orden der Finsternis bekannt ist«, erwiderte Bruder Peter leise. Er wartete, bis die Tür sich hinter Freize geschlossen hatte, dann rollte er den Ärmel seines Hemdes bis zur Schulter hoch und zeigte ihm das verblasste Motiv, das in seinen Oberarm eingeritzt war. Er betrachtete Lucas entsetztes Gesicht.

»Sie ist blass, weil sie schon so alt ist«, erklärte er. »Ich war jünger als Ihr, als ich dem Orden beigetreten bin. Ich habe mich ihm mit Herz und Seele verpflichtet, als ich fast noch ein Junge war.«

»Mich hat niemand gebeten, das Symbol an meinem Körper zu tragen«, sagte Luca verwirrt. »Ich weiß nicht, ob ich es tun würde.«

»Ihr seid noch ein Lehrling«, entgegnete Bruder Peter. »Wenn Ihr genügend Ermittlungen durchgeführt und genug gelernt habt, wenn Ihr weise und umsichtig genug seid, wird man Euch vielleicht bitten, dem Orden endgültig beizutreten.«

»Wer? Wer wird mich bitten?«

Bruder Peter lächelte. »Es ist ein geheimer Orden.

Nicht einmal ich weiß, wer ihm dient. Ich berichte meinem Herrn, und er berichtet dem Heiligen Vater. Ich kenne Euch. Und ich kenne die beiden anderen Ermittler, denen ich gedient habe. Andere kenne ich nicht. Wir halten in der Welt nach den Zeichen Gottes und des Teufels Ausschau, und wir warnen vor dem Ende der Tage.«

»Und verteidigen wir uns lediglich?«, fragte Luca scharf. »Oder greifen wir auch an?«

»Wir tun, was uns befohlen wird«, gab Bruder Peter gleichmütig zurück. »Ob Verteidigung oder Angriff, wir folgen den Befehlen des Ordens.«

»Und der, den Ihr Euren Herrn nennt – war er es, der mich aus meinem Kloster zum Castel Sant' Angelo gebracht hat, der mit mir geredet hat, der für meine Ausbildung gesorgt und der mich mit meiner Mission betraut hat?«

»Ja.«

»Ist er der Führer des Ordens?«

»Ja.«

»Kennt Ihr seinen Namen?«

Anstelle einer Antwort zeigte Bruder Peter Luca die Papiere in seinem Schreibkasten, die bereits adressiert waren. Auf allen stand nur: *Dringend.*

»Kein Name?«

»Kein Name.«

»Er hat keinen Namen, aber der Brief wird ihn erreichen? Einfach so? Nur mit dem Drachensiegel? Kein Name, keine Adresse?«

»Wenn der Junge ihn Pater Josef in Avezzano übergibt, wird er ihn erreichen.«

»Dieser Pater Josef – der Gemeindepriester der Paulskirche in Avezzano – gehört zu unserem Orden?«

»Er heißt nicht wirklich Josef. Und er ist auch nicht der Gemeindepriester von Avezzano. Aber, ja, wenn der Junge ihm den Brief übergibt, wird er das Zeichen des Ordens sehen und ihn zu unserem Herrn weiterleiten. Garantiert. Niemand von uns würde es versäumen, einen Bericht weiterzuleiten. Man kann nie wissen, wie wichtig er ist. Er könnte die Nachricht über das Ende beinhalten.«

»Also wenn es in einer kleinen Stadt wie Avezzano einen Mann gibt, der nicht Josef heißt, der das Siegel kennt und weiß, wohin er den Brief bringen muss, dann gibt es in ganz Italien sicher noch viele andere Männer wie ihn, oder nicht?«

»Ja«, bestätigte Bruder Peter. »So ist es.«

»Auch in Frankreich? In Spanien? Überall im Christenreich?«

»Ich weiß nicht, wie viele es sind«, erklärte Bruder Peter zurückhaltend. »Ich kenne die, die ich kennen muss, um meinem Herrn die Berichte zukommen zu lassen und seine Befehle entgegenzunehmen. Jedes Mal, wenn ich

Rom für eine neue Mission verlasse, sagt er mir, wem ich trauen kann. Er sagt mir, nach wem ich bei jeder Kirche auf dem Weg fragen muss.«

Es klopfte an die Tür, und Freize schob seinen Kopf herein. »Er ist weg. Ich habe ihm meinen Rufino überlassen, ein gutes Pferd, und er hat mir gelobt, zu reiten wie der Wind, euren Brief zu übergeben, auf die Antwort zu warten und schnellstens zurückzukommen. Es war nicht leicht, ihn zu diesem Dienst zu überreden. Die halbe Stadt will sich dem Kreuzzug anschließen, und er will auch mit.«

Bruder Peter erhob sich. »Hat er sich gemerkt, welche Kirche er aufsuchen und nach wem er fragen muss?«

»Ja. Er wird dort auf die Antwort aus Rom warten.«

»Hast du ihm gesagt, dass er uns nicht enttäuschen darf?«

»Er ist ein guter Junge. Er wird sein Bestes tun. Und Rufino ist ein gutes Pferd und wird den Weg finden.«

»Also gut, du kannst gehen«, entließ Bruder Peter ihn, doch Freize lehnte sich durch die Tür und sah Luca an.

»Das kann ja heiter werden«, bemerkte er. Dann nahm er sein Kätzchen auf und verließ das Zimmer.

Beseelt von Johanns Predigt kehrten die Menschen, die zum Markt nach Piccolo gekommen waren, in ihre Dörfer und auf ihre Höfe zurück und erzählten ihren Nachbarn und Freunden von dem jungen Prediger. Am nächsten Tag kamen noch mehr Menschen in die kleine Stadt und brachten Lebensmittel, Wein und Geld, um den Kreuzzug der Kinder zu unterstützen und Johann predigen zu hören. Ein weiteres Mal stand er auf der Kirchentreppe und versprach ihnen, sie würden ihre verloren geglaubten Liebsten wiedersehen, wenn sie mit ihm nach Jerusalem kämen. Er sprach zu Menschen, die jung verwaist waren oder die ihr erstgeborenes Kind verloren hatten. Als Johann zu ihnen von der Auferstehung der Toten sprach, weinten sie, als wäre es gestern gewesen.

Isobel und Ishraq, die ebenfalls zum Marktplatz gekommen waren, standen inmitten des Volks in der heißen Sonne. Luca, Bruder Peter und der Pater hielten sich wieder im Schatten der Kirchentür und lauschten aufmerksam.

»Kehrt in eure Heimat zurück«, sagte Johann überraschend zu den Leuten, die alle in einem Umkreis von zehn Meilen geboren und aufgewachsen waren. »Kehrt in eure wahre Heimat zurück. Kommt heim nach Jerusalem. Kommt heim nach Bethlehem.« Er schien Ishraq anzusehen, die bescheiden gekleidet war wie eine Pilgerin. Die Kapuze verhüllte ihr Gesicht, ihr Kleid reichte bis zum Boden und schwere Reitstiefel verbargen ihre braunen Füße mit den Silberringen an den Zehen. »Diejenigen unter euch, die im Land von Milch und Honig geboren wurden: Kommt heim nach Akkon. Kehrt dorthin zurück, wo eure Mutter das Licht der Welt erblickt hat. Kommt in euer Mutterland.«

Ishraq schluckte und drehte sich zu Isobel. »Kann es sein, dass er mich meint?«, flüsterte sie. »Sagt er gerade wirklich, dass Akkon, diese schöne arabische Stadt, meine wahre Heimat ist?«

»Ich höre, dass deine Mutter dich ruft«, sagte der Junge. »Ich höre, wie sie über das Meer hinweg nach dir ruft.«

Eine Frau in der Menge rief laut: »Ich kann sie hören! Ich höre meine Mutter!«

»Wenn wir nach Jerusalem kommen und der Herr die Hand nach uns ausstreckt, werden unsere Sorgen und unser Leid ein Ende haben. Der Waise wird seine Mutter wiederfinden und die Tochter ihren Vater.« Er warf Ishraq einen Blick zu. »Das Mädchen, das ihr Leben lang unter Fremden gelebt hat, wird sein eigenes Volk wiedersehen. Dich wird dieselbe Sonne wärmen, die dich gewärmt hat, als du zum ersten Mal die Augen aufschlugst. Du wirst die Früchte deines Heimatlandes schmecken.«

»Wie kann er das wissen?«, flüsterte Ishraq Isobel zu. »Wie kann er wissen, dass ich in Akkon geboren wurde? Wie kann er wissen, dass meine Mutter mir versprochen hat, dass wir eines Tages dorthin zurückkehren werden? Er *muss* die Stimme Gottes hören. Ich habe an ihm gezweifelt, aber nun glaube ich selbst, dass er ein Prophet ist.«

Überall in der Menge weinten Menschen und drängten nach vorn, um den jungen Mann nach ihren Liebsten zu fragen. Eine Frau flehte ihn an, ihr zu sagen, dass ihr Sohn, ihr verlorener Sohn, im Himmel sei und sie ihn wiedersehen werde. Er musste die Arme ausstrecken, um nicht umgeschubst zu werden, und die Menschen, die ganz vorn standen, fielen auf die Knie, hakten sich unter und bildeten eine schützende Mauer um ihn, als wäre er eine Heiligenstatue, die man am Feiertag durch die Menge trug.

»Kommt mit uns«, sagte er. »Kommt mit und seht selbst den Jüngsten Tag, wenn eure Kinder« – seine strahlend blauen Augen legten sich auf Ishraq – »eure Väter und eure Mütter eure Hände nehmen und euch zu Hause willkommen heißen.«

Ishraq trat vor wie im Traum. »Mein Vater?«, fragte sie. »Meine Mutter?«

»Sie erwarten dich«, sagte Johann nur an sie gerichtet mit seiner stillen Bestimmtheit, die viel überzeugender war, als wenn er wie die meisten Prediger die Stimme erhoben hätte. »Diejenigen, die du geliebt und verloren hast, warten auf dich. Dein Vater, dessen Namen du nicht kennst, deine Mutter, die starb, ohne ihn dir zu nennen. Sie wird da sein, sie wird dir seinen Namen nennen.

Du wirst sie zusammen sehen, und sie werden dich anlächeln, ihre Tochter. Sie werden alle zusammen auferstehen.

Und nun«, schloss er leise. »Werde ich beichten und beten. Gott segne euch.«

Ohne ein weiteres Wort drehte er sich zur Kirchentür. Bruder Peter und Luca wichen zurück, um ihm Platz zu machen, und Pater Benito ging hinein, um mit diesem erstaunlichen Propheten niederzuknien. Der Priester öffnete die Chorschranke und führte Johann vor den Altar, wo sie Seite an Seite niederknieten: der Dorfpriester und der Junge, den er für einen Heiligen hielt.

Die Mädchen betraten das Speisezimmer, wo sie Luca und Bruder Peter ins Gespräch vertieft antrafen. »Wir sind fest entschlossen«, verkündete Isobel. »Ishraq ist ebenso überzeugt wie ich. Der Prophet Johann hat auch zu ihr gesprochen. Wir reisen nicht nach Kroatien. Wir reisen nicht nach Ungarn.«

Luca war nicht einmal überrascht. »Ihr wollt nach Jerusalem? Seid ihr sicher? Beide? Du willst Johann folgen?« Er sah Ishraq an. »Ausgerechnet du willst dich einem christlichen Kreuzzug anschließen?«

»Ich muss«, entgegnete sie widerwillig. »Er hat mich überzeugt. Erst hielt ich ihn für einen Scharlatan. Ich dachte, er weiß, was er sagen muss, um die Menschen zu überzeugen – ein bisschen Tratsch, ein bisschen Verstand, fertig ist die Prophezeiung. Ich habe genügend Hellseher, Handleser und Scharlatane gesehen, die einer Menge so zusetzen konnten. Es ist nicht weiter schwer: Du wagst einen Schuss ins Blaue, und wenn du Glück hast und jemand aufschreit, weißt du, dass du auf der richtigen Fährte bist, und legst nach. Aber dieses Mal ist es anders. Ich glaube, dass er echte Visionen hat. Ich glaube, dass er *weiß*. Er wusste Dinge über Isobel und mich, die niemand in dieser Stadt weiß. Er hat zu mir gesprochen, wie ich nicht einmal selbst mit mir rede. Es ist unmöglich, dass es ein glücklicher Zufall war. Ich bin mir sicher, dass er Visionen hat. Er kann hellsehen.« Sie schaute zu Boden, um Lucas prüfendem Blick auszuweichen, und räusperte sich.

»Er hat von meiner Mutter gesprochen«, sagte sie leise. »Sie ist gestorben, ohne mir den Namen meines Vaters zu nennen. Vor ihrem Tod sprach sie von Akkon, meiner Heimatstadt, meinem Geburtsort. Auch das wusste er.«

»Wir sind alle der Meinung, dass er echte Visionen hat«, stimmte Luca zu. »Bruder Peter und ich haben einen Bericht nach Rom geschickt. Wir warten auf die Antwort. Ich habe darum gebeten, dass wir ihn begleiten dürfen.«

»Das hast du wirklich getan?«, fragte Isobel und schnappte nach Luft.

»Er hat auch zu mir gesprochen«, erinnerte Luca sie. »Er hat von meinem Vater gesprochen, von seiner Entführung durch die osmanischen Sklavenfänger. Davon wissen nur die Menschen, denen ich es selbst erzählt habe: Freize und du, sonst niemand. Freize hat es einmal vor Bruder Peter erwähnt, aber die Leute in dieser Stadt wissen über uns nur, dass wir gemeinsam auf Pilgerfahrt sind und dass ich im Auftrag des Heiligen Vaters reise. Mehr kann er durch Küchentratsch nicht erfahren haben. Also muss er auf eine Weise Kenntnis erlangt haben über unser Schicksal, die nicht von dieser Welt ist. Ich muss glauben, dass es so ist, wie er sagt – dass er von Gott geführt wird.«

»Keine Fragen?«, sagte Ishraq mit einem kleinen Lächeln. »Herr Ermittler, ich dachte, du hättest immer Fragen. Ich dachte, du könntest nicht anders, als Fragen zu stellen?«

»Ich habe viele Fragen«, erwiderte Luca und lachte. »Dutzende. Aber nach allem, was ich gesehen habe, glaube ich Johann. Ich vertraue ihm.«

»Ich auch«, pflichtete Bruder Peter ihm bei. »Übermorgen sollte die Antwort aus Rom eintreffen. Ich erwarte, dass man uns anweisen wird, dem Kinderkreuzzug zu folgen und ihn auf seinem Weg zu unterstützen.«

Ishraqs Augen glänzten. »Er hat gesagt, dass ich nach Hause zurückkehren soll«, sagte sie. »Ich habe das Heilige Land nie als meine Heimat angesehen. Ich wurde gelehrt, Lucretili als meine Heimat zu betrachten, doch nun erscheint plötzlich alles in einem anderen Licht.«

»Aber du wirst dich doch nicht von mir abwenden?«, fragte Isobel beinahe schüchtern. »Du wirst nicht anders zu mir stehen? Auch wenn du deine Familie in Akkon findest?«

»Niemals!«, entgegnete Ishraq. »Aber im Land meiner Mutter zu sein und ihre Sprache zu hören! Die Hitze der Sonne zu spüren, von der sie mir erzählt hat! Mich umzusehen und Menschen zu erblicken, die meine Hautfarbe haben und meine Kleider tragen. Zu wissen, dass dort irgendwo meine Familie ist, die Familie meiner Mutter. Vielleicht ist sogar mein Vater noch dort.«

»Er hat mit dir geredet, als ob du eine Christin wärst und mit uns den Jüngsten Tag erleben würdest«, bemerkte Bruder Peter.

»Meine Mutter hätte gesagt, dass wir alle Menschen der Heiligen Schrift sind«, erwiderte sie. »Wir ehren alle denselben Gott: Christen, Juden und Muslime. Wir haben alle den einen Gott, wir haben nur verschiedene Propheten.«

»Damit hätte deine Mutter sehr unrecht«, wies Bruder Peter sie zurecht. »Und was du sagst, ist Ketzerei.«

Sie lächelte ihn an. »Meine Mutter stammte aus Akkon, wo Jesus als Prophet verehrt wird, man sich allerdings sicher ist, dass er nicht der Sohn Gottes ist. Sie war mit mir in Granada, wo Christen, Juden und Muslime friedlich zusammenleben. Ich habe mit eigenen Augen die Kirche neben der Synagoge und der Moschee gesehen und erlebt, wie die Menschen Seite an Seite arbeiteten, lasen und beteten. Sie nannten es *Convivencia* – ein harmonisches Miteinander, ungeachtet des Glaubens. Denn der Feind ist nicht der Mensch, der an einen anderen Gott glaubt, der Feind ist der Mensch, der an gar nichts glaubt und dem alles gleichgültig ist. Das solltet Ihr längst begriffen haben, Bruder Peter.«

Drei Tage, nachdem sie den Brief nach Rom geschickt hatten, sah Freize, der vor der kleinen Kirche Ausschau hielt, sein Pferd Rufino den Hügel herabtraben und durch das Haupttor in die Stadt kommen. Er rief es beim Namen, und das Pferd hob den Kopf, richtete die Ohren auf, wieherte freudig und trabte zu ihm.

Freize nahm die Zügel und führte das Pferd die steile Gasse zur Herberge hinab. Im Stallhof half er dem erschöpften Jungen aus dem Sattel, nahm den versiegelten Brief entgegen und schob ihn unter sein Wams. »Das hast du gut gemacht«, lobte er den Jungen. »Und hier hast du nichts verpasst. Es wurde viel gebetet und versprochen und geplant, aber der Kinderkreuzzug ist immer noch da, und wenn deine Mama dich lässt – ich hoffe, sie verbietet es dir –, kannst du mit ihm ziehen. Nun geh nach Hause und iss etwas Anständiges, du bist ein guter Junge.« Er ließ den Jungen gehen und wandte sich an das Pferd.

»Und jetzt kümmern wir uns um dich«, sagte er sanft und führte das erschöpfte Tier in den Stall. Er nahm ihm

Sattel und Zaumzeug ab und rieb es mit einer Handvoll Stroh ab. Dabei redete er ihm gut zu, beglückwünschte es zu der langen Reise und versprach ihm eine ausgiebige Verschnaufpause. Sanft klopfte er die müden Muskeln ab und striegelte das weiß, schwarz und braun gescheckte Fell, bis es glänzte. Nachdem er sichergestellt hatte, dass das Tier genug Heu und Wasser für die Nacht hatte, nahm er das orangerote Kätzchen auf, das in der Krippe geschlafen hatte, und ging in die Herberge.

»Hier ist euer Brief«, sagte er und überreichte ihn Luca, der mit Bruder Peter im Speisezimmer saß. Sie hatten Prophezeiungen studiert. Vor ihnen auf dem Esstisch lagen jene Schriften, die sie sorgsam zusammengerollt auf die Reise mitgenommen hatten, und eine gebundene Bibel. Am Fenster saßen die beiden Mädchen im letzten Abendlicht über Handarbeiten gebeugt und nähten schweigend.

Luca brach das Siegel auf und entfaltete den Brief auf dem Tisch, so dass er und Bruder Peter ihn gleichzeitig lesen konnten. Freize und die Mädchen warteten angespannt.

»Er sagt, dass wir gehen dürfen«, verkündete Luca atemlos. »Unser Herr sagt, dass wir mit Johann nach Jerusalem ziehen dürfen.«

Die Mädchen fassten sich bei den Händen.

»Er schreibt, dass wir seinen Predigten aufmerksam

zuhören sollen und …« Er brach ab, und die Freude wich aus seinem Gesicht. »Er schreibt, dass wir beobachten müssen, ob er sich der Ketzerei oder anderer Straftaten schuldig macht, dass wir alles prüfen müssen, was er sagt, und sofort Bericht erstatten müssen, wenn wir glauben, dass sein Handeln den Lehren der Kirche widerspricht. Ich muss nach gottlosen Taten und nach Zeichen Ausschau halten, die darauf hindeuten, dass er einen Pakt mit dem Teufel geschlossen hat. Wenn ich irgendetwas Verdächtiges sehe, muss ich den Kirchenoberhäuptern sofort Bericht erstatten, und sie werden ihn festnehmen.« Er wandte sich an Bruder Peter. »Das ist keine Ermittlung, das ist Spionage.«

»Nein, seht doch, was unser Herr schreibt.« Bruder Peter zeigte auf den Brief. »Das ist Teil unserer üblichen Ermittlung. Wir sollen mit ihm reisen, nach dem Licht Gottes in all seinen Taten suchen und sichergehen, dass seine Mission aufrichtig ist. Wir sollen herausfinden, ob er ein wahrer Prophet vom Ende der Tage ist. Wenn wir Betrügerei oder Falschheit bemerken, müssen wir das melden, aber wenn wir glauben, dass er die Stimme Gottes hört und seinen Geboten folgt, sollen wir ihm helfen und ihn leiten.

Der Heilige Vater persönlich wird Geld und Waffen schicken lassen, um den Kindern zu helfen, ins Heilige Land zu gelangen. Er sagt, dass wir sie nach Bari geleiten sollen. Dort wird er Schiffe bereitstellen, die uns alle nach Rhodos bringen. Von dort aus werden uns die Johanniter den Weg weisen. Es ist ihre Pflicht, Pilger ins Heilige Land zu führen. Der Heilige Vater wird sie wissen lassen, dass mehr Pilger kommen werden, als sie je zuvor gesehen haben. Und dann ... wer weiß, was die Johanniter tun werden, um diese Kinderarmee zu beschützen?«

»Geht euer Herr nicht davon aus, dass sich das Meer für die Kinder teilt?«, fragte Freize. »Ich dachte, das wäre der Plan? Wozu braucht ihr Schiffe? Wozu braucht ihr die Johanniter? Ich dachte, der liebe Gott wird das Meer teilen!«

Bruder Peter blickte auf, erbost von der Unterbrechung und Freizes sarkastischem Tonfall. »Gott sorgt für diese Kinder«, sagte er. »Wenn ein Wunder geschieht, werden wir es melden.«

»Ich werde ihm nicht hinterherspionieren, und ich werde ihm keine Falle stellen«, erklärte Luca.

Bruder Peter zuckte die Schultern. »Ihr seid hier, um zu ermitteln«, sagte er. »Haltet Ausschau nach Gott, haltet Ausschau nach dem Teufel. Was wäre sonst Eure Aufgabe?«

Er hatte recht. Luca hatte eingewilligt, alles und jeden in Frage zu stellen. »Nun gut«, lenkte er ein. »Wir werden unvoreingenommen beobachten, was auch immer geschehen mag. Ich werde ihm keine Falle stellen, aber ich werde ihn im Auge behalten. Ich werde Johann sagen, dass wir mit ihm reisen wollen und dem Zug Schiffe und Proviant zur Verfügung stellen werden.«

»Schickt euer Herr Geld, um all die hungrigen Mäuler zu stopfen?«, spöttelte Freize.

»Er hat Briefe an die Priester und Gotteshäuser auf dem Weg beigelegt«, erklärte Bruder Peter und zeigte ihm die entsprechenden Botschaften. »Darin steht, dass sie Speisen für die Kinder bereithalten sollen. Seine Heiligkeit wird dafür sorgen, dass sie entschädigt werden.«

»Dann bringe ich diese Nachricht schnell in die Kirche«, sagte Freize. »Das scheint mir wichtiger zu sein als das Geleit der Johanniter, die, wie man hört, ein seltsames Pack sind.«

»Sie sind Ritter, die sich Gott und dem Schutz der Pilger verpflichtet haben«, mahnte Bruder Peter. »Was auch immer sie tun, sie tun es für den Sieg des Christentums im Heiligen Land.«

»Eine Mörderbande, die einen guten Vorwand gefunden hat, im Namen Gottes Krieg zu führen«, murmelte Freize bei sich und schlüpfte hinaus.

Luca traf Johann auf einem Ankerpfosten am Hafen sitzend an. Der Junge blickte aufs Meer. »Darf ich mit dir reden?«, fragte er.

»Natürlich.« Johann zeigte sein strahlendes Lächeln.

»Ich habe den Wellen gelauscht und gehofft, Gottes Worte zu vernehmen. Aber er wird mit mir sprechen, wenn er es für richtig hält, und nicht, wenn ich es mir wünsche.«

»Ich habe meinem Herrn, dem Anführer meines Ordens, in einem Brief von dir erzählt, und er hat dem Heiligen Vater von dir berichtet.«

Johann nickte, schien jedoch nicht sonderlich beeindruckt von der Aufmerksamkeit dieser hohen Herren zu sein.

»Der Heilige Vater hat mir befohlen, dich und die Kinder nach Bari zu geleiten, ein Küstenstädtchen im Süden, wo wir Schiffe bereitstellen werden, die uns alle nach Rhodos bringen. Von dort aus werden die Johanniter uns nach Jerusalem führen.«

»Die Johanniter? Wer ist das?«

Luca lächelte über die Unwissenheit des Jungen. »Vielleicht sind sie in der Schweiz nicht bekannt? Sie sind ein Ritterorden und helfen Pilgern auf dem Weg ins Heilige Land. Sie kümmern sich um die Kranken und schützen die Pilger vor Angriffen. Das Heilige Land ist in den Händen der Ungläubigen, und manchmal überfallen sie Pilger. Die Johanniter sind ein starker und mächtiger Orden. Wenn ihr unter ihrem Schutz steht, kann euch nichts geschehen. Außerdem können sie euch bei der Nahrung oder bei Medikamenten behilflich sein. Ihr werdet auf dem Weg einen Freund brauchen. Die Johanniter werden eure Beschützer sein.«

Der Junge lauschte Lucas Worten unbeeindruckt. »Gott wird für uns sorgen«, sagte er. »Das hat er immer getan. Wir benötigen keine Hilfe von Rittern. Gott ist unser Freund. Er ist der einzige Führer, den wir brauchen.«

»Ja«, stimmte Luca zu. »Aber vielleicht ist der Schutz der Johanniter seine Art, euch zur Seite zu stehen. Bist du einverstanden, dass ich euch nach Bari begleite und wir von dort aus die Schiffe nehmen, die der Heilige Vater uns schickt? Es ist ein weiter Weg ins Heilige Land und besser für uns alle, wenn die Schiffe uns übers Meer fahren und die Johanniter uns führen.«

Johann sah ihn überrascht an. »Wir sollen nicht zu Fuß gehen? Wir sollen nicht warten, bis das Meer sich teilt?«

»Mein Herr hat geschrieben, dass der Heilige Vater diesen Weg selbst vorgeschlagen hat. Und er hat mir Briefe geschickt, die wir den Gotteshäusern übergeben können, den Abteien, Klöstern und Pilgerstätten auf dem Weg, damit sie die Kinder versorgen.«

»Gott sorgt für uns«, stellte Johann fest, »wie er es versprochen hat. Und du begleitest uns bis nach Jerusalem, Luca Vero?«

»Das würde ich gern, wenn du es gestattest. Ich reise mit einer jungen Dame und ihrer Dienerin, und sie möchten ebenfalls mitkommen. Ich werde auch meinen Diener Freize und meinen Schreiber Peter mitnehmen.«

»Natürlich, ihr könnt alle mitkommen«, erwiderte Johann. »Wenn Gott euch gerufen hat, müsst ihr ihm folgen. Glaubst du, dass er dich gerufen hat? Oder folgst du nur dem Befehl deines Herrn?«

»Ich war mir sicher, dass du mich meintest, als du in deiner ersten Predigt einen vaterlosen Jungen erwähnt hast«, sagte Luca zögernd. Es fiel ihm nicht leicht, dem Jungen von seinem größten Kummer zu berichten. »Ich habe meinen Vater und meine Mutter verloren, als ich noch ein Kind war, und ich habe nie erfahren, wo sie sind. Ich weiß nicht einmal, ob sie tot oder lebendig sind. Ich habe dir geglaubt, als du gesagt hast, dass ich sie in Jerusalem wiedersehen werde. Glaubst du wirklich, dass es so sein wird?«

»Ich weiß es«, sagte der Junge überzeugt.

»Dann hoffe ich, dass ich dir auf deiner Reise helfen kann, denn ich bin mir sicher, dass es als ihr Sohn meine Pflicht ist, mit dir zu kommen.«

»Wie du willst, Bruder.«

»Und wenn du jemals an deinem Ruf zweifeln solltest«, sagte Luca und fühlte sich bei dem Versuch, den Jungen zu prüfen, wie Judas, »dann kannst du es mir sagen. Ich bin noch kein Priester. Ich war Novize, als ich aus dem Kloster gerufen wurde, um Gott auf diese Weise zu dienen – aber ich kann dir zuhören und dir Ratschläge geben.«

»Ich habe keine Zweifel«, sagte Johann und lächelte. »Du bist es, der zweifelt. Du hast an deinem Ruf ins Kloster gezweifelt, und nun zweifelst du an deiner Mission. Du zweifelst an deinen Anweisungen, du zweifelst am Anführer deines Ordens, und du zweifelst sogar an den Worten, die du zu mir sprichst. Denkst du, ich höre die Lügen auf deiner Zunge nicht und sehe nicht die Zweifel in deinen Gedanken?«

Luca errötete. »Als ich deine Predigt gehört habe, hatte ich keine Zweifel. Ich war erst vierzehn, als mein Vater von den Sklavenfängern entführt wurde. Auch meine Mutter haben sie geraubt. Manchmal träume ich von ihnen und von meiner Kindheit. Der Verlust schmerzt mich noch immer wie am ersten Tag, und ich kann den Gedanken nicht ertragen, dass sie leiden müssen. Damals konnte ich sie nicht retten, und auch heute kann ich nichts tun.«

Johann schwieg einen Augenblick lang. Mit seinen leuchtend blauen Augen musterte er Lucas Gesicht. »Du wirst sie wiedersehen«, sagte er sanft. »Du wirst sie wiedersehen. Ich weiß es.«

Luca legte die Hand auf sein Herz. »Ich werde darum beten«, sagte er.

»Und ich werde für dich beten«, antwortete Johann. »Morgen früh bei Sonnenaufgang ziehen wir weiter.«

»Nach Bari?«, fragte Luca. »Erlaubst du mir, dich nach Bari zu begleiten?«

»So Gott will«, erwiderte Johann heiter.

Oben in der Dachkammer der Herberge packten Isobel und Ishraq ihre wenigen Habseligkeiten in eine Satteltasche für die Weiterreise am nächsten Tag. Isobel warf ihren goldenen Zopf zurück. »Meinst du, die Wirtin würde uns eine Wanne und heißes Wasser heraufbringen lassen?«

Ishraq schüttelte den Kopf. »Ich habe sie schon gefragt. Sie kümmert sich um unsere Wäsche, aber selbst das hat einige Überzeugungskraft gekostet. Sie wäscht nur einmal im Monat. Und gebadet wird nur einmal im Jahr, am Karfreitag. Sie war entsetzt, als ich sagte, dass wir gern mehr als einen Wasserkrug zum Waschen hätten.«

Isobel lachte. »O nein! Was machen wir jetzt?«

»Im Wäldchen hinter dem westlichen Stadttor ist ein kleiner See. Der Stallbursche hat mir gesagt, dass die Jungen im Sommer dort schwimmen gehen. Hältst du es aus, in kaltem Wasser zu baden?«

»Besser als nichts«, erwiderte Isobel. »Wollen wir gleich losgehen?«

»Bevor die Sonne untergeht«, stimmte Ishraq mit einem Schaudern zu. »Und ob es ihr gefällt oder nicht, ich werde mir von der Wirtin ein paar Leintücher zum Abtrocknen und unsere sauberen Kleider geben lassen.«

Die Mädchen vergewisserten sich, dass Luca am Hafen mit Johann sprach, Freize in der Küche aushalf und Bruder Peter im Speisezimmer studierte, dann liefen sie die Pflastersteine zum Marktplatz hinauf und verließen das Städtchen durch das Westtor. Der Pförtner sah ihnen missmutig hinterher. »Das Tor schließt bei Sonnenuntergang!«, rief er ihnen nach.

»Bis dahin sind wir wieder zurück«, rief Ishraq. »Wir machen nur einen Spaziergang.«

Der Pförtner schüttelte den Kopf über die Eigenheiten der Damen und ließ sie gehen, abgelenkt von dem Stallburschen der Herberge. »Solltest du nicht bei der Arbeit sein?«, fragte er.

»Mein freier Nachmittag«, gab er zurück.

»Nun, das Tor schließt ...«

»Bei Sonnenuntergang!«, fiel der Junge ihm frech ins Wort »Ich weiß. Wir alle wissen es.«

Der See war so rund wie ein Brunnenbecken. Er lag verborgen im Dickicht des Waldes, vollständig von einem schützenden Ring aus Bäumen umgeben. Weiches Gras wuchs bis an das sandige Ufer, und das klare Wasser war etwa zwanzig Fuß tief.

»Wie schön«, sagte Isobel.

»Es wird kalt sein«, sagte Ishraq und blickte in die dunklen Tiefen.

»Dann springen wir am besten!«, sagte Isobel lachend, zog sich das Kleid und den leinenen Unterrock aus und nahm, nur in Unterwäsche, Anlauf und sprang ins Wasser. Sie schrie auf, tauchte unter und kam lachend wieder hoch. Ihre goldenen Haare legten sich wie ein nasser Umhang um ihre Schultern. »Komm rein! Komm schon! Es ist herrlich!«

Ishraq zog sich schnell aus und watete ins Wasser. Sie zitterte und umklammerte den Oberkörper mit den Armen. Isobel schwamm auf sie zu, dann drehte sie sich auf den Rücken und strampelte der protestierenden Ishraq Wasser ins Gesicht.

»Oh! Kalt! Kalt!«

»Wenn du erst einmal drin bist, ist es nicht mehr schlimm«, ermunterte Isobel sie. »Nun komm schon.« Sie nahm ihre Freundin bei der Hand und zog sie mit sich. Ishraq stieß einen Schrei aus und tauchte dann unter. Sie schwamm hinter Isobel her, die von ihr wegzappelte, so schnell sie konnte.

Sie spielten wie zwei Delphine, drehten und wanden sich lachend im Wasser, bis sie außer Atem waren. Ishraq schwamm ans Ufer und reichte Isobel ein grobes Stück Seife.

»Ich weiß«, sagte sie, als sie Isobels kleines enttäuschtes Schnauben hörte. »Das war alles, was ich auftreiben konnte. Aber ich habe etwas Öl für unsere Haare.«

Isobel stand knietief im Wasser und seifte sich von oben bis unten ein. Als sie fertig war, reichte sie Ishraq die Seife, tauchte in dem klaren Wasser unter und trat aus dem See. Sie zog die nasse Unterwäsche aus und schlang das Leintuch um sich. Dann hielt sie ein zweites Tuch für Ishraq auf, die mit klappernden Zähnen aus dem Wasser stieg.

Warm eingewickelt kämmten sie sich die nassen Haare und bestrichen sie vom Ansatz bis in die Spitzen mit Rosenöl. Dann drehte Isobel sich um, und Ishraq flocht ihr die goldenen Locken zu einem Zopf. Anschließend flocht Isobel Ishraqs schwarze Haare zu einem Knoten im Nacken.

»Sehr elegant«, sagte Isobel, zufrieden mit ihrem Werk.

»Verlorene Liebesmüh«, entgegnete Ishraq, während sie in ihr Kleid schlüpfte und sich die Kapuze ihres Umhangs über den Kopf zog. »Wer bekommt mich schon zu sehen?«

»Wir wissen jedenfalls, dass wir sauber und unsere Haare geflochten sind«, sagte Isobel. »Und morgen brechen wir zu einer weiten Reise auf. Wer weiß, wann wir uns das nächste Mal waschen können?«

»Ich hoffe, es wird mit heißem Wasser sein«, bemerkte Ishraq, als sie ihre Bündel aufnahmen und sich auf den Rückweg machten. »Erinnerst du dich an die maurischen Bäder in Granada mit heißem Dampf und vorgewärmten Handtüchern?«

Isobel seufzte. »Und die alte Frau im Badehaus, die uns mit Seife geschrubbt, mit Rosenwasser begossen und uns die Haare gewaschen, geölt und gekämmt hat!«

Ishraq lächelte. »*Das* nenne ich zivilisiert.«

»Vielleicht in Akkon?«, fragte Isobel.

»Gewiss, in Akkon.« Ishraq lächelte. »Vielleicht nehmen wir schon unser nächstes Bad in einem maurischen Badehaus in Akkon!«

Die Mädchen gelangten unbemerkt in die Herberge und erschienen pünktlich zum Abendessen, um die bevorstehende Abreise zu planen. Luca hatte sich in den Kopf gesetzt, nicht auf sein Pferd zu steigen. Er wollte nicht hoch zu Ross sitzen, während Johann seine Anhänger zu Fuß führte. Er wollte wie die Kinder nach Bari laufen. Ishraq und Isobel stimmten ihm zu und entschieden, ebenfalls zu laufen. Bruder Peter schloss sich ihnen an. Nur Freize wies darauf hin, dass mit dem langen Fußmarsch auch Unannehmlichkeiten verbunden seien, besonders für die jungen Damen. Außerdem würden sie lediglich dort haltmachen und etwas essen, wo auch die Kinder haltmachten und etwas aßen – mit anderen Worten: Sie würden wenig und schlecht essen. Sollten sie etwa nichts anderes zu sich nehmen als Roggenbrot und Quellwasser? Und wie sollten sie ihre Ausrüstung tragen: Bruder Peters Schreibkasten, die Manuskripte zum Nachschlagen, den

Geldbeutel? Wie sollten sie ihr Gepäck tragen, die Kleider und Schuhe der Damen, ihre Kämme, Handspiegel und kleinen Tiegel mit Duftöl? Hielten sie es für bescheiden, wie arme Leute zu Fuß zu gehen, während Freize ihnen zu Pferd mit dem Gepäck folgte und vier weitere Pferde und den Esel hinter sich herführte? Wäre das nicht, als ob sie Pilgerfahrt spielten und nur vorgäben, arm zu sein? Sollte das etwa gottgefällig sein?

»Vielleicht können wir tagsüber mit ihnen wandern und nachts in Pilgerhäusern oder Herbergen schlafen?«, schlug Isobel vor.

»Wir sagen ihnen gute Nacht und lassen sie auf dem Feld schlafen?«, entgegnete Freize. »Und morgens stoßen wir wieder zu ihnen, nach einem erholsamen Schlaf und einem deftigen Frühstück? Und dann die Krankheiten: Eine von Euch wird mit Sicherheit das Fieber bekommen, und dann müssen wir sie entweder zurücklassen oder bei ihr bleiben und kommen erst recht nicht vom Fleck.«

»Freize hat recht. Es ist lächerlich. Und ihr könnt nicht den ganzen Weg zu Fuß gehen«, sagte Luca zu Isobel.

»Ich würde es nicht dulden!«, fügte Freize hochtrabend hinzu.

»Ich kann laufen!«, entgegnete Isobel empört. »Ich kann mit den Kindern zu Fuß gehen. Ich habe keine Angst vor Unannehmlichkeiten.«

»Ihr werdet Läuse bekommen«, warnte Freize sie. »Und Flöhe. Es geht hier nicht um eine Kasteiung, auf die Ihr mit heimlichem Stolz zurückblicken werdet – es geht um Dreck und Bisse und Ratten und Krankheiten. Und lange, mühsame Tage des Wanderns, während die Stiefel Eure Füße wundscheuern und Ihr wie eine alte Frau mit schmerzenden Knochen humpelt.«

»Freize«, sagte sie, »ich bin fest entschlossen, ins Heilige Land zu reisen!«

»Ihr werdet Hühneraugen bekommen«, gab er zurück. »Und nie wieder schöne Schuhe tragen können.«

Es war nicht zu leugnen, und er wusste es. Ihren ehrbaren Absichten zum Trotz hatte er sie zum Schweigen gebracht.

»Und Ihr werdet stinken«, schoss er mit Wonne sein stärkstes Argument ab. »Und Pickel kriegen!«

»Freize«, sagte sie. »Das ist keine vorübergehende Laune, es ist eine Vision. Ich bin mir sicher, mein Vater würde wollen, dass ich gehe. Ishraq will gehen. Wir gehen. Niemand kann uns aufhalten.«

»Wie wäre es mit einer Schiffsreise nach Bari?«, schlug Freize vor.

»Was?«

»Sie könnten ein Schiff nehmen«, wiederholte Freize. »Wir können die Pferde, das Gepäck und die Damen mit dem Schiff schicken. Wir Männer gehen mit den

Kindern und helfen ihnen, wie es unsere Pflicht ist. Die Damen werden vor uns ankommen, in einer Herberge absteigen und in aller Bequemlichkeit warten, bis wir eintreffen.«

Er betrachtete Isobels aufgebrachtes Gesicht. »Meine Dame, liebste Dame, Ihr könnt noch ausgiebig genug durch Hitze und Schmutz reisen, wenn Ihr im Heiligen Land seid. Glaubt nicht, dass unser Weg unbeschwerlich sein wird. Die Unannehmlichkeiten kommen schon noch. Wenn es Euer Wunsch ist, durch brennende Hitze und elendigen Schmutz zu laufen, wenn es Euer Wunsch ist, von Irren in Turbanen angegriffen zu werden, Euch die Flohbisse wund zu kratzen und mit Schlangen unter dem Kissen im Sand zu schlafen, so wird er erfüllt werden. All das könnt Ihr tun, wenn Ihr im Heiligen Land seid. Es ist keine besondere Leistung, über die holprigen Straßen Italiens zu wandern.«

»Sollten die Damen vor uns in Bari sein«, schaltete Bruder Peter sich ein, »könnten sie sich darum kümmern, dass die Schiffe rechtzeitig für uns bereitstehen. Wir werden – wie lange? – drei Tage brauchen? Vielleicht vier?« Er wandte sich an die Mädchen. »Wenn Ihr zustimmt, das Schiff zu nehmen, könnte ich Euch außerdem die päpstlichen Empfehlungsschreiben mitgeben, und Ihr könntet dafür sorgen, dass die Kinder bei der Ankunft etwas zu essen bekommen. Das wäre sehr hilfreich.«

»Ihr würdet damit der Pilgerfahrt dienen«, beschwor Luca Isobel. »Es ist wichtig.«

»Ich weiß nicht …« Sie zögerte.

»Vielleicht schaffen sie es nicht allein«, warf Freize ein. »Vielleicht ist es besser, wenn ich sie begleite.«

Luca runzelte die Stirn und warf ihm einen scharfen Blick zu. »Du willst auch mit dem Schiff fahren?«

»Natürlich nur, um ihnen zu helfen«, versicherte Freize. »Und um sie zu beschützen.«

»Und um dich vor dem mühsamen Marsch zu drücken«, sagte Luca vorwurfsvoll.

»Warum auch nicht«, gab Freize zurück, »wenn mein gottloses Herz nicht daran hängt? Wenn ich mit meinen sündigen Zweifeln bloß deine Entschlossenheit bremsen würde? Ich halte mich besser raus. Es ist nur recht und billig, dass diejenigen mit der Vision auch das Laufen übernehmen.«

»Also gut, wie du willst«, fauchte Luca. »Isobel – du, Ishraq und Freize, ihr nehmt ein Schiff nach Bari. Ihr nehmt die Pferde und das Gepäck mit, und wir stoßen in drei Tagen zu euch. Freize – du wirst die Mädchen beschützen und Schiffe auftreiben, die die Kinder nach Rhodos bringen, du wirst einen Preis aushandeln und die päpstlichen Empfehlungsschreiben zum Priester und zum Geldverleiher bringen.«

»Ich will aber laufen«, murrte Isobel.

»Ich nicht«, gab Ishraq offen zu. »Freize hat recht. Wir werden noch genug laufen, wenn wir im Heiligen Land sind.«

»Das wäre also geklärt«, sagte Bruder Peter. Er öffnete seinen Schreibkasten und nahm die päpstlichen Briefe heraus. »Die Schreiben werden uns Kredite bei den Geldverleihern von Bari verschaffen«, sagte er. »Es werden sicherlich Juden sein, aber sie werden die Autorität des Heiligen Vaters anerkennen. Achte darauf, einen guten Preis auszuhandeln. Es sind böse Menschen. Auf ihnen lastet für alle Ewigkeit die Blutschuld.«

Ishraq nahm die Briefe entgegen und steckte sie in ihren Umhang. »Und doch verlasst Ihr Euch auf ihre Ehrlichkeit und Zuverlässigkeit«, bemerkte sie scharf. »Ihr schickt ihnen einen Brief und erwartet, dass sie Euch deswegen einen Kredit geben. Ihr wisst, dass sie die Autorität anerkennen und Euch Geld leihen werden. Ich würde diese Menschen nicht böse, sondern entgegenkommend nennen. Selbst der Papst vertraut ihnen. Sie verrichten nur die Arbeit, die Ihr ihnen zugesteht, und sie verrichten sie sorgfältig und verantwortungsvoll. Ich verstehe nicht, warum Ihr sie böse nennt.«

»Sie sind Heiden und Ungläubige«, sagte Bruder Peter fest.

»Wie ich«, erinnerte sie ihn.

»Du stehst im Dienste einer Christin«, erwiderte Bruder Peter ausweichend. »Und außerdem habe ich gesehen, dass du eine treue Gefährtin bist.«

»Wie alle Frauen meines Landes«, gab sie zurück. »Wie all die anderen Ungläubigen.«

»Vielleicht«, entgegnete er. »Das werden wir sehen, wenn wir im Heiligen Land sind.«

Isobel erschauerte vor Freude. »Ich kann es mir gar nicht vorstellen!«

Ishraq lächelte. »Ich auch nicht.«

Am nächsten Morgen nach dem Frühstück verließen die Mädchen die Herberge, die Kapuzen sittsam ins Gesicht gezogen, und gingen zu dem Schiff am Hafen, das sie die Küste entlang südwärts nach Bari bringen sollte. Luca und Bruder Peter begleiteten sie. Bruder Peter hatte sich seinen Schreibkasten auf den Rücken geschnallt und trug in der Hand die wertvollen Manuskripte, die zum Schutz gegen die Feuchtigkeit in geölte Schafshäute gewickelt waren. Zwischen den heimkehrenden Fischerbooten verlud Freize den Esel und die fünf Pferde auf dem Schiff.

Der Landungssteg, der vom Kai auf das Schiff führte, war breit und solide gebaut. Die ersten vier Pferde trabten sorglos über die kleine Brücke und ließen sich in den Verschlag führen, in dem sie während der Überfahrt bleiben sollten. Ishraq sah, wie das letzte Pferd, Bruder Peters Rappe, vor dem Landungssteg scheute und zurückwich. Freize legte ihm die Hand auf den Hals und flüsterte ihm etwas ins Ohr, dann löste er das Halfter. Bruder Peter stieß einen Schrei aus und blickte sich nach Männern um, die das Pferd mit ihnen gemeinsam wieder einfangen könnten, doch Luca schüttelte den Kopf. »Wartet«, sagte er. »Er weiß, was er tut.«

Das Pferd stand einen Augenblick lang ganz still und erkannte, dass es frei war. Dann berührte Freize wieder seinen Hals, wandte ihm den Rücken zu und ging allein den Landungssteg entlang. Das Pferd richtete die Ohren auf und beobachtete ihn. Schließlich folgte es ihm bedächtig mit klappernden Hufen über die Holzplanken. Als es an Deck kam, streichelte Freize es und raunte ihm ein paar lobende Worte zu, bevor er ihm wieder das Halfter anlegte und das Tier zu seinen Gefährten in den Verschlag führte.

»Sie lieben ihn«, erklärte Luca und stellte sich neben die Mädchen. »Alle Tiere vertrauen ihm. Er hat eine Gabe. Wie der heilige Franz von Assisi.«

»Kann es sein, dass er ein Kätzchen mit sich herumträgt?«, fragte Ishraq, und Luca musste lachen.

»Ich weiß es nicht. Aber es würde mich nicht überraschen.«

»Ich glaube, in seiner Tasche wohnt ein streunendes Kätzchen«, sagte sie. »Ich habe gestern Abend seinen Umhang aus dem Speisezimmer genommen, und er hat mich angemaunzt.«

Isobel lachte. »Es ist ein orangerotes Kätzchen. Er hat es vor ein paar Tagen aufgelesen – ich wusste nicht, dass er es immer noch bei sich hat.«

Freize kam von Bord. »Es gibt eine Kajüte und eine Kochstelle«, berichtete er. »Ihr werdet es behaglich haben. Und die Wetteraussichten sind gut, wir werden nur wenige Stunden brauchen. Um die Mittagszeit herum sollten wir Bari erreichen.«

»Gehen wir an Bord?«, fragte Isobel Luca. Der Kapitän stand an Deck und erteilte mit lauter Stimme Befehle. Die Matrosen waren bereit, die Taue zu lösen. Einige Kinder des Kreuzzuges standen herum und beobachteten die Vorbereitungen.

»Gott segne sie«, sagte Isobel ernst, einen Fuß auf dem Landungssteg, eine Hand in der von Luca. »Und Gott segne auch dich, Luca. Wir sehen uns in Bari.«

»Es sind nur wenige Tage«, gab er leise zurück. »Für euch ist es besser, das Schiff zu nehmen, auch wenn du mir fehlen wirst. Ich werde dich nicht enttäuschen. Wir sehen uns bald wieder.«

»Wir legen ab!«, rief der Kapitän. »Alle Mann an Bord!«

Bruder Peter reichte Freize die Manuskripte und seinen kostbaren Schreibkasten, damit er beides in der kleinen Kajüte verstaute. Isobel wollte gerade die Planken hinaufgehen, als sie plötzlich den Boden unter sich erzittern fühlte. Einen Augenblick lang dachte sie, dass ein großes Schiff gegen die Kaimauer gestoßen war und die Felsen erschüttert hatte, und sie streckte die Hand aus und hielt sich am Geländer fest. Doch dann kam ein erneuter Stoß, und ein tiefes Donnern ertönte – ein so gewaltiges und doch so gedämpftes Geräusch, dass sie angstvoll nach Ishraqs Hand griff und um sich blickte. Mit einem Mal schlugen Tausende kleine Wellen gegen die Kaimauer, obwohl das Meer spiegelglatt war.

Die Kinder am Kai sprangen auf die Füße, als die Erde unter ihnen bebte, die kleineren schrien vor Angst. »Hilfe! Hilfe!«

»Was war das?«, fragte Isobel. »Habt ihr das gehört? Dieses schreckliche Grollen?«

Ishraq schüttelte den Kopf. »Ich weiß es nicht. Etwas Sonderbares.«

»Ich weiß, dass mein Erlöser lebt!«, rief Johann aus. Alle drehten sich zu ihm um. Er wirkte ruhig und gelassen. Er breitete die Arme aus und lächelte. »Hört ihr die Stimme Gottes? Fühlt ihr die Berührung seiner heiligen Hand?«

Luca trat auf die Mädchen zu. »Geht lieber zurück in die Herberge ...«, setzte er an. »Hier stimmt etwas nicht ...«

Das Dröhnen ertönte erneut, ein gewaltiges Ächzen, so tief und so nah, dass alle nach oben blickten, doch der Himmel war wolkenlos. Dann sahen sie wieder aufs Meer, das von vielen kleinen Wellen bewegt wurde.

»Gott spricht zu uns!«, rief Johann seinen Anhängern

mit klarer Stimme zu. »Hört ihr ihn? Hört ihr, wie er durch Erdbeben, Wind und Feuer zu uns spricht? Gesegnet sei sein Name. Er ruft uns ins Heilige Land! Ich höre ihn. Ich höre ihn!«

»Ich höre ihn!«, wiederholten die Kinder. Ihre Stimmen wuchsen zu einem Chor. »Ich höre ihn!«

»Erdbeben?«, fragte Isobel. »Sagte er ›Erdbeben, Wind und Feuer‹?«

»Wir warten lieber in der Herberge«, sagte Ishraq verstört. »Wir gehen besser nicht auf das Schiff, sondern in Deckung. Wenn ein Sturm aufzieht …«

Isobel war im Begriff, mit ihr zu gehen, als eines der Kinder rief: »Seht! Seht nur!«

Alle Blicke folgten dem ausgestreckten Finger des Kindes zu der Treppe am Kai, wo das Wasser in einem unruhigen, schnellen Rhythmus über die untersten Stufen schwappte. Sie sahen etwas Außergewöhnliches. Das Wasser ging mit erstaunlicher Geschwindigkeit zurück, schneller als bei Ebbe; die eben noch von Wasser bedeckte Stufe begann in der Sonne zu trocknen, während die nächste Stufe bereits freilag. Dann kam das grüne Seegras auf der darunterliegenden Stufe zum Vorschein. Der Wasserspiegel sank immer tiefer. Wasser floss von den Stufen wie ein Wasserfall, von Stufen, die niemand mehr gesehen hatte, seit sie vor langer Zeit gebaut worden waren. Das Wasser im Hafenbecken zog sich zurück, wich vom Land, lief von den Mauern, und die Tiefe gab ihre Geheimnisse preis und wurde zu trockenem Boden.

Es war ein seltsamer und fesselnder Anblick. Bruder Peter stellte sich zu den anderen an den Rand des Kais und blickte auf die schwindende Flut. Das Meer gab immer mehr Land frei, je weiter es zurückwich. Die Pferde an Deck wieherten angstvoll, als das Schiff schwer an den Grund des Hafenbeckens stieß. Die kleinen Fischerboote hingen an den Seilen herab, mit denen sie an der Hafenmauer vertäut waren, und die Schiffe in der Mitte des Hafenbeckens sanken tiefer und neigten sich zur Seite, hilflos zurückgelassen von dem fliehenden Meer, nackt in den Schlamm geworfen – riesenhaft, schwer und nutzlos.

»Und Mose streckte seine Hand über das Meer aus, und der Herr ließ die ganze Nacht über einen starken Ostwind wehen, der das Wasser zurücktrieb. So verwandelte sich das Meer in trockenes Land, und das Wasser teilte sich!«, rief Johann über die Köpfe der Kinder hinweg. Freudenrufe und Angstschreie ertönten, während er sich einen Weg durch die Menge bahnte, an den Rand des Kais trat und in das leere Hafenbecken hinabsah. Krebse flitzten über den Schlamm, und in Pfützen gefangene Fische zappelten mit den Schwanzflossen. »Und Mose streckte seine Hand über das Meer aus, und der

Herr ließ die ganze Nacht über einen starken Ostwind wehen, der das Wasser zurücktrieb. So verwandelte sich das Meer in trockenes Land, und das Wasser teilte sich«, wiederholte er. »Seht her, Gott hat das Meer in trockenes Land verwandelt – für uns. Dies ist der Weg nach Jerusalem!«

Isobel griff nach Lucas Hand. »Ich habe Angst!«

Luca war atemlos vor Aufregung. »So etwas habe ich noch nie gesehen. Ich hätte es nicht für möglich gehalten! Er hat gesagt, dass es geschehen würde, aber ich konnte es nicht glauben.«

Ishraq wechselte einen angstvollen Blick mit Isobel. »Ist das ein Werk eures Gottes?«, fragte sie. »Vollbringt er in diesem Augenblick ein Wunder?«

An Bord des Schiffes zerrten die angebundenen Pferde und der Esel an ihren Stricken. Freize ging zu ihnen und versuchte, sie zu beruhigen, doch sie warfen wiehernd die Köpfe zurück und traten mit den Hufen gegen den hölzernen Verschlag. Der Landungssteg war mit dem Schiff nach unten gesunken. Jetzt gab er unter dem Druck des Schiffes nach und fiel in den Schlamm des Hafenbeckens.

»Ruhig, meine Hübschen, ganz ruhig!«, raunte Freize den Pferden zu. »Wir sind hier in Sicherheit. Wie auf einer trockenen Insel, kein Grund zur Sorge. Ganz ruhig, gleich bringe ich euch hier raus.«

»Folgt mir! Folgt mir!«, rief Johann aus und lief die Stufen der Ufertreppe hinab. »Dies ist der Weg! Dies ist der Weg nach Jerusalem, der direkte Weg!«

Die Kinder folgten ihm voller Aufregung. Eines von ihnen stimmte den Lobgesang des Simeon an: »›Nun lässt du, Herr, deinen Knecht, wie du gesagt hast, in Frieden scheiden. Denn meine Augen haben das Heil gesehen, das du vor allen Völkern bereitet hast …‹«

»Gott zeigt uns den Weg!«, rief Johann. »Gott führt uns ins Gelobte Land. Er lässt das Wasser trocknen. Wir laufen trockenen Fußes ins Heilige Land!«

»Sollen wir mit ihm gehen?«, fragte Isobel Luca, zitternd vor Angst und Hoffnung. »Ist dies ein Wunder?«

Lucas Gesicht strahlte. »Ich kann es nicht glauben! Aber es muss so sein. Johann hat gesagt, das Meer werde sich teilen, und nun weicht das Wasser wirklich zurück!«

Die Kinder sangen wie ein Chor aus tausend Kehlen. Sie strömten die Treppe ins Hafenbecken hinab, einige sprangen die nassen Stufen hinunter und lachten, als sie knöcheltief in den Schlamm sanken. Sie stapften durch das dichte Seegras, Muscheln knirschten unter ihren Füßen, sie liefen Hand in Hand, zu Dutzenden, zu Hunderten, Seite an Seite, liefen zwischen den gesunkenen Schiffen und alten Wracks hindurch bis zur Hafenmündung und weiter Richtung Horizont. Das Meer wich stetig vor ihnen zurück, schneller, als sie laufen konnten, und schuf eine Landzunge für sie nach Palästina.

»Wir sollten mit ihnen gehen«, beschloss Luca mit klopfendem Herzen. »Es ist ein Wunder. Johann hat gesagt, das Meer werde sich teilen, und so ist es.«

Er ging die Stufen zum Hafenbecken hinab, Bruder Peter folgte ihm. »Glaubt Ihr, dass es wahr ist?«, rief Luca. Seine braunen Augen blitzten vor Aufregung.

»Es ist ein Wunder«, bestätigte Bruder Peter. »Dass ich mit eigenen Augen ein Wunder zu sehen bekomme! Gelobt sei der Herr!«

»Was habt ihr vor?«, fragte Ishraq verstört.

»Ich muss es sehen«, rief Luca ihr über die Schulter hinweg zu, den Blick weiter auf die schwindende See gerichtet. »Ich muss das Heilige Land sehen. Johann führt die Kinder nach Jerusalem. Ich muss es sehen.«

Freize, der immer noch auf dem gestrandeten Schiff stand und versuchte, die Pferde zu beruhigen, stieß plötzlich einen durchdringenden Schmerzensschrei aus. Die ausgebeulte Tasche seines Umhangs bewegte sich. Er zog seine blutende Hand daraus hervor. Dann wagte er einen neuen Versuch und holte das kleine orangerote Kätzchen heraus. Es war ein verängstigtes Knäuel, das Fell stand ihm zu Berge, die grünen Augen waren panisch geweitet. Es wand sich aus seiner Hand, sprang an Deck und flitzte, flink wie ein Affe, das ächzende Tau entlang bis zum Ufer und auf die Herberge zu. Dort lief es nicht durch die offen stehende Tür, sondern kletterte an den Weinranken empor und sprang auf das Schieferdach. Es balancierte bis auf das Dach des Schornsteins, den höchsten Punkt weit und breit. Dort krallte es sich an den Tonfliesen fest und fauchte ängstlich.

»Halt!«, schrie Freize plötzlich. Seine Stimme schallte laut über den Gesang der Kinder hinweg. Er schwang sich über die Reling und landete plump im Schlamm des Hafenbeckens. Er rappelte sich auf und stolperte um das Schiff herum auf die unterste Stufe der Hafentreppe, rutschte auf dem Seegras aus und hielt sich an einem Anlegering fest, um nicht zu stürzen. Er krabbelte bis zur obersten Stufe, wo Luca sich mit entrückter Miene an den Abstieg machte. Freize packte ihn um die Taille, drängte ihn zurück auf den Kai und schubste ihn mit aller Kraft zur Herberge.

»Lass mich …« Luca versuchte, sich loszumachen. »Freize, lass mich gehen! Ich muss es sehen! Ich folge ihnen!«

»Es ist zu gefährlich!«, rief Freize. »Die Katze weiß es. Die Pferde wissen es. Gott helfe uns. Es wird etwas Schreckliches geschehen. Lauft in die Herberge, lauft auf den Dachboden, aufs Dach hinauf, wenn ihr könnt. Wie die Katze! Siehst du die Katze? Das Meer wird sich gegen uns wenden.«

»Es teilt sich«, widersprach Bruder Peter. »Sieh doch. Johanns Prophezeiung wird wahr. Er geht übers Meer, die Kinder folgen ihm, und wir gehen mit.«

»Nein, das tut ihr nicht!« Freize drängte Luca zur Herberge und schlug ihm verzweifelt auf die Schultern. »Schnapp dir Isobel!«, rief er und schüttelte ihn. »Schnapp dir Ishraq! Sonst werden sie vor deinen Augen ertrinken. Das willst du doch nicht. Du willst doch nicht, dass Isobel von der Flut gepackt wird, wenn das Wasser zurückkommt.«

Luca erwachte wie aus einem Traum. »Was? Du glaubst, das Wasser kommt zurück?«

»Ich weiß es!«, rief Freize. »Bring sie in Sicherheit. Hol sie hier raus! Rette die Mädchen! Schau dir die Katze an!«

Luca blickte entsetzt auf das Kätzchen, das sich noch immer am höchsten Punkt des Daches festkrallte und panisch fauchte. Dann packte er Isobels Hand und Ishraqs Arm und rannte mit ihnen zur Herberge. Isobel sträubte sich, doch Ishraq war so verängstigt wie Freize und zog sie mit sich. »Komm!«, drängte sie. »Wenn es wirklich ein Wunder ist, wird das Meer später auch noch verschwunden sein. Wir können nachkommen. Lass uns reingehen, lass uns nach oben in unsere Kammer gehen. Wir können aus dem Fenster gucken. Komm, Isobel!«

Als Freize sie in Sicherheit wusste, wandte er sich um und rannte erneut ins Hafenbecken, seine Stiefel klatschten in dem tiefen Schlamm. »Kommt zurück!«, rief er den Kindern nach. »Kommt zurück! Das Meer wird wiederkehren! Es ist nicht der rechte Weg!«

Doch ihr Triumphgesang war so laut, dass sie ihn nicht hörten. »Kommt zurück!«, rief Freize. Er begann, ihnen hinterherzulaufen, rutschte auf Schlamm und Seegras aus und kämpfte sich verbissen durch die Wasserpfützen. Die langsameren Kinder am Ende des Zuges drehten sich zu ihm um und blieben stehen, als sie ihn mit rudernden Armen herankommen sahen.

»Zurück!«, befahl Freize. »Geht zurück an Land!«

Sie zögerten, unsicher, was sie tun sollten.

»Kehrt um! Kehrt um!«, rief Freize drängend. »Das Meer wird seine Richtung ändern und zurück in den Hafen fließen.«

Ihre ausdruckslosen Gesichter zeigten ihm, dass sie ihn nicht verstanden. Ihre ganze Überzeugung, die Idee ihres Kreuzzuges, drängte sie vorwärts. Johann hatte ihnen dieses Wunder versprochen, und sie waren fest davon überzeugt, dass es jetzt eingetreten war. All ihre Freunde, all ihre pilgernden Schwestern und Brüder teilten diese Überzeugung. Sie sangen, während sie auf die Hafenmündung zusteuerten, hinter der sich die weißglänzende See immer weiter gen Süden zurückzog. Sie wollten alle zusammen gehen. Sie sahen, wie sich der Weg vor ihnen auftat.

»Bonbons!«, rief Freize verzweifelt. »Geht zurück zur Herberge, dort verschenken sie Bonbons!«

Einige Kinder drehten sich um und liefen zum Ufer.

»Beeilt euch!«, rief Freize. »Beeilt euch, sonst sind sie alle weg. Lauft, so schnell ihr könnt.«

Er holte das nächste Grüppchen ein und sagte den Kindern dasselbe. Sie machten kehrt, und ihre Freunde vor ihnen taten es ihnen gleich.

Freize kämpfte sich durch die Menge der Kinder bis an die Spitze des Zuges. »Johann!«, rief er. »Du hast dich geirrt!«

Das Gesicht des Jungen strahlte vor innerer Überzeugung. Seine Augen waren aufs Meer gerichtet, das sich stetig vor ihm zurückzog und eine einladende schimmernde Fläche freigab. Das Wasser hatte die Hafenmündung bereits vollständig verlassen und den gelbbraunen Schlamm wie einen Berberteppich vor ihnen entrollt, wie eine trockene, glatte Straße, die sie ans Ziel führte. »Gott hat den Weg für mich geebnet«, erklärte er. »Du kannst mit mir gehen. Morgen früh sind wir in Palästina und trinken Milch und Honig. Ich sehe es, auch wenn du es noch nicht sehen kannst. Ich gehe trockenen Fußes, genau, wie ich es gesagt habe.«

»Bitte!«, rief Freize. »Geht morgen. Wenn der Boden

richtig ausgetrocknet ist. Geht nicht jetzt. Ich habe Angst, dass das Wasser zurückkommt ...«

»Du hast Angst«, sagte Johann. »Du hattest von Anfang an deine Zweifel, jetzt hast du Angst, und du wirst immer Angst haben. Geh nur zurück. Ich gehe weiter.«

Freize blickte zum Ufer. Eine Rangelei zog seine Aufmerksamkeit auf sich. Das kleine Mädchen, dessen blutige Füße er nach seiner Ankunft in Piccolo gewaschen hatte, versuchte, zurück ans Ufer zu gelangen. Zwei größere Jungen hatten es gepackt und zogen es mit sich. »Lasst sie los!«, rief Freize.

Als sie nicht reagierten, rannte Freize zu ihnen, griff sich das Mädchen und zog es hinter sich her Richtung Ufer. »Ich will zurück an Land!«, sagte sie keuchend. »Ich habe Angst vor dem Meer.«

»Ich trage dich«, sagte er.

Wortlos streckte sie ihm die Arme entgegen. Freize bückte sich, hob sie auf seine Schultern und rannte taumelnd zurück zum Ufer. Er pflügte durch den Schlamm, der seine Fuße nach unten saugte, und rief den anderen Kindern zu, sie sollten ihm folgen.

Er hörte die dröhnende Kirchenglocke von Piccolo und sah immer mehr Menschen aus ihren Häusern und ans Ufer strömen. Die Fischer waren entsetzt über den Anblick des Hafens und den Zustand ihrer Boote. Die Menschen starrten voller Staunen auf die Anker und Ketten, die neben den gestrandeten Schiffen lagen, auf die trockenen Hummer und den plötzlich sichtbaren Grund des Hafenbeckens, der sonst sechzig Fuß unter Wasser lag.

Freize sprang mit dem kleinen Mädchen die Stufen hinauf und rief den Schaulustigen an der Ufertreppe zu: »Geht von hier weg! Geht nach Hause! Auf die Berge! So hoch ihr könnt. Das Wasser kommt zurück! Es wird eine riesige Überschwemmung geben.«

Er setzte das Mädchen ab und lief zu dem Schiff, auf dem die Pferde noch immer panisch in ihrem Verschlag wieherten. »Ruhig, meine Guten!«, rief er atemlos. »Ich komme und hole euch!«

Einigen der älteren Menschen, die sich an Legenden über unerklärlich große Wellen erinnerten, lief ein kalter Schauer über den Rücken, und sie drehten sich um und rannten. Ihre Panik war ansteckend, und innerhalb weniger Augenblicke war die Uferstraße wie leergefegt. Die Menschen liefen in ihre Häuser und verschlossen die Türen, kletterten in die oberen Stockwerke und sahen aus den Fenstern auf das Meer. Einige rannten weiter, die steilen Straßen bis zum höchsten Punkt der Stadt hinauf, bis zur Stadtmauer an der Landseite, andere suchten Schutz in der Kirche und erklommen die Stufen des Glockenturms, um von dort aus aufs Meer zu blicken. Mehrere Frauen rannten der verängstigten Menge entgegen zum Hafen hinunter, schirmten die Augen mit der Hand ab gegen das blendende Sonnenlicht, das sich auf dem nassen Sand spiegelte, und riefen nach ihren Kindern, flehten sie an, dem Kreuzzug nicht zu folgen und nach Hause zurückzukommen.

Was sie sahen, ließ sie vor Entsetzen aufschreien. Weit jenseits des wasserlosen Hafenbeckens schritten die Kinder in einer Art Halbkreis voran, als wollten sie miteinander tanzen. Sie sangen beim Gehen und fieberten ihrer Erlösung entgegen. Vor ihnen, noch fern am Horizont, doch mit rasender Geschwindigkeit herankommend, war der weiße Kamm einer riesigen Welle zu sehen, höher als ein Baum, höher als ein Haus, höher noch als der Kirchturm. Die Kinder, die zu Johann oder zum Himmel hinaufblickten, sahen sie nicht, sie sahen überhaupt nichts. Sie begriffen die Gefahr erst, als sie tatsächlich etwas von ihr spürten. Das Wasser, das zurückgewichen war, so dass sie trockenen Fußes über den Meeresgrund hatten schreiten können, begann zu glucksen und wieder in die Gegenrichtung zu strömen. Binnen weniger Augenblicke standen die kleineren Kinder knietief im Wasser. Sie blickten zu Boden und schrien auf, doch ihre Schreie gingen im lauten Gesang der anderen Kinder unter.

Sie zogen Aufmerksamkeit heischend an den Händen der Größeren, doch die schwangen glücklich ihre Arme und marschierten weiter. Dann hörten sie es alle. Über ihren jubelnden Lobgesang hinweg hörten sie das tiefe, schreckliche Brausen der See.

Als sie aufblickten, sahen sie die große Welle auf sich zukommen. Sie hörten ihre lautstarke Wut und wussten, dass das Wasser, das so schnell abgeflossen war, sich gegen sie gekehrt hatte und nun auf gewaltvolle Weise zurückkam. Einige schrien auf, drehten sich um, durchbrachen den Halbkreis und versuchten – bis zu den Schenkeln im Wasser – ans Ufer zu rennen. Doch die meisten von ihnen standen einfach nur da, hielten sich bei den kleinen Händen und sahen mit offenen Mündern zu, wie die Welle auf sie zustürzte und sie in der nächsten Sekunde unter sich begrub.

Einen Augenblick später traf sie die Stadt. Boote, die am Grund des Hafenbeckens gelegen hatten, wurden haushoch hinaufgewirbelt und fielen wieder herab. Die Welle traf die Kaimauer mit voller Wucht und schoss, unbegreiflicherweise, weiter, an Häusern vorbei, Gassen hinauf, bis zum Marktplatz, wohin das Meer noch nie gelangt war. Die Uferstraße stand vollständig unter Wasser. Fensterscheiben zerbarsten, als die Welle die Herberge und alle anderen Häuser am Ufer traf. Wasser ergoss sich in die Zimmer. Ishraq und Isobel wurden in ihrer Kammer an die Wand geschleudert, als die Fenster wie Papier nachgaben und das Wasser hereinschoss. Sie standen binnen Sekunden bis zur Taille darin, und es stieg immer weiter.

»Hier entlang!«, schrie Luca hinter ihnen. Er trat den Rahmen aus dem Fenster. Holz und die Überreste der Scheiben verschwanden im Strudel, er selbst wurde vom Wasser nach hinten gedrückt. Bald reichte es ihnen bis an die Schultern. Ishraq und Isobel hatten keinen Boden mehr unter den Füßen. Sie strampelten in dem eiskalten Wasser und griffen nach ihren Händen, taumelten auf und ab, während die Wellen in den kleinen Raum schwappten und wieder zurückwichen.

Luca schwamm auf Isobel zu. Die Strömung drückte ihn tiefer in den Raum, weg von der rettenden Fensteröffnung. »Hol tief Luft!«, rief er und zog sie unter Wasser. Sie entglitt seinem Griff und schlängelte sich wie ein Aal durch das zerbrochene Fenster hinaus in die tosende Flut. Er tauchte wieder auf und sah Bruder Peter, der Ishraq stützte, beide hatten das Gesicht zur Decke gewandt und sogen den letzten Zoll Luft ein.

»Wir müssen durchs Fenster!«, schrie er. Er atmete tief ein, packte Ishraq und zog sie unter Wasser. Er fühlte sie zappeln, drängte sie mühsam zum offenen Fenster und schob sie von hinten weiter. Eine Hand an seinem Fuß ließ ihn wissen, dass Bruder Peter ihnen folgte.

Luca hielt die Augen unter Wasser geöffnet, doch alles, was er sah, war ein grauer Strudel, und alles, was er hörte, war das schreckliche Brausen der Welle, die das Land eroberte. Doch dann erkannte er, dass das helle Quadrat des Fensters versperrt war. Ishraq war nicht hindurchgetaucht, sondern steckte fest.

Ihr Kleid hatte sich an einer zerbrochenen Leiste verfangen. Sie war in dem Fensterrahmen tief unter der Wasseroberfläche gefangen. Luca schoss wieder zur Decke empor, holte Luft und tauchte erneut nach unten. Er sah einen Schweif silberner Bläschen aus ihrem Mund kommen, während sie mit ihrem Kleid kämpfte. Luca tauchte zu ihr, packte sie bei den Schultern, drückte ihr den Mund auf die Lippen und gab ihr die Luft weiter. Einen Augenblick lang waren sie so eng aneinandergepresst wie Liebende, dann schwamm er zurück an die Oberfläche. Er atmete ein, die Lippen gegen die Zimmerdecke gedrückt, und tauchte erneut abwärts. Er fürchtete, dass sie immer noch festhing. Doch er sah, dass sie sich wie eine sich häutende Schlange aus ihrem Kleid wand und einer Meerjungfrau gleich durch die Fensteröffnung nach draußen entkam. Ihr Kleid blieb wie ein ertrunkener Geist zurück.

Ishraq, Luca und Bruder Peter kämpften sich an die Wasseroberfläche und schnappten keuchend nach Luft. Überall war beängstigend schäumendes Meer, ein Ozean, wo vorher die Stadt gewesen war. Von ihr waren nur noch die Spitzen der Dächer und Schornsteine zu sehen. Die

Strömung packte sie sofort und trieb sie Richtung Landesinnere.

»Haltet euch an meinem Umhang fest!«, hörten sie eine Stimme von oben.

Ishraq blickte auf. Sie kämpfte keuchend gegen die Strömung an, die sie vom Dach der Herberge fortreißen wollte, und sah Isobel, die sich mit einer Hand am Schornstein der Herberge festklammerte und ihr die andere Hand entgegenstreckte. Sie hatte ihren Umhang zu einem Seil gedreht und ließ ihn am Dach herab. Ishraq packte ihn und zog sich nach oben. Sie fühlte die glitschigen Dachziegel unter ihren Füßen. Wie ein Äffchen klammerte sie sich an den gewundenen Umhang und kletterte das steile Dach empor, höher und höher, bis sie den trockenen First erreicht hatte, gefolgt von Bruder Peter und Luca. Alle vier blieben sie dort rittlings sitzen, während der Druck des Wassers das Gebäude unter ihnen erbeben ließ und seine erschreckende Sogkraft Schiffe bis auf die Höhe der Dächer hinaufwirbelte. Sie klammerten sich aneinander und beteten zu ihrem jeweiligen Gott.

»Wenn das Gebäude einstürzt …«, brüllte Bruder Peter Luca ins Ohr.

»Wir sollten uns aneinanderbinden«, rief Luca. Er nahm ihre Umhänge und verknotete sie zu einem langen Seil. Die Mädchen klammerten sich am Mittelteil fest. Sie wussten, dass diese Vorkehrung ihnen keine andere Sicherheit verschaffte, als nicht allein zu ertrinken.

»Vielleicht können wir uns auf Treibholz retten«, rief Luca.

Bruder Peter sagte nichts mehr. Alle sahen entsetzt zu, wie Holz und Wrackteile, entwurzelte Bäume und ein umgestürzter Marktstand gegen die Mauer und das Dach der Herberge schlugen. Sie hörten Ziegel herabfallen und spürten das Wackeln der Dachbalken. Eine schwere Holztruhe tauchte unter ihnen auf. Luca streckte den Arm aus, um sie festzuhalten, und kämpfte gegen die Strömung an. »Wenn ihr ins Wasser fallt, haltet euch an der Truhe fest!«, rief er den Mädchen zu, die sich aneinanderklammerten. Ihnen war klar, dass die Truhe sie nicht retten würde, wenn das Gebäude zusammenbrach. Der Druck würde sie hinabreißen, wo sie, unter Dachbalken und Ziegeln, unweigerlich ertrinken würden.

Isobel beugte sich vor, legte das Gesicht auf den First und verschloss die Augen vor den Schrecken der brodelnden Flut um sie herum. Sie murmelte wieder und wieder die Gebete ihrer Kindheit, zu panisch, um an anderes zu denken. Ishraq starrte mit aufgerissenen Augen auf die tosenden Fluten, sah das Wasser gegen die Dächer schlagen und die Flut immer höher steigen. Sie sah, wie Luca mühsam versuchte, die Holztruhe festzuhalten, und erkannte, dass die Truhe vielleicht sie und Isobel tragen würde, die Männer jedoch verloren wären. Sie biss die Zähne zusammen, blickte auf das weiterhin steigende Wasser und versuchte abzuschätzen, wie hoch es mittlerweile stand. Eine heftige Welle ließ das Wasser über ihre Füße schwappen. Sie konnte Isobel erschauern sehen, als das kalte Nass nach ihrem Fuß griff. Dann ebbte die Welle ab, und es wirkte einen Augenblick lang so, als ob die Flut sich zurückzog. Ishraq hielt den Fuß ganz still und zählte die Reihen der Dachziegel, die zwischen ihrem Fuß und dem Wasser lagen. Sie warf einen Blick zu Luca und erkannte, dass er das Gleiche tat. Beide versuchten sie, die Höhe des Pegels zu berechnen und abzuschätzen, wie lange es dauern würde, bis sie endgültig in den Abgrund gerissen würden. Und beide hofften sie verzweifelt, dass die Flut an ihrem höchsten Punkt angelangt war und die ins Landesinnere drängenden Wassermassen sich beruhigten.

Luca fing ihren Blick auf. »Das Wasser steigt immer noch«, sagte er tonlos.

Sie nickte und zeigte nach unten. »Eben waren drei Ziegel unter mir, jetzt sind es nur noch zwei.«

»In einer Stunde wird es den First überspülen«, berechnete Luca. »Wir müssen darauf gefasst sein, zu schwimmen.«

Sie nickte, wohl wissend, dass das ihr Todesurteil sein würde, und schob sich näher an Isobel heran.

Dann, langsam, nach einem Zeitraum, der sich wie Stunden anfühlte, beruhigte sich das Wasser. Das Meer wogte durch die alten Gassen, floss durch Kamine, wirbelte durch Fenster und gurgelte in Schornsteinen, doch das Brausen der Welle verstummte, das Ächzen der Erde war vorüber, und das Wasser stieg nicht mehr, eine Ziegelreihe unter Ishraqs nacktem Fuß.

Irgendwo begann ein Vogel nach seinem verlorenen Gefährten zu rufen.

»Wo ist Freize?«, fragte Luca plötzlich.

Die zaghaft aufkeimende Hoffnung, dass sie gerettet waren, wich einer panischen Angst. Luca erhob sich vom Dachfirst und schirmte mit der Hand seine Augen gegen das helle Sonnenlicht ab. Er blickte hinaus auf die See und dann hinunter zum Hafen. »Er ist den Kindern hinterhergelaufen«, sagte er.

»Er hat einige von ihnen zur Umkehr bewegt. Sie sind in den Hof der Herberge gerannt«, erwiderte Isobel leise. »Das habe ich gesehen.«

»Er war auf dem Weg ans Ufer«, sagte Bruder Peter. »Er hatte ein kleines Mädchen auf den Schultern.«

Isobel schluchzte auf. »Was ist passiert?«, rief sie. »Was ist nur passiert?«

Niemand antwortete ihr. Niemand wusste es. Luca band seinen Umhang um den Kamin und hielt sich wie an einem Seil daran fest. Er trat mit den Stiefeln zwischen die verschobenen Ziegel und kletterte das steile Dach hinunter. Er blickte nach unten. Das Meer zog sich zurück, der Wasserpegel sank. Er stand jetzt unter dem zertrümmerten Fenster der Dachkammer. Er hielt sich an dem Umhang fest und setzte die Füße auf den Sims.

»Kommt nach unten«, sagte er. »Ich helfe euch.«

Bruder Peter griff nach Isobels Hand und ließ sie zu Luca hinunter, der erst ihre Beine, dann ihre Taille und schließlich ihre Schultern fest umklammerte. Sie kroch an ihm vorbei ins Zimmer. Das Wasser stand noch immer kniehoch. Ishraq folgte ihr, nackt bis auf ihre leinene Unterwäsche. Bruder Peter kam zuletzt.

Das Wasser wich nun schnell aus der Kammer, es floss durch die Bodenritzen in das darunterliegende Zimmer ab. In der ganzen Stadt sank der Wasserpegel, das Meer strömte aus den Häusern und den höher gelegenen Gassen und gurgelte in Abflüssen und Wasserrinnen.

»Ihr bleibt besser hier«, sagte Luca zu Ishraq und Isobel. »Unten wird es noch schlimmer sein.«

»Wir kommen mit«, widersprach Ishraq. »Ich will nicht noch einmal hier eingesperrt sein.«

Isobel schauderte beim Anblick des nassen Durcheinanders in der Kammer. »Das ist unerträglich.«

Die Tür ließ sich kaum öffnen, der Rahmen hatte sich unter dem Druck der Wassermassen verzogen, und Luca musste mit aller Kraft dagegen treten. Sie stiegen die glitschige Treppe hinunter, die von Schmutz, Seegras und Trümmern bedeckt war. Das ganze Haus, das noch vor wenigen Stunden so behaglich nach frischem Brot, Feuerholz und Wein gerochen hatte, war nun feucht und klamm und vom lauten Plätschern des abfließenden Wassers erfüllt. Es glich mehr einer Tropfsteinhöhle als einem Gasthaus. Ishraq fröstelte und streckte die Hand nach Isobel aus. »Hört ihr das? Kommt das Meer zurück? Lasst uns schnell nach draußen gehen.«

Unten war es noch schlimmer. Das Wasser reichte ihnen bis zur Brust. Sie hielten sich bei den Händen und wateten durch die Küche in den Hof. Isobel hatte plötzlich das entsetzliche Gefühl, auf eine Leiche zu treten und die Hand eines Ertrunkenen um ihren Knöchel zu spüren. Sie zitterte. Luca drehte sich zu ihr um. »Seid ihr sicher, dass ihr nicht lieber oben warten wollt?«

»Ich will nach draußen«, sagte sie. »Ich ertrage den Geruch nicht.«

Im Stallhof bot sich ihnen ein grauenhafter Anblick. Die Pferde waren in ihren Verschlägen ertrunken, ihre Köpfe hingen über der halbhohen Stalltür, von wo aus sie nach Luft geschnappt hatten. Doch der Wirt war auch da, wie durch ein Wunder am Leben. »Ich war auf dem Heuboden«, erklärte er, schluchzend vor Erleichterung. »Ich war ganz oben, um Heuballen runterzuwerfen, als das Meer über die Mauer hinweg in den Hof brach und mich einfach unter sich begrub wie eine Lawine. Es hat mich ins Heu geworfen. Ich habe Heu geschmeckt, Heu geatmet, und dann hat die Flut mich in den Hof gerissen, und als ich die Füße ausstreckte, war ich auf einer Insel! Gott sei gelobt, ich habe Schiffe über meinen Stallhof fliegen sehen und bin noch am Leben, um es zu bezeugen.«

»Wir waren auf dem Dach«, erklärte Ishraq. »Die See hat einfach alles überflutet.«

»Gott helfe uns allen! Und die kleinen Kinder?«

»Sie sind hinaus aufs Meer gegangen«, antwortete Isobel leise. »Gott habe sie selig.«

Er verstand nicht. »Sind sie am Ufer entlanggegangen?«

»Sie sind auf dem Meeresgrund aus dem leeren Hafenbecken hinausgegangen. Sie glaubten, das Meer hätte sich für sie geteilt. Sie sind direkt in die Welle gelaufen.«

»Das Meer hat sich zurückgezogen, wie Johann es vorausgesagt hat?«

»Und dann ist es zurückgekommen«, erwiderte Luca grimmig.

Sie schwiegen bei der entsetzlichen Vorstellung.

»Konnten sie schwimmen?«

»Ich glaube kaum«, sagte Luca.

»Ein paar sind zurückgekommen«, sagte Ishraq. »Freize

hat einige von ihnen zurückgeschickt. Habt Ihr sie gesehen?«

Der Wirt war wie erstarrt. »Ich dachte, sie würden Fangen spielen. Sie rannten über den Hof. Ich habe sie angeschrien, weil sie die Pferde erschreckt haben, sie scheuten und schlugen in ihren Ställen aus. Ich wusste es ja nicht. Guter Gott, ich wusste es nicht. Ich habe nicht verstanden, was die Kinder riefen und warum die Pferde so außer sich waren.«

»Niemand hat es gewusst«, gab Isobel zurück. »Wie hätten wir es wissen können?«

»War Freize bei den Kindern?«, fragte Luca.

»Ich habe ihn nicht gesehen. Habt Ihr meine Frau gesehen?«

Sie schüttelten die Köpfe.

»Sie werden bei der Kirche sein«, sagte der Wirt. »Dorthin werden alle gehen, um nach den Vermissten zu suchen. Lasst uns zur Kirche gehen. Betet zu Gott, dass die Kirche verschont geblieben ist und wir unsere Liebsten dort finden.«

Sie verließen den Hof und blieben beim Anblick der Uferstraße gleich wieder stehen. Der Hafen war zerstört. Die Häuser am Kai waren ramponiert, als wären sie mit Kanonen beschossen worden. Fenster waren zerborsten, Türen abgerissen, Dächer teilweise abgedeckt, und Wasser lief aus den offen stehenden Fenstern und Türen. Die Schiffe, die im Hafen gelegen hatten, waren von der Welle hoch in die Luft gehoben und wieder hinuntergeworfen worden. Einige von ihnen waren weit hinaus aufs offene Meer getrieben, andere waren gegen die Häuser geschleudert worden, wo sie großen Schaden angerichtet hatten. Der Eisenring, an dem ihr Schiff nach Bari vertäut gewesen war, baumelte an der Mauer, die Taue hingen schlaff ins trübe Wasser. Der Landungssteg war weggeschwemmt worden, und das Schiff war fort. Dort, wo es gelegen hatte, befand sich ein tiefer Strudel. Es war unvorstellbar, dass an dieser Stelle einmal kein Wasser gewesen war, und sei es auch nur für einen kurzen Augenblick.

»Freize!« Luca legte die Hände um den Mund und rief verzweifelt über den Hafen, über die Stadt und das Meer.

Es kam keine Antwort. Nur die aufgewühlte See klatschte gegen die Hafenmauer, unheimlich wie ein gutmütiger Hund, der in einem plötzlichen Anfall wild gewütet hatte und nun wieder ruhig dalag.

Rund um die Kirche waren zahlreiche Menschen versammelt. Sie fielen einander in die Arme, weinten oder riefen über die Köpfe der Menge hinweg nach ihren Kindern. Einige Fischer waren zum Zeitpunkt der Welle auf See gewesen, und ihre Angehörigen hofften, dass sie verschont geblieben waren. Die Alten, die schon früher Geschichten von Riesenwellen gehört hatten, schüttelten die Köpfe und sagten, dass so eine Wand aus Wasser zu hoch für ein kleines Boot sei. Viele Menschen saßen schweigend auf der langen Bank an der Außenmauer der Kirche und verbargen inbrünstig betend die Gesichter in den Händen, während das Wasser aus ihren Kleidern auf den Steinboden troff.

Viele hatten es geschafft, rechtzeitig in den höher gelegenen Teil des Städtchens zu fliehen. Die Kirche hatte keinen großen Schaden genommen, das Wasser war nur etwa knietief in sie eingedrungen, und die Häuser oberhalb des Marktplatzes waren von der Flut gänzlich verschont geblieben. Viele Menschen hatten sich irgendwo festklammern können, während die Welle über sie hinweggeschwappt war. Sie hatte sie halb ertränkt, aber doch am Leben gelassen. Einige waren von der Kraft des Wassers fortgerissen und weggetrieben worden wie Zweige in einem reißenden Fluss, und ihre Familien setzten Kerzen für sie in die feuchten Halter. Doch niemand konnte die Kerzen anzünden. Die Kerze, die auf dem Altar gebrannt hatte, um die Gegenwart Gottes zu bezeugen, war von dem starken Luftdruck der Welle gelöscht worden. Ohne ihr Licht wirkte die Kirche kalt und trostlos, gottverlassen.

Luca, der verzweifelt etwas tun wollte, um das Leben in

die Stadt zurückzubringen, ging in das Haus des Priesters, wo er in einem hochgelegenen Schrankfach trockene Streichhölzer fand. Er schürte ein Feuer im Herd, an dem die Menschen ihre Kerzen oder Fackeln entzünden konnten, um die Wärme in der gebeutelten Stadt zu verteilen. Dann nahm er eine brennende Fackel mit in die Kirche und trat hinter die Chorschranke an den Altar, um die Kerze wieder anzuzünden.

»Gib mir Freize zurück«, flüsterte er, als die kleine Flamme zum Leben erwachte. »Und verschone die Kinder. Zeig uns deine Gnade. Vergib uns unsere Sünden und lass das Wasser wieder abfließen. Rette Freize. Schick meinen lieben Freize zu mir zurück!«

Bruder Peter setzte sich vor das feuchte Kirchenregister und begann, eine Vermisstenliste anzufertigen, die an die Kirchentür gehängt werden sollte. Ab und zu kam ein tropfnasses Kind herein und wurde von seiner Mutter in die Arme geschlossen und in einem Atemzug gescholten und gesegnet. Doch Bruder Peter schrieb in seiner sorgfältigen Handschrift immer mehr Personen auf die Vermisstenliste, dabei kannten sie noch nicht einmal die Namen der Kinder des Kreuzzuges. Niemand wusste, wie viele von ihnen der Flut entgegengelaufen waren, niemand wusste, wie viele kehrtgemacht und wie viele das Ufer erreicht hatten.

Ishraq lieh sich einen Umhang von der Haushälterin

des Priesters, und dann gingen sie alle, Isobel, Ishraq, Luca, Bruder Peter und der Wirt, zurück zur Herberge. Suchend blickten sie auf das Meer hinaus, als könne Freize jeden Moment nach Hause geschwommen kommen. »Ich kann es nicht glauben«, sagte Luca. »Ich kann nicht glauben, dass er nicht mit uns gekommen ist.«

»Er ist hinausgelaufen, um die Kinder zu holen«, sagte Ishraq. »Das war das Mutigste, was ich je gesehen habe. Er hat uns in Sicherheit gebracht, und dann hat er versucht, die Kinder zu retten.«

»Aber er folgt mir immer. Er bleibt immer bei mir.«

»Er hat dafür gesorgt, dass wir in Sicherheit sind«, sagte Isobel. »Sobald wir auf die Herberge zuliefen, ist er zu den Kindern gerannt.«

»Wie konnte ich ihn nur gehen lassen? Was habe ich getan? Ich habe wirklich geglaubt, das Meer würde sich teilen und wir würden ins Heilige Land gehen. Und dann geschah alles so schnell. Aber warum ist er nicht mit mir gekommen? Er kommt immer mit mir.«

»Möge Gott mir vergeben, dass ich ihn nicht besser behandelt habe«, murmelte Bruder Peter. »Heute hat er die Taten eines großen Mannes vollbracht.«

»Sprecht nicht von ihm, als wäre er tot!«, fuhr Ishraq ihn an. »Vielleicht ist er irgendwo hochgeklettert, so wie wir. Vielleicht sucht er gerade nach uns.«

Luca legte sich die Hand über die Augen. »Ich kann es

nicht glauben«, wiederholte er. »Er bleibt immer bei mir. Ich werde ihn nicht los – das habe ich immer gesagt!«

Sie standen reglos am Kai und starrten aufs Meer. »Geht weiter«, sagte Luca. »Ich komme gleich nach.«

In der Herbergsküche trafen sie die Wirtin an, die wie eine Furie eimerweise trübes Wasser in den Stallhof kippte.

»Wo zum Teufel hast du gesteckt?«, rief der Wirt aufgebracht.

»In meiner Wäschekammer«, gab sie zurück. »Wo sonst? Gehe ich jemals woanders hin, wenn es Ärger gibt? Warum hast du nicht nach mir gesucht? Die Tür war verkeilt, und ich konnte nicht raus. Ich wäre immer noch da drin, wenn ich die Tür nicht eingetreten hätte. Und dann befreie ich mich endlich und muss sehen, dass der Hof leer und die Küche voll Wasser ist! Wo hast *du* denn gesteckt? Spazierst davon, während ich fast ertrunken wäre!«

Ihr Mann brüllte vor Lachen und fasste sie um die Taille. »In der Wäschekammer!«, rief er den Mädchen zu. »Da hätte ich zuerst nachsehen sollen. Das Zimmer grenzt an den Kamin und hat keine Fenster. Wann immer sie sich fürchtet, geht sie dorthin und sortiert ihre Wäsche. Aber welche Frau würde in ihre Wäschekammer gehen, wenn die größte Welle der Welt über ihr Haus schwappt?«

»Eine Frau, die mit ordentlich sortierter Wäsche sterben will«, erwiderte sie mürrisch. »Und wenn es das Letzte ist, was ich auf dieser Welt tue. Ich habe ein schreckliches Donnern gehört und dachte sofort, dass der sicherste Ort meine Wäschekammer ist. Ich habe mich hineingehockt, und das Herz klopfte mir bis zum Hals, als ich die Welle gegen unser Haus klatschen hörte. Ich habe meine Wäsche sortiert und gespürt, wie das kalte Wasser unter der Tür durchkam wie ein Feind. Aber ich habe immer weiter meine Wäsche gefaltet und ein kleines Liedchen gesungen. Ist es sehr schlimm in der Stadt?«

»So schlimm wie alle Plagen auf einmal«, sagte der Wirt. »Deine Freundin Isabella wird vermisst, ihre kleine Tochter auch. Es ist wie ein schreckliches Jahr der Plagen, nur dass alle an einem einzigen Nachmittag sterben, in einem einzigen Augenblick, durch eine grausame Welle.«

Die Wirtin spähte in den Stallhof, wo die Pferde in ihren Verschlägen ertrunken waren und der Hund schlaff wie ein nasser schwarzer Lumpen an seiner Kette hing, und sie wandte das Gesicht ab.

»Harte Zeiten«, sagte sie. »Schreckliche Zeiten. Was bedeutet es Eurer Meinung nach, dass sich das Meer so auf das Land gestürzt hat? Hat Pater Benito etwas dazu gesagt?«

Alle drehten sich um und blickten Bruder Peter an. Er schüttelte den Kopf. »Ich weiß nicht, was es bedeutet«, sagte er. »Ich glaubte, ich würde Zeuge eines Wunders werden, als das Wasser sich teilte – jetzt glaube ich, dass ich das Werk des Teufels gesehen habe. Der Teufel hat sich wie eine Wand aus Wasser zwischen die Kinder Gottes und Jerusalem gestellt.«

»Vielleicht«, sagte Luca, der in diesem Augenblick zur Küchentür hereinkam. »Aber vielleicht war es auch weder Gott noch Teufel. Vielleicht war es einfach eins der vielen Dinge, die wir nicht verstehen. Wir müssen in einer Welt leben, die wir nicht verstehen, und werden von einem unsichtbaren Gott beherrscht – das fühlt sich wie die Strafe für unsere Sünden an. Ich kann Euch keine Antwort geben. Ich weiß nicht das Geringste. Ich bin ein Narr, und ich habe meinen liebsten Freund auf Erden verloren.«

Isobel streckte schweigend den Arm aus und nahm seine Hand. »Ich bin sicher, dass alles wieder gut wird«, sagte sie hilflos.

»Wie könnte ein liebender Gott mir Freize nehmen?«, flüsterte er. »Wie konnte das passieren? In einem einzigen Augenblick? Ausgerechnet ihn, der uns alle gerettet hat und noch mehr Menschen retten wollte. Und wie soll ich ohne ihn leben?«

Als der Abend hereinbrach, zündeten sie in der Küche ein Feuer an und trockneten die nassen Kleider davor. Der Großteil ihrer Habseligkeiten – ihre Kleider, die wertvollen Manuskripte und der Schreibkasten – war mit dem Schiff untergegangen. Die Wirtin fand ein altes Kleid für Ishraq und gürtete es mit einem Strick um ihre schlanke Taille.

»Der Schmuck deiner Mutter ist immer noch in meinem Mieder«, flüsterte Ishraq Isobel zu.

Sie schüttelte den Kopf. »Reich und doch nicht reich. Aber ich danke dir, dass du ihn sicher bewahrt hast.«

Ishraq zuckte die Schultern. »Du hast recht. Wir könnten keinen zweiten Freize kaufen, und wenn wir die Reichtümer Salomons hätten.«

Menschen, deren Häuser von der Flut völlig zerstört worden waren, kamen in die Herberge, um in der großen Küche zu Abend zu essen. Es gab Käse, den jemand auf dem Dachboden gelagert hatte, und Schinken, der zum Räuchern im Kamin gehangen hatte und vom Salzwasser überspült worden war. Jemand hatte Brot von einem Bäcker mitgebracht, dessen Laden sich als einziger oberhalb des Marktplatzes befand und dessen Ware deshalb nicht völlig durchnässt worden war. Sie tranken Wein aus Flaschen, die im vollgelaufenen Keller an der Wasseroberfläche schaukelten, und dann gingen die Leute in ihre trostlosen Behausungen zurück. Bruder Peter, Luca, Isobel und Ishraq hüllten sich in ihre klammen Kleider und schliefen neben dem Wirt und seiner Frau in der Küche, während das Haus trübsinnig vor sich hin tropfte. Luca lauschte dem Wasser, das die ganze Nacht lang von den Balken auf die Pfützen am Boden tröpfelte. Bei Sonnenaufgang erwachte er und ging hinaus, um am Ufer der stillen, grauen See nach Freize Ausschau zu halten.

Den ganzen Vormittag lang stand Luca am Ufer. Er zuckte jedes Mal zusammen, wenn ein Stück Treibholz an die Wasseroberfläche kam, weil er glaubte, Freizes Kopf zu erkennen. Ab und zu wurde er darum gebeten, bei einem schweren Balken oder einer versperrten Tür behilflich zu sein, doch die meisten Menschen ließen ihn in Ruhe. Luca bemerkte, dass noch andere am Ufer auf und ab gingen und suchend aufs Meer blickten, in der Hoffnung, ihr Mann, ihr Freund oder ihre Geliebte kämen wie durch ein Wunder unbeschadet durchs Meer schwimmend zurück. Das Wasser schwappte so sanft gegen die Stufen der Hafentreppe, dass die gestrige Flutwelle unvorstellbar erschien.

Bruder Peter sah nach ihm, als die Kirchenglocke am Mittag zur Sext schlug. Er hielt ein Papier in der Hand. »Ich habe den Bericht geschrieben, aber ich kann die Ursache der Welle nicht erklären«, sagte er. »Ich weiß nicht, ob Ihr noch etwas hinzufügen wollt. Ich habe geschrieben, dass Johann seinem Ruf gefolgt ist, dass das Meer sich wie von ihm vorhergesagt geteilt hat und dass er von der Flut verschluckt wurde. Ich habe nicht zu erklären versucht, was geschehen ist. Ich habe auch keine Vermutung darüber angestellt, ob es das Werk Gottes ist, der uns prüfen wollte, oder das Werk des Teufels, der sich gegen Johann gestellt hat.«

Luca schüttelte den Kopf. »Ich weiß es auch nicht. Ich weiß überhaupt nichts.«

»Möchtet Ihr etwas hinzufügen?«

Wieder schüttelte Luca müde den Kopf. »Es könnte ganz einfach ein Ereignis der Natur sein«, schlug er vor. »Wie Regen.«

Bruder Peter blickte aufs Meer, das ihnen aus dem Nichts heraus eine riesige Welle geschickt hatte und nun wieder glatt dalag. »Wie Regen?«, wiederholte er ungläubig.

»Es geschehen viele Dinge auf der Welt, die wir nicht begreifen«, sagte Luca erschöpft. »Wir wissen nicht einmal, warum es an einem Ort regnet und an einem anderen nicht. Wir wissen nicht, woher die Wolken kommen. Ihr und ich, wir picken wie Hühner im Dreck und versuchen, die Natur des Sandes zu verstehen. Wir sehen die Berge nicht, die über uns thronen, wir kennen den Wind nicht, der unsere Federn zerzaust. Wir verstehen weder die Wellen noch den Regenbogen. Wir wissen nicht, warum der Wind weht oder warum es Ebbe und Flut gibt. Wir wissen nichts.«

»Wir können uns nicht vorwerfen, dass wir nicht wissen, woher die Welle kam. Niemand hat je etwas Ähnliches gesehen!«

»Doch! Es ist schon früher passiert«, rief Luca. »Die Fischer, die gestern Abend mit uns am Feuer saßen, hatten alle von Riesenwellen gehört. Einer sagte, dass die Pest – die große Plage – vor hundert Jahren durch eine solche Riesenwelle ausgelöst wurde. Ich will damit sagen, dass etwas anderes als der Wille Gottes die Welle hervorgerufen haben kann. Etwas, das wir noch nicht verstehen, aber vielleicht eines Tages verstehen können. Wenn wir mehr darüber gewusst hätten, hätten wir die Ereignisse vorhersehen können. Als das Wasser zurückwich, hätten wir wissen können, dass es wiederkommen würde. Wir hätten die Kinder retten können. Und Freize … Freize …« Er verstummte.

Bruder Peter nickte. Er sah, dass Luca kurz vor einem Zusammenbruch stand. »Ich werde den Bericht so abschicken, wie er ist«, sagte er. »Und wir werden weiter nach ihm suchen.«

»Ihr glaubt, dass es hoffnungslos ist«, sagte Luca tonlos.

Bruder Peter bekreuzigte sich. »Ich werde für ihn beten«, sagte er. »Nichts ist hoffnungslos, wenn Gott unsere Gebete erhört.«

»Er hat die Kinder nicht erhört, die ihm Loblieder gesungen haben«, gab Luca zurück. Er wandte sich ab und blickte aufs Meer. »Warum sollte er unsere Gebete erhören?«

Als es Abend wurde, ging Isobel ans Ufer und fand Luca in seinen Mantel gewickelt vor. Er starrte den dunkelnden Horizont an. »Kommst du zum Essen?«, fragte sie. »Sie haben das Speisezimmer trockengelegt und ein Hühnchen gekocht.«

Er sah sie an, ohne ihr blasses Gesicht und die traurigen Augen wahrzunehmen. »Ich komme gleich«, sagte er ausdruckslos. »Fangt ohne mich an.«

Sie legte ihm die Hand auf den Arm. »Komm mit mir, Luca«, flüsterte sie.

»Gleich.«

Sie entfernte sich ein paar Schritte und wartete, dass er sich umwandte. Er rührte sich nicht. Sie zögerte. »Luca, komm mit mir«, bat sie inständig. »Du kannst nicht hierbleiben. Es ist nicht gut, allein zu trauern. Komm mit mir und iss etwas, und nach dem Essen kehren wir gemeinsam zurück.«

Er hörte sie nicht einmal. Sie wartete noch einen Augenblick lang, dann begriff sie, dass ihre Worte auf taube Ohren stießen. Er suchte nach seinem Freund und sah nichts anderes. Sie kehrte allein zur Herberge zurück.

Die Dunkelheit des Herbstabends schloss sich um Luca, der noch immer am Kai saß und auf die schwarze See blickte. Einige Mütter, die ihre Kinder in der Welle verloren hatten, waren ans Ufer gekommen und hatten eine Blume oder ein Kreuz aus zusammengebundenen Zweigen ins Wasser geworfen, doch auch sie waren mittlerweile wieder in ihre Häuser zurückgekehrt. Nur Luca blieb und blickte auf die blasser werdende Linie des Horizonts, als würde Freize dort auftauchen, wenn er nur lange genug hinstarrte, als müsse irgendwann unweigerlich sein Kopf aus dem Wasser ragen und er mit seinem bezwingenden Lächeln auf ihn zukommen.

Die Glocke läutete zur Matutin: Es war Mitternacht.

»Du fürchtest, dass du ihn verloren hast, so wie du deine Mutter und deinen Vater verloren hast«, sagte eine kühle Stimme hinter ihm. Er fuhr herum. Vor ihm in der Dunkelheit stand Ishraq, den Kopf unbedeckt, die dunklen Haare fielen ihr in einem langen Zopf über die Schulter. »Du glaubst, dass du versagt hast, weil du sie nicht schützen konntest. Deshalb suchst du nach Freize und hoffst, dass du ihn nicht auch noch verlierst.«

»Ich war nicht da, als sie geraubt wurden«, sagte er bitter. »Ich war im Kloster. Ich hörte die Alarmglocke läuten, als sie die Galeeren der Sklavenfänger kommen sahen. Wir haben die Reliquien im Kloster versteckt und uns in unseren Zellen verbarrikadiert. Wir haben die ganze Nacht lang gebetet. Als wir wieder heraus durften, rief der Abt mich in die Kapelle und sagte mir, das Dorf sei angegriffen worden. Ich lief über die Felder zu unserem Hof, der ein Stück oberhalb des Flusses lag. Ich konnte schon von weitem sehen, dass die Tür offen stand. Das Haus war leer, alle Wertgegenstände waren verschwunden, und meine Mutter und mein Vater waren fort.«

»Sie sind über das Dorf hereingebrochen wie eine große Welle«, stellte Ishraq fest. »Du hast nicht gesehen, wie sie deine Eltern geraubt haben, und du weißt nicht, wo sie jetzt sind.«

»Alle sagen, dass sie tot sind«, sagte Luca tonlos. »So wie sie sagen, dass Freize tot ist. Alle, die ich liebe, werden mir genommen. Und ich tue nichts, um sie zu retten. Ich bringe mich in Sicherheit und renne davon wie ein Feigling. Ich rette mein eigenes Leben und merke erst dann, dass es ohne meine Liebsten nichts wert ist.«

Ishraq hob den Finger. »Hör auf, dich selbst zu bemitleiden«, schalt sie ihn. »Du wirst allen Mut verlieren, wenn du in Selbstmitleid badest.«

Er wurde rot. »Ich bin Waise«, entgegnete er. »Freize war mein einziger Freund auf der Welt. Der einzige Mensch, der mich geliebt hat. Und jetzt habe ich ihn an das Meer verloren.«

»Und was, glaubst du, würde er sagen«, fragte sie, »wenn er dich jetzt hier sehen könnte?«

Lucas schmerzverzerrtes Gesicht glättete sich, und er musste bei dem Gedanken an seinen Freund lächeln. Die Farbe kehrte in seine Wangen zurück, seine Stimme brach. »Er würde sagen: ›Das Gasthaus hier ist nicht übel, gehen wir was essen. Zum Heulen ist morgen noch Zeit!‹«

Ishraq blieb abwartend stehen. Sie wusste, dass Lucas Herz vor Trauer brannte.

Er stieß einen rauen Schluchzer aus, und sie öffnete die Arme. Er trat auf sie zu, und sie hielt ihn, während er heftig an ihrer Schulter weinte. Sie sagte nichts, sie hielt ihn nur mit festem Griff und wiegte ihn sanft, während er um seinen Freund weinte.

»Ich habe ihm nie gesagt«, brachen die Worte aus ihm heraus, »ich habe ihm nie gesagt, dass ich ihn wie einen Bruder geliebt habe.«

»Das wusste er«, versicherte sie ihm leise ins Ohr. »Seine Liebe zu dir war seine größte Freude. Sein Stolz auf dich, seine Bewunderung, sein Spaß an deiner Gesellschaft waren uns kein Geheimnis. Er brauchte keine großen Worte. Ihr beide wusstet es. Wir wussten es. Er liebte dich, und du liebtest ihn.«

Sein Schluchzen verebbte allmählich, und er trat einen Schritt zurück und wischte sich mit einer heftigen Bewegung die Tränen ab. »Du musst mich für einen Narren halten«, sagte er. »Ich heule wie ein Mädchen.«

Sie setzte sich auf einen der Pfosten, an dem die Boote festgemacht wurden, als wollten sie die ganze Nacht lang reden. Sie schüttelte den Kopf. »Nein, ich halte dich nicht für einen Narren, weil du um den trauerst, den du geliebt hast.«

»Du hältst mich nicht für einen Schwächling?«

»Nur, wenn du dein Leben in eine Totenklage verwandelst. Deine Trauer ist zu stark. Du kannst ihn nicht durch Willenskraft zurückholen. Wenn er verloren ist, hilft alles Wünschen nicht. Du musst dich damit abfinden, dass es Dinge gibt, die nicht in deiner Macht stehen. Du musst ihn gehenlassen. Vielleicht wirst du auch deine Eltern gehenlassen müssen.«

»Ich kann den Gedanken nicht ertragen, dass ich sie nie wiedersehe!«

»Vielleicht ist es deine Aufgabe, das Undenkbare zu denken«, sagte sie. »Auf jeden Fall lautet deine Mission, das Rätselhafte zu verstehen. Vielleicht bist du dazu berufen, Dinge zu verstehen, über die die meisten Menschen niemals nachdenken. Du musst den Mut haben, schreckliche Dinge zu denken. Das Verschwinden deiner Eltern, das Verschwinden Freizes ist rätselhaft. Vielleicht musst du dir eingestehen, dass das Schlimmste, was dir passieren konnte, tatsächlich eingetreten ist. Deine Aufgabe ist es, darüber nachzudenken und dich zu fragen, warum diese Dinge geschehen können. Vielleicht bist du aus genau diesem Grund Ermittler.«

»Du glaubst, dass die Trauer um meine Eltern mich auf meine Mission vorbereitet hat?«

Sie nickte. »Dessen bin ich mir sicher. Du wirst den größten Schrecken ins Auge blicken müssen. Wie sollst du dazu in der Lage sein, wenn du sie nicht vorher am eigenen Leib erfahren hast?«

Er schwieg und dachte über ihre Worte nach. »Du bist eine weise Frau«, sagte er und betrachtete sie, als sähe er sie zum ersten Mal. »Ich danke dir, dass du zu mir gekommen bist.«

»Natürlich bin ich gekommen«, erwiderte sie.

Ihm fiel etwas ein. »War Isobel vorhin hier?«

»Ja. Sie wollte dich zum Essen holen, aber du warst taub und blind.«

»Wann war das?«

»Vor Stunden.«

»Es ist spät, oder nicht?«

»Nach Mitternacht«, sagte sie. Sie erhob sich und trat nahe an ihn heran. »Luca.« Sie sagte seinen Namen sehr leise.

»Hat Isobel dich gebeten, mich zu holen?«, fragte er. »Hat sie dich zu mir geschickt?«

Ein trauriges Lächeln huschte über ihr Gesicht, und

sie trat behutsam einen Schritt zurück. »Wünschst du dir das?«

Er zuckte kaum merklich die Schultern. »Ich wage nicht zu hoffen, dass sie an mich denkt. Heute habe ich mich wie ein Dummkopf verhalten, und gestern wie ein Feigling. Wenn sie überhaupt je an mich gedacht hat, so wird sie es nicht wieder tun.«

»Sie denkt an dich«, widersprach Ishraq. »Und sie denkt an Freize. Sie ist mit Bruder Peter in der Kirche und betet für ihn und für dich.« Sie sah ihn an. »Du weißt, dass du ihm den treuesten Dienst erweist, wenn du jetzt mit mir in die Herberge kommst, deine Trauer wie ein Mann trägst und dein Leben so lebst, dass er stolz auf dich wäre.«

Sie sah, dass er die Schultern straffte, und wusste, dass sie ihn zurückgeholt hatte.

»Ja«, sagte er. »Du hast recht. Ich sollte mich seiner Treue würdig erweisen.«

Sie machten sich gemeinsam auf den Weg zur Herberge. Vor der Tür brannte eine Fackel, die in einem Halter an der Wand steckte. Ihr gelbliches Flackern spiegelte sich auf den feuchten Pflastersteinen unter ihren Füßen. Er blieb stehen und drehte sich zu ihr. Er nahm ihr Gesicht in beide Hände und sah in ihre dunklen Augen. Ohne Angst oder Koketterie stand sie da und ließ sich von ihm halten. Langsam schloss sie die Augen und hob ihm das Gesicht entgegen. Sie hatte das Gefühl, zu ihm zu gehören, als sei es ganz natürlich, so vor ihm zu stehen, von Angesicht zu Angesicht. Nur eine Umarmung hätte inniger sein können.

Luca atmete den Duft ihrer Haut und ihrer Haare ein und drückte ihr einen Kuss zwischen die Augenbrauen, an die Stelle, an der ein Kind bei der Taufe das Kreuzzeichen empfängt. Ishraq spürte den Kuss dort, wo ihre Mutter sie immer geküsst hatte – auf dem dritten Auge, mit der eine Frau die unsichtbare Welt sieht. Sie sah ihn an und lächelte. Dann gingen sie schweigend in die Herberge.

Der nächste Tag war ein Sonntag, doch niemand dachte daran, die Arbeit ruhen zu lassen. Der untere Teil der Stadt war noch immer ein Chaos aus Schmutz und Wrackteilen. Luca half, Ordnung zu schaffen. Mit zusammengebissenen Zähnen schleppte er Holzplanken und Schutt und legte unter herabgestürzten Dachbalken und zerbrochenen Holmen die Leichen mehrerer ertrunkener Kinder frei.

Schweigend betteten Luca und die anderen Männer die kleinen Körper auf eine zur Bahre umfunktionierte Tür, trugen sie zur Kirche hinauf und brachten sie in die Seitenkapelle. Kerzen brannten auf dem Altar und leuchteten den Hebammen des Städtchens, die die Leichen wuschen und in kleine Totenhemden kleideten. Luca betete für die verlorenen Kinder.

Dann ging er zur Steilküste vor der Stadt, wo ein neuer Friedhof für die Ertrunkenen angelegt wurde, da der alte Kirchhof nicht genügend Platz bot. Er half den Männern, Gräber aus dem harten Boden auszuheben. Er schwang die Spitzhacke in der glühenden Sonne und spürte erleichtert den Wind auf der Haut, als er das Hemd ablegte und nur in Kniehosen weiterarbeitete.

Gegen Mittag brachte Ishraq ihm Bier und Brot. Sie sah die Verbissenheit in seinem Gesicht und die Anspannung in seinen breiten Schultern. »Hier«, sagte sie knapp. »Ruh dich einen Augenblick lang aus. Du musst essen und trinken.«

Er aß und trank, ohne etwas zu schmecken. »Wie konnte ich so dumm sein, ihn gehen zu lassen?«, fragte er sie. »Warum habe ich nicht dafür gesorgt, dass er uns folgt? Ich bin einfach davon ausgegangen, dass er da ist, ich habe mich nicht vergewissert.«

In diesem Moment kam ein kleines Mädchen an die behelfsmäßige Mauer gehumpelt, die sie um den kleinen Friedhof gebaut hatten. »Wo ist der andere Mann?«, fragte es.

Luca und Ishraq zuckten zusammen, als sähen sie einen Geist. Es war das kleine Mädchen mit den wunden Füßen, das sie am Morgen nach ihrer Ankunft vor der

Herberge getroffen hatten. Das Mädchen, das Freize durch den Schlamm des Hafenbeckens zurück an Land getragen hatte, wenige Augenblicke, bevor die Welle über die Stadt gerollt war.

»Er hat mir Süßigkeiten versprochen«, sagte sie anklagend. »Ich will ihm sagen, dass er ein Lügner ist. Es gab keine Süßigkeiten. In der Küche war niemand, und dann kam ein schreckliches Geräusch. Ich hatte solche Angst, dass ich auf den Hügel gerannt bin. Dann habe ich mich umgedreht und gesehen, dass das Meer mich verfolgt. Ich bin immer weiter gerannt. Wo ist der Mann? Und wo sind Johann der Gute und die anderen Kinder?«

»Ich weiß nicht, wo der Mann ist«, antwortete Luca mit zitternder Stimme. »Wir haben ihn nicht mehr gesehen. Er ist aufs Meer hinausgegangen, um die Kinder zu retten. Deshalb hat er gelogen und dir Süßigkeiten versprochen. Er wollte dich in Sicherheit bringen. Dann kam die große Welle ... aber er kann schwimmen. Vielleicht schwimmt er gerade zu uns. Vielleicht sind Johann und deine Freunde irgendwohin getrieben worden und kommen schon bald zurück. Hoffen wir, dass sie am Leben sind.«

Ihr kleines Gesicht zitterte. »Sind sie fort?«, fragte sie. »Sind sie alle fort? Hat das Meer sie verschluckt? Was soll ich jetzt machen?«

Luca und Ishraq schwiegen. Sie wussten nicht, was sie dem Kind antworten sollten.

»Du kommst erst einmal mit uns in die Herberge, und wir besorgen dir Kleider und Schuhe«, sagte Ishraq dann. »Und danach überlegen wir, was am besten für dich ist.«

»Er hat dich gerettet«, sagte Luca, den Tränen nahe, und betrachtete das kleine weiße Gesicht. »Schon um seinetwillen werden wir uns um dich kümmern, so gut wie um uns selbst.«

»Er hat gelogen«, wiederholte sie. »Er hat gesagt, es gäbe Bonbons, und dann kam die große Welle, und ich wäre fast ertrunken.«

Luca nickte. »Er hat es getan, um dich zu retten«, wiederholte er. »Und ich fürchte, dass er ertrunken ist.«

Sie nickte, ohne seine Worte wirklich zu begreifen, ergriff Ishraqs ausgestreckte Hand und ging mit ihr den Hügel hinab in die Stadt.

Bei Sonnenaufgang hatte Luca am Kai gestanden und aufs Meer hinausgeblickt, und in der Abenddämmerung stand er wieder dort. Doch als es dunkel wurde, ging er in die Herberge und verzehrte sein Abendessen wie ein Mann, der sich einer trübsinnigen Aufgabe stellt.

Nach dem Essen beteten sie. Die kleine Gesellschaft lauschte Bruder Peter, der die Geschichte von Noah vorlas, von Mann und Frau und von den Tieren, die vor der

Flut gerettet wurden. Die kleine Rosa, die die Geschichte nie zuvor gehört hatte, schlief mit dem Bild des Regenbogens im Kopf ein.

Die Zimmer waren mittlerweile weitgehend getrocknet, und die Wirtin hatte trockenes Bettzeug beschafft. Sie richtete für Rosa einen einfachen Schlafplatz in der warmen Küche her. Die vier Reisenden, die ihren fünften Begleiter schmerzlich vermissten, gingen früh zu Bett. Die Herberge war voller Menschen aus den Dörfern nördlich von Piccolo, deren Kinder sich dem Kreuzzug angeschlossen hatten. Sie bangten und hofften, dass sie der Welle entkommen waren. Das Murmeln ihrer Gespräche und das Weinen der Mütter hielt die ganze Nacht hindurch an. Bruder Peter und Luca legten sich in der Schlafkammer der Männer abwechselnd in das breite Bett, doch Luca verbrachte einen Großteil der Nacht damit, schlaflos an die dunkle Decke zu starren.

Isobel und Ishraq flochten sich in ihrer Kammer die Haare und schwiegen unglücklich.

»Ich muss ständig an ihn denken«, brach Isobel die Stille. »Er war so lustig und großherzig.«

»Ich weiß.«

Da sie keine Nachthemden mehr hatten, gingen sie in ihrer leinenen Unterwäsche zu Bett. Isobel kniete sich zum Abendgebet und betete für Freize. Als sie sich erhob, sah Ishraq, dass ihre Augen gerötet waren.

»Er ist zurückgelaufen, um die Pferde zu retten«, sagte Ishraq. »Er hat ihr Wiehern gehört. Er wusste, dass etwas Schlimmes passieren würde. Er konnte sie nicht auf dem Schiff lassen. Er hat die Kinder zurückgeschickt, er hat uns in Sicherheit gebracht, und dann hat er sich um die Pferde gekümmert.«

Isobel kletterte ins Bett. »Ich habe nie einen zuverlässigeren Mann gekannt«, sagte sie. »Er war immer guter Laune und immer mutig.«

»Ich war hart zu ihm«, gestand Ishraq. »Er hat mich in Vittorito um einen Kuss gebeten, und ich habe ihn in den Dreck geworfen. Das bedaure ich jetzt. Das bedaure ich zutiefst.«

»Er hat so getan, als wäre er beleidigt, aber ich glaube, es hat ihm gefallen«, erwiderte Isobel. »Ich glaube, er mochte deinen Stolz. Er hat darüber geschimpft und gelacht, er war beleidigt und hat dich bewundert, alles zugleich.«

»Ich wünschte, ich hätte ihm den Kuss gewährt«, bekannte Ishraq. »Ich hatte ihn lieber, als ich ihm gezeigt habe. Ich wünschte, ich wäre freundlicher zu ihm gewesen.«

»Es versteht sich von selbst, dass du ihn nicht küssen konntest«, sagte Isobel. »Aber es sah ihm so ähnlich, zu fragen! Ich wünschte, wir wären alle netter zu ihm gewesen. Wir sagen den Menschen nie, dass wir sie lieben, weil wir so dumm sind zu glauben, dass sie immer bei uns sein werden. Wir handeln, als würden wir ewig leben, dabei sollten wir handeln, als würden wir morgen sterben, und unseren Liebsten sagen, wie viel sie uns bedeuten.«

Ishraq nickte und stieg neben ihrer Freundin ins Bett. »Ich habe dich sehr lieb«, sagte sie traurig. »Wenigstens haben wir uns immer wie Schwestern eine gute Nacht gewünscht.«

»Ich habe dich auch lieb«, antwortete Isobel. »Glaubst du, dass du schlafen kannst?«

»Ich muss immerzu an die Welle denken. Ich sehe ihn vor mir im Wasser, unter Wasser. Wenn er ertrunken ist – was macht es dann für einen Unterschied, ob ich schlafe oder nicht? Wenn er ertrunken ist – was spielt es dann noch für eine Rolle, ob ich ihn geküsst habe oder nicht?«

Sie lagen schweigend in der Dunkelheit, bis Isobels ruhiger Atem Ishraq verriet, dass sie eingeschlafen war. Sie drehte sich auf die Seite, schloss die Augen und nahm sich vor, ebenfalls zu schlafen. Doch dann öffnete sie plötzlich die Augen und sagte laut: »Das Kätzchen!«

»Was?«, murmelte Isobel schläfrig, aber Ishraq war schon aus dem Bett gesprungen und warf sich den Umhang über.

»Ich muss das Kätzchen finden.«

»Schlaf jetzt«, sagte Isobel. »Es liegt bestimmt gemütlich auf dem Heuboden. Du kannst morgen früh nach ihm suchen.«

»Es ist nicht auf dem Heuboden. Ich suche es jetzt.«

»Warum?«, fragte Isobel und setzte sich auf. »Du kannst jetzt nicht nach ihm suchen, es ist dunkel.«

»In der Schlafkammer der Männer ist eine Leiter«, sagte sie. »Sie haben heute die Dachbalken ausgebessert. Mit der Leiter kann ich aufs Dach klettern.«

»Warum?«

»Weil das Kätzchen noch da oben ist.«

»Es ist bestimmt längst weg. Es wird heruntergeklettert sein, als der Dachdecker oben war.«

»Und wenn nicht?«, fuhr Ishraq ihre Freundin an. »Das Kätzchen hat Freize vor der Gefahr gewarnt, indem es aufs Dach flüchtete. Es hat uns allen das Leben gerettet. Wir sollten dafür sorgen, dass es ihm gutgeht.«

»Ich habe nicht verstanden, was es tat.«

»Aber Freize hat es verstanden. Er war gut zu ihm, wie er gut zu allen Menschen und Tieren war. Ich werde das Kätzchen jetzt suchen. *Er* würde es nicht bis morgen früh allein auf dem Dach lassen.«

»Warte!«, rief Isobel, doch Ishraq öffnete schon die verzogene Tür ihrer Schlafkammer und lief über den schmalen Treppenabsatz zum Zimmer der Männer.

Ishraq öffnete die Tür. Sie hörte das Schnarchen mehrerer Männer und verzog verlegen das Gesicht. »Es tut mir leid«, sagte sie gut vernehmlich in die Dunkelheit, »aber ich muss dringend aufs Dach.«

»Bist du ein Mädchen?«, ertönte eine hoffnungsvolle, schläfrige Stimme. »Willst du Gesellschaft? Ein Küsschen und eine Umarmung, Süße? Soll ich mitkommen?«

»Wenn irgendjemand es wagt, mich anzurühren«, sagte Ishraq im gleichen höflichen Tonfall, schloss die Tür hinter sich und trat vorsichtig in den dunklen Raum, »dann breche ich ihm die Hand. Wenn zwei von euch es gemeinsam versuchen, bringe ich sie um. Nur, dass ihr Bescheid wisst.«

»Ishraq?«, sagte Luca und setzte sich auf. »Was zum Teufel tust du hier?« Er erhob sich, nackt bis auf die Kniehose, und kam zu ihr an die Leiter.

»Ich hole das Kätzchen«, sagte sie. »Lass mich in Frieden.«

»Bist du verrückt? Welches Kätzchen?«

»Freizes Kätzchen«, erwiderte sie. »Das er immer in der Tasche hatte.«

»Es wird längst heruntergeklettert sein.«

»Ich muss nachsehen.«

»Mitten in der Nacht?«

»Es ist mir gerade erst eingefallen«, gestand sie.

»Oh, um Himmels willen!« Luca war plötzlich außer

sich, weil sie sich um ein Kätzchen sorgte, wo doch die ganze Stadt voller Eltern war, die ihre Kinder verloren hatten. »Was zählt schon ein Kätzchen? Nach allem, was geschehen ist? Mitten in der Nacht, nachdem alle sich in den Schlaf geweint haben?«

Ishraq gab keine Antwort. Sie drehte sich um und setzte den Fuß auf die unterste Sprosse. »Es ist stockdunkel«, warnte Luca sie. »Du wirst stürzen und dir das Genick brechen.«

Er streckte den Arm aus, um sie aufzuhalten, doch sie schlug seine Hand weg und stieg die kleine Leiter zur Dachluke empor. Von dort aus führte ein Balken mit kurzen Querstreben zum Dachfirst, und sie kletterte selbst wie eine Katze hinauf. Bis auf den dunklen Umriss des Firsts sah sie nichts. Sie erreichte ihn, setzte sich rittlings darauf und drückte die Knie gegen die Ziegel, deren Kanten sie scharf durch ihre dünne Unterwäsche spürte. Sie hörte ihren eigenen heftigen Atem und wusste, dass sie Angst hatte. Sie hob den Kopf und sah zum Schornstein. Natürlich war dort kein Kätzchen. Sie biss sich auf die Lippe, als ihr klarwurde, dass sie jetzt wieder hinabsteigen musste. Sie war ganz umsonst ein großes Risiko eingegangen.

»Kätzchen?«, sagte sie halblaut zu den leeren Dächern ringsum. Sie blickte in die Gassen hinab, die das Meer durchspült und mit Treibholz übersät zurückgelassen hatte, und auf die weit offen stehenden Türen der feuchten Häuser. »Kätzchen?«

Ein kleines Maunzen ertönte vom Fuß des Schornsteins her, wo die Ziegel von dem aufsteigenden Rauch gewärmt wurden. Vorsichtig erhob sich das kleine Tier und balancierte über den schmalen Dachfirst auf sie zu.

»Kätzchen?«, wiederholte Ishraq ungläubig.

Es kam zu ihrer ausgestreckten Hand, und sie nahm es wie eine Katzenmutter am Fell über dem zarten Genick, klemmte es sich unter den Arm und hielt es schützend an sich gedrückt. Ein gedämpftes Miauen sagte ihr, dass das Kätzchen es nicht bequem hatte, aber in Sicherheit war. Langsam schob sie sich den Balken hinab, bis ihre tastenden Füße die Dachluke fanden und Sprosse für Sprosse die Leiter in den dunklen Raum hinabstiegen, wo Lucas Hände sich um ihre Taille legten und sie herunterhoben, so dass sie endlich wieder festen Boden unter den Füßen hatte.

»Ich habe es«, sagte sie.

Zum ersten Mal seit Tagen hörte sie ein leises Lachen in seiner Stimme. »Du bist verrückt«, sagte er. »Das war das Lächerlichste, das Dümmste, was ich je erlebt habe.«

Aber er ließ sie nicht los, und einen Augenblick lang lag sie an seiner nackten Brust und spürte seine warme Haut und seine kitzelnden Härchen.

»Ich hatte schreckliche Angst«, gestand sie.

Sie fühlte seine Wange an ihrem Haar und die Wärme seines Körpers an ihrem und stand ganz still. Für einen Moment dachte sie, dass alles geschehen könnte, und sie wich nicht zurück. Es war Luca, der sie losließ und flüsterte: »Was machst du jetzt mit ihm?«

»Ich bringe es in die Küche und gebe ihm Milch«, sagte sie. »Heute Nacht behalte ich es bei mir. Wenn wir nicht gesehen hätten, wie es flüchtete, hätten wir die Gefahr nicht erkannt. Wir verdanken ihm unser Leben.«

Er nahm ihre Hand, führte sie aus dem Zimmer voll schlafender Männer und schloss die Tür hinter ihnen. Leise gingen sie nach unten in die Küche.

»Es ist seltsam«, sagte er. »Wie konnte es wissen, dass es möglichst weit nach oben klettern musste?«

Das Kätzchen wand sich in Ishraqs Hand, und sie setzte es behutsam auf den Boden. Das winzige Geschöpf schüttelte den Kopf, als wolle es sich über ihren festen Griff beschweren, setzte sich auf sein flauschiges Hinterteil und putzte sich die Füße. Dann fand es ein warmes Plätzchen im Holzkorb neben dem Feuer und rollte sich dort zusammen.

»Es gibt einen Schriftsteller«, sagte Ishraq und dachte nach. »Oh! Ich komme nicht auf den Namen! Aelianus oder so ähnlich. Er sagt, dass Frösche und Schlangen es wissen, wenn ein Erdbeben kommt – sie verlassen rechtzeitig ihre Löcher.«

»Woher wissen sie es?«, fragte Luca. »Was wissen sie?«

»Das erklärt er nicht«, sagte sie. »Ich habe seine Schriften in der arabischen Bibliothek in Spanien gelesen. An mehr kann ich mich nicht erinnern.«

Sie stiegen gemeinsam die Treppe zu ihren Schlafkammern hinauf.

»Warum wolltest du unbedingt das Kätzchen retten?«, flüsterte er. Er war sich der vielen Schlafenden in dem stillen Haus deutlich bewusst – Isobel lag nur wenige Meter hinter der Tür. »Was liegt dir an dem Kätzchen, wo so vieles andere verloren ist? Du bist keine große Tierfreundin. Und doch hast du dein Leben aufs Spiel gesetzt.«

»Vielleicht gerade aus diesem Grund: weil so vieles verloren ist«, sagte sie. »Wir haben es nicht geschafft, die Kinder zu retten, wir haben es nicht geschafft, die Stadt zu retten. Wir kamen mit allem, was wir gelernt haben, hierher, und doch wussten wir nichts, und als das Schreckliche passierte, konnten wir nichts tun. Wir waren nutzlos. Wir konnten uns nicht einmal selbst retten. Wir haben Freize verloren, obwohl er der Einzige war, der die Gefahr erkannt hat. Aber wenigstens kann ich Freizes Kätzchen retten.«

Er nahm ihre Hand und hielt sie einen Moment lang

fest. »Gute Nacht«, sagte er leise. »Gott segne dich dafür. Gott segne dich, dass du an ihn denkst.« Er hob ihre Hand an den Mund, drückte sanft einen Kuss auf die Handfläche und legte ihre Finger darum.

Ishraq schloss bei seiner Berührung die Augen. »Gute Nacht«, flüsterte sie und presste die Finger auf die Stelle, an der seine Lippen ihre Haut berührt hatten.

Am nächsten Morgen gingen alle vier – und auch Rosa, die sich in Isobels Nähe hielt – zur Kirche und halfen dem Priester, Beschreibungen der vermissten Kinder aufzunehmen und sie an die Kirchentür zu hängen. Die Zettel flatterten munter im Wind, doch die gesuchten Kinder würden vielleicht nie zurückkehren und die angesprochenen Eltern sie vielleicht nie abholen. Eine Schlange Gläubiger wartete auf den Priester, um die Beichte abzulegen, und der Hauch des Todes erfüllte die kleine Kirche – er lag wie eine dunkle Wolke über der ganzen Stadt. Immer mehr Menschen kamen durch das Stadttor im Norden, in der Hoffnung, dass ihre Kinder, die sich dem Kreuzzug angeschlossen hatten, der Flut entronnen waren. Sie starrten auf den Schlick und die zerbrochenen Balken auf dem Marktplatz, als könnten sie immer noch nicht glauben, dass die teuflische Welle bis in das Herz von Piccolo eingedrungen war und nichts als Zerstörung zurückgelassen hatte.

In der Marienkapelle wurden die kleinen Leichname für die Beerdigung vorbereitet. Mit verbissenen Gesichtern notierten Luca und Bruder Peter die Art ihrer Kleidung, die Haarfarbe, das Alter und jede kleine Auffälligkeit, damit die Kinder identifiziert werden konnten, wenn ihre Eltern kamen und nach ihnen suchten. Nachdem sie jedes der blauen Gesichtchen betrachtet und jede Zahnlücke, jede sommersprossige Nase vermerkt hatten, winkten sie die beiden Hebammen herbei, die den kleinen Körpern die Totenhemden überzogen und sie paarweise auf eine grobgezimmerte Bahre legten, damit sie zu dem neuen Friedhof hinter der Stadtmauer gebracht werden konnten.

Die weisen Frauen, die sich in der Stadt als Heilerinnen, Hebammen und Leichenwäscherinnen verdingten, verrichteten ihr Werk mit gleichmütiger Ehrfurcht, beäugten Bruder Peter und Luca jedoch misstrauisch. Als Isobel, Ishraq und Rosa hereinkamen, wandten sie die Köpfe ab und grüßten sie nicht.

»Was haben sie?«, flüsterte Ishraq Isobel zu. Sie spürte die Feindseligkeit, konnte sie jedoch nicht verstehen.

»Vermutlich trauern sie«, erwiderte Isobel.

Auf dem frisch geweihten Boden des neuen Friedhofs standen die Totengräber an ihre Spaten gelehnt neben einem großen, breiten Loch, in dem alle Kinder zusammen bestattet werden sollten, so wie sie sich alle gemeinsam schlafen gelegt hatten, als sie mit Johann durchs Land gezogen waren in der Überzeugung, bald ins Heilige Land zu kommen. Isobel warf einen letzten Blick auf die kleinen

Körper, bevor die Männer sie vorsichtig in die Grube legten. Dann schob sie Rosa hinter den Priester, dessen im Wind flatterndes Gewand den Anblick des Grabes und der zusammengedrängten Körper verdeckte.

Pater Benito las die Predigt. Seine Stimme tönte klar über das Geschrei der Möwen und den entfernten Lärm aus der Stadt hinweg, wo die Leute ihre Häuser instand setzten, die feuchten Räume reinigten und Dächer und Fenster erneuerten. Es waren nur wenige Menschen gekommen, um dem kleinen Gottesdienst beizuwohnen. Nach der Predigt ließen sie die Totengräber zurück, die das Grab mit der staubigen Erde der Gegend füllten. Der Priester versprach, einen Grabstein anfertigen zu lassen mit der Aufschrift, dass hier Pilger ruhten, deren Reise im Meer endete. »Wenn Ihr je an diesen Ort zurückkehrt, werdet Ihr sehen, dass wir sie nicht vergessen haben«, sagte er zu Bruder Peter. »Und auch unsere eigenen Opfer nicht.«

»Wisst Ihr, wie viele Menschen aus der Stadt vermisst werden?«, fragte Luca leise.

Der Priester bekreuzigte sich. »Etwa zwanzig«, erwiderte er. »Und ein halbes Dutzend unserer eigenen Kinder. Es ist ein schwerer Schlag, doch diese Gemeinde erlebt häufig schwere Schläge. In einem schlimmen Seuchenjahr verlieren wir ebenso viele Menschen. Wenn ein heftiger Sturm die Fischer auf See überrascht, verlieren wir oft ein ganzes Schiff, manchmal sogar zwei. Fünf oder sechs Väter ertrinken, fünf oder sechs Familien werden in Trauer und Elend gestürzt. Als vor hundert Jahren der Schwarze Tod die Stadt traf, waren die Gassen wie leergefegt – die Hälfte der Einwohner starb innerhalb eines Monats. Die Felder lagen brach, weil niemand sie bestellte, die Fische vermehrten sich in einem Meer ohne Fischer! Gott schickt diese Plagen, um uns zu prüfen, aber diese Woche hat er uns wirklich hart geprüft.«

»Verfluchen sollt Ihr sie, nicht segnen!«, ertönte plötzlich das Geschrei einer Frau, die durch das kleine Stadttor rannte und den Hügel zu ihnen hinaufstolperte. Ihre Hände waren zu Fäusten geballt, das Haar hing ihr wirr um das vor Trauer verzerrte Gesicht. »Möge Satan sie in die Hölle holen! Ihr hättet ihre Leichen ins Meer werfen sollen, statt sie in geweihtem Boden zu bestatten! Gott verfluche sie alle!«

»Was sagt Ihr da?« Der Priester breitete die Arme aus und fing sie ab wie ein wild gewordenes Pferd. »Was sagt Ihr da, Signora Ricci? Was rast Ihr so durch die Gegend? Schämt Euch, Signora Ricci! Beruhigt Euch!«

Sie blickte wild um sich und schien ihn kaum zu sehen. »Ins Meer sollte man sie werfen, statt sie christlich zu beerdigen!«, kreischte sie. »Nehmt Euch in Acht! Es sind Sturmbringer! Ihr ehrt unsere eigenen Mörder! Dämonen! Jeder Einzelne von ihnen!«

Der Lärm lockte rasch eine kleine Menschentraube an. »Sturmbringer?«, wiederholten sie, einen Anflug von Angst in der Stimme. »Sturmbringer?«

»Teufel!«, kreischte sie. »Diese gottlosen Kinder, die behaupteten, auf einem Kreuzzug zu sein! Dabei waren sie Sturmbringer! Haben uns vorgespielt, auf heiliger Pilgerfahrt zu sein, nur um uns zu täuschen. Waren sie überhaupt Sterbliche? Tauchten ohne Mutter und Vater hier auf, angeführt von einem Jungen, schön wie ein Engel, aber mit seltsamen, meergrünen Augen? Wir haben ihnen Brot, Fleisch und Käse gegeben, und sie haben das Unheil über uns gebracht. Mein Mann und mein Sohn sind verschollen, die Sturmbringer haben unser Leben zerstört. Und Ihr wagt es, sie zu segnen? Sie wie Christen zu begraben? Ihr gebt ihnen noch unseren Boden, obwohl sie doch schon unsere Liebsten haben?«

Der Priester warf Luca einen beunruhigten Blick zu.

»Wovon spricht sie?«, fragte Luca leise.

»Dies ist ein Fischerdorf. Die Menschen sind abhängig von gutem Wetter«, antwortete Pater Benito. »Sie glauben, dass es Sturmbringer gibt, die schlechtes Wetter herbeirufen können.«

»Das glauben sie wirklich?«, flüsterte Luca. »Sie denken, dass es Menschen gibt, die Regen und Sturm herbeirufen können?«

»Sie haben es selbst gesehen.« Pater Benito breitete die

Hände aus. »Ermittler, ich kann es Euch unter Eid bezeugen. Ich habe es mit eigenen Augen gesehen. Ich habe gesehen, wie eine Frau einen Sturm auf den Schiffsmast eines Mannes schickte, den sie hasste. Ich habe es selbst gesehen: Die Frau hat ihn verflucht, als sein Schiff aus dem Hafen lief. Ein Matrose, der sich ans Ufer retten konnte, berichtete von schrecklichen blauen Lichtern, die um den Mast tanzten, bis das Schiff unterging.«

»Ein Heer von Sturmbringern, Gott steh uns bei«, rief die Frau. »Und Ihr begrabt sie auf geweihtem Boden!«

Der Priester fasste sie sanft bei den Schultern. »Signora Ricci, die Kinder sind unschuldig gestorben. Sie waren auf einem heiligen Kreuzzug. Sie haben Gott Loblieder gesungen, während sie ins Meer gegangen sind.«

Sie zeigte mit dem ausgestreckten Finger auf Rosa. »Alle?«, fragte sie mit listiger Miene. »Sind sie alle ertrunken? Oder haben einige von ihnen die Welle gerufen und sind dann unbeschadet entkommen? Steht nicht hier vor uns ein Mädchen, das als eines der ersten in die Stadt gekommen ist und um Brot gebettelt hat? Und doch ist sie vor der Welle weggelaufen, heimlich und ohne jemanden zu warnen. Und jetzt geht sie auf die Beerdigung der anderen. Freut sie sich über ihr Werk? Verspottet sie uns alle? Wer ist sie? Und was wird sie als Nächstes tun? Den Donner rufen? Die Pest? Kommen Schlangen aus ihren Haaren? Frösche aus ihrem Mund?«

»Es reicht.« Isobel stellte sich schützend vor das Mädchen. »Sie ist ein Kind. Ihr habt mein Beileid, Signora Ricci, aber wir haben alle einen geliebten Menschen verloren. Wir müssen einander beistehen …«

»Aber wer *sind* sie?« Signora Riccis Blick sprang zwischen Isobel und Luca hin und her. »Und warum seid Ihr so sicher, dass sie Sterbliche sind? Ist ja schön und gut, dass dieses Mädchen ein Kind ist, dass sie alle nur Kinder waren, aber sie haben sich nicht wie Kinder verhalten. Sie kamen elternlos aus der Fremde, wer weiß, woher! Haben sie nicht die große Welle gerufen und sind auf ihr davongeritten? Wie Sturmkinder es zu tun pflegen?«

Der Priester schüttelte sorgenvoll den Kopf, hob die Hand zum Segen, wandte sich von der zornigen Frau ab, ohne auf ihre Fragen zu antworten, und ging auf das kleine Stadttor zu. Doch Signora Ricci ließ sich nicht beruhigen, und die beiden Hebammen starrten die kleine Rosa argwöhnisch an und kreuzten die Finger zum Schutz gegen Hexerei.

»Das ist lächerlich.« Isobel zog Rosa dicht zu sich und folgte dem Priester. Da stürzten die Frauen vor und machten sich daran, das Tor von innen zu verschließen. Ishraq beschleunigte ihre Schritte, stemmte sich gegen die schwere Holztür und drängte die Frauen zurück. Ihr dunkler Blick richtete sich auf Signora Ricci. »Haltet ein«, befahl sie knapp. Eingeschüchtert von Ishraqs Blick und ihrer Kraft gaben die Frauen nach, und Isobel und Rosa konnten das Tor passieren. Ishraq schloss es hinter ihnen wie eine Wächterin.

»Wartet!«, rief ein Mann und streckte die Hand aus, um den Priester auf seinem Weg zur Kirche aufzuhalten. »Nicht so schnell, Pater Benito. Beantwortet die Fragen der Frau. Was sie sagt, ist wahr. Es gab Kinder, die sich vor der Flut in Sicherheit gebracht haben. Woher wussten sie, dass sie fliehen mussten?«

»Haben sie die anderen Kinder gewarnt?«, fragte ein weiterer Mann. »Haben sie uns gewarnt? Nein! Haben sie nicht!«

Eine der Frauen nickte. »Sie sind stillschweigend geflohen«, erklärte sie. »Eines ist ohne einen Mucks an mir vorbeigerannt.«

Rosa umklammerte Isobels Hand. »Wir sind gerannt, weil wir Angst hatten«, flüsterte sie.

Ishraq trat vor und stellte sich an die andere Seite des Mädchens, um es gegen die zornige Menge zu verteidigen. Die Menschen versperrten ihnen den Weg zur Kirche, ihre Stimmen hallten laut wider in den engen Gassen. Pater Benito bahnte sich einen Weg durch die Menge und stieg die Kirchentreppe hinauf. Von dort aus sah er, dass immer mehr Menschen zum Marktplatz drängten. Sie strömten aus ihren Häusern, schmutzig von den Aufräumarbeiten, die Gesichter misstrauisch und angstvoll.

»Haben sie nicht unsere Kinder ins Meer gelockt? Haben sie uns nicht getäuscht, um auch uns ins Verderben zu locken? Und dann kam die Welle. Was ist mit ihrem Anführer, diesem Johann? Haben wir seine Leiche gefunden? Oder ist er auf der Welle davongesegelt, nachdem er sie gerufen hat, um uns alle zu ertränken?«

»Genau!«, pflichtete eine Stimme aus der Menge der Anklage bei. »Wir wissen nicht, wer sie waren. Aber wir wissen, dass mit ihnen die Welle kam.«

»Sie haben die Welle gerufen!«, rief eine andere Stimme laut. »Signora Ricci hat recht! Sie haben die Welle über uns gebracht!«

»Ich verlange Vergeltung!«, übertönte Signora Ricci den Tumult. »Ich werde meinen Sohn und meinen Gatten rächen, das schwöre ich! Ich werde dafür sorgen, dass die Sturmbringer auf dem Scheiterhaufen landen und ihre Asche in ihren eigenen Sturm gestreut wird.«

Isobel zuckte bei den Worten zusammen und legte den Arm noch fester um Rosa, die sich so eng an sie schmiegte, als wollte sie in ihrem Umhang verschwinden. Luca und Bruder Peter stiegen die Kirchentreppe empor zu Pater Benito und bereiteten sich darauf vor, beruhigend auf die Menge einzuwirken. Luca warf den Mädchen einen Blick zu und sah, dass Ishraq sehr aufrecht stand, wie zum Kampf bereit.

»Beruhigt Euch, gute Leute«, sagte Luca mit lauter,

fester Stimme, um das Geschrei der Möwen und den Lärm der Menge zu übertönen. »Ich bin ein päpstlicher Ermittler. Ich wurde geschickt, um die Ängste des Christentums zu erfassen, und wenn Euer Pater der Ansicht ist, dass wir eine Ermittlung zu dieser furchtbaren und rätselhaften Flut durchführen sollten, dann werde ich es tun.«

Die Menge scharte sich um den Priester. »Ruft die Inquisition«, rief einer der Umstehenden. »Benennt die Schuldigen!«

Pater Benito schwieg bedächtig. »Ihr wollt, dass ich einen Ermittler des Heiligen Vaters frage, warum das Meer sich über Piccolo ergossen hat?«, fragte er dann. »Warum frage ich ihn nicht, woher der Regen kommt? Oder warum der Donner grollt?«

»Ihr verlacht ihren Schmerz?«, klagte eine der Hebammen ihn an und zeigte auf Signora Ricci. »Ihr wollt ihr nicht antworten? Ihr wollt uns nicht einmal anhören?«

Das zornige Murmeln der Menge wurde lauter. Pater Benito erkannte, dass er sie so nicht zur Vernunft bringen würde. Er blickte auf Luca und fügte sich. »Nun gut. Wie Ihr wollt. Bruder Luca – würdet Ihr eine Ermittlung durchführen? Wir sollten uns anhören, was die Frauen zu sagen haben. Es wird wohl das Beste sein, alle Ängste laut auszusprechen. Und dann könnt Ihr uns sagen, ob wir die Flut irgendwie hätten verhindern können.«

»So ist es!«, rief eine der Hebammen triumphierend. »Wir werden die Schuldigen ausmachen.«

»Ich werde nach der Ursache der Welle forschen und dem Papst meine Ergebnisse mitteilen«, verkündete Luca. »Wenn die Welle von Menschenhand gemacht wurde, werde ich dafür sorgen, dass die Schuldigen ihre gerechte Strafe bekommen.«

»Brennen sollen sie«, wiederholte Signora Ricci beharrlich. »Und ihre Asche soll in den Sturm gestreut werden, den sie selbst gerufen haben.«

»Ich werde dafür sorgen, dass ihnen Gerechtigkeit widerfährt«, versprach er, doch seine ruhige Stimme verärgerte sie nur noch mehr. Sie sprang auf ihn zu, packte ihn am Kragen und kreischte ihm wild ins Gesicht: »Weißt du überhaupt, dass es Hexen gibt, die den Sturm herbeirufen können? Weißt du das?«

Luca musste sich beherrschen, um nicht vor ihr zurückzuweichen. »Ich weiß, dass es Menschen gibt, die daran glauben. Ich selbst habe noch niemanden getroffen, der sich dieses Verbrechens schuldig gemacht hätte. Aber ich habe darüber gelesen.«

»Darüber gelesen!«, spottete jemand. »Ihr habt es doch vor wenigen Tagen mit eigenen Augen gesehen! Welches Buch kann Euch sagen, was bei uns passiert ist? Wurde je in einem Buch von einer Welle geschrieben, die eine Stadt an einem sonnigen Tag zerstört hat? Völlig grundlos?«

Luca blickte sich um. Immer mehr Menschen traten aus ihren Hauseingängen und strömten zum Marktplatz herauf. Sie waren nicht mehr bleich vor Trauer und schweigsam vor Entsetzen, sie waren wütend und wurden gefährlich. Sie suchten nach jemandem, dem sie die Schuld an ihrem Leid geben konnten.

»Es gibt Bücher, in denen davon gesprochen wird«, sagte er vorsichtig. »Ich habe sie nicht selbst gelesen, es sind die Weisheiten der arabischen Gelehrten. Wir müssen versuchen, diese Welle zu verstehen, um uns in Zukunft vor ihr zu schützen. Ich werde mir anhören, was Ihr zu sagen habt. Heute Nachmittag werde ich im Gasthof mit der Befragung beginnen.«

»Da *solltet* Ihr auch beginnen«, sagte eine der Hebammen verächtlich. »Genau da. Beginnt im Gasthof, am besten in der Dachkammer.«

»Wovon redet Ihr?« Die plötzliche Feindseligkeit in ihrer Stimme verwirrte Luca.

Sie hob den Zeigefinger und streckte ihn aus. Die Menge beobachtete gebannt, wie sie sich langsam um sich selbst drehte, bis sie vor Ishraq, Isobel und der kleinen Rosa innehielt. Beifälliges Gemurmel erhob sich.

»Nennt ihre Namen!«, rief jemand aus der Menge.

»Ja!«

»Nennt uns die Namen der Sturmbringer!«

»Die Dachkammer«, wiederholte sie. »Ein sicherer

Raum. Von dort aus konnten sie ungestört den Sturm heraufbeschwören, die schreckliche Welle herbeiholen und aufs Dach segeln wie Möwen, während die Flut tief unter ihnen die Sterblichen ertränkte.«

»Sie sind aufs Dach geflogen?!«

»Haben sie den Sturm etwa nicht sicher über den Dächern der Stadt überlebt?«

»Ich kann für die Damen bürgen«, unterbrach Luca die Anschuldigungen. »Ich war selbst auf dem Dach.«

»Ihr habt selbst gesagt, dass die Araber wissen, wie man Wellen erzeugt ...«

»Ich habe gesagt, dass sie Bücher haben, die Bücher der Alten ...«

»Sie ist eine Araberin! Oder etwa nicht? Kennt sie die arabischen Künste? Weiß sie, wie man eine Welle ruft?«

Ishraq trat mit glühenden Augen vor, um sich zu verteidigen, doch Luca brachte sie mit einer Geste zum Schweigen. »Diese junge Frau ist mir wohlbekannt«, erklärte er. »Sie ist im Haus eines christlichen Fürsten und großen Kreuzritters aufgewachsen. Sie hat nichts Böses getan. Ich verspreche Euch ...«

Ein Schwarm Möwen, den irgendetwas erschreckt hatte, flog auf, schraubte sich gen Himmel und stieß wilde Schreie über den Köpfen der Menge aus.

»Die Seelen der Ertrunkenen!«, rief jemand.

Mehrere Frauen bekreuzigten sich.

»Sie rufen nach Gerechtigkeit!«

»Ich verspreche Euch …«, setzte Luca erneut an.

»Das kannst du nicht«, fuhr eine der Hebammen ihn an. »Du weißt ja selbst nichts. Du hast mit Johann dem Pilger gesprochen, blind wie ein Narr, während die beiden Frauen draußen vor den Mauern der Stadt im grünen See den Sturm heraufbeschworen haben.«

Entrüstetes Gemurmel machte sich breit. Eine Frau wich vor Ishraq zurück und spuckte ihr vor die Füße. Viele Frauen kreuzten Zeige- und Mittelfinger, das alte Zeichen gegen Hexerei.

»Der grüne See?«, fragte jemand. »Was haben sie dort getan?«

»Was redet Ihr da?«, fragte Bruder Peter und trat vor.

Die alte Frau wich nicht zurück. Ihre Gefährtinnen stellten sich an ihre Seite, die Gesichter hasserfüllt. »Wir haben sie gesehen«, riefen sie laut, damit auch die Neuankömmlinge weit hinten jedes Wort ihrer Anschuldigung hören konnten. »Wir haben die jungen Frauen gesehen. Sie sind nicht so unschuldig, wie sie aussehen, in ihren schönen Kleidern! Sie haben sich vor Anbruch der Nacht aus der Stadt geschlichen und sind in der Dunkelheit tropfnass zurückgekommen. Sie sind zum grünen See gegangen und haben in der Dämmerung einen Sturm heraufbeschworen. Die jungen Frauen haben abends die Welle gerufen, und am nächsten Tag haben die Teufelskinder unsere Söhne und Töchter geradewegs in sie hineingeführt.«

»Das haben wir nicht!«, rief Isobel aus und starrte in die verhärmten, wütenden Gesichter der alten Frauen. »Ihr müsst verrückt sein, so etwas zu glauben!«

»Verrückt?«, rief jemand. »Ihr seid verrückt, einen solchen Sturm über uns zu bringen!«

»Sie haben einen Sturm im grünen See heraufbeschworen und unsere Kinder in den Tod geführt. ›Eine Hexe sollt ihr nicht am Leben lassen!‹«

»Ja!«, rief ein Mann aus der Menge. »So steht es in der Bibel: ›Eine Hexe sollt ihr nicht am Leben lassen!‹«

Die Menge rückte näher an die jungen Frauen und das kleine Mädchen zwischen ihnen heran. Rosa verbarg sich schluchzend unter Isobels Umhang und klammerte sich an ihre Hüfte. Isobel war bleich wie das Tuch über ihren Haaren. Ishraq trat vor sie, breitete die Arme aus und wippte auf den Ballen, bereit zu kämpfen.

Luca hob die Hände. »Dies sind meine Freunde«, erklärte er mit lauter Stimme. »Und wir haben unseren treuen Gefährten an die See verloren, so wie auch Ihr geliebte Menschen verloren habt. Ihr könnt doch nicht ernsthaft glauben, dass diese Mädchen eine Welle gerufen haben, die unseren eigenen Freund ertränkt hat.«

»*Ich* glaube es.« Signora Ricci schleuderte ihm die Worte entgegen. »Wir alle glauben es. Du bist es, der sich täuscht.

Wie willst du eine Ermittlung durchführen, wenn du nicht einmal die wichtigsten Fragen stellst. Was haben sie im See gemacht?«

Verblüfft wandte Luca sich an Isobel. »Was *habt* ihr im See gemacht?«

Sie wurde rot vor Wut, weil er sie vor der Menge verhörte. »Wie kannst du es wagen, mich das zu fragen!«

Mit der Furcht vor der Menge flammte sein Zorn auf. »Natürlich frage ich dich! Sei keine Närrin! Antworte mir! Was habt ihr dort gemacht?«

»Wir haben uns gewaschen«, erwiderte sie voller Verachtung. »Wir haben gebadet.«

»Gewaschen!«, höhnten die Frauen. »Im grünen See? In der Abenddämmerung? Sie sind Sturmbringer, seht sie Euch doch an!«

Ein bedrohliches, zustimmendes Raunen breitete sich aus und bestärkte die Hebammen in ihrer Anschuldigung.

»Werdet Ihr uns die Namen der Sturmbringer nennen?«, drängte eine der Frauen Luca. »Diese Frauen, die mit Euch gekommen sind, und das Kind, das später kam, ihre kleine Gehilfin – werdet Ihr sie alle verhören?«

»Die Kinder und die beiden Frauen haben die Welle gerufen. Das Mädchen weiß es. Ihr müsst es befragen«, befahl ein Mann, dessen Jacke voller Schlamm war. »Wir werden alle drei zusammen verbrennen.«

»Nein!«, rief eine andere Frau. »Wenn sie schuldig sind, müssen wir sie im Hafenbecken ertränken!«

Rosas kleine Hand klammerte sich an Isobels festen Griff. »Was sagen sie?«, flüsterte sie. »Warum klagen sie uns an?«

»Ich versichere Euch, dass die Frauen unschuldig sind«, rief Luca verzweifelt. »Und das Kind auch.«

»Dann verhört sie!«, schrie jemand.

»Ihr sagt, Ihr seid ein Ermittler – dann ermittelt!«

»Jetzt!«

»Ich werde eine Ermittlung durchführen.« Luca versuchte, die zornige Menge in Schach zu halten. »Ich beginne heute Nachmittag damit. Eine anständige Ermittlung …«

»Nicht heute Nachmittag – jetzt!«, rief der Mann mit der schmutzigen Jacke.

»Ich werde eine Ermittlung durchführen«, wiederholte Luca mit zusammengebissenen Zähnen. »Eine ordentliche Ermittlung zu dem Zeitpunkt, den ich für richtig halte, und mein Schreiber wird einen Bericht an den Heiligen Vater schicken. Ihr werdet unter Eid aussagen, was Ihr gesehen habt …« Er warf den aufgebrachten Frauen einen strengen Blick zu. »Was Ihr *wirklich* gesehen habt, und nicht, was Ihr Euch eingebildet habt. Wenn irgendeine Form von Hexerei oder Magie im Spiel war, werde ich es herausfinden und die Schuldigen bestrafen.«

»Sie hat dich doch längst mit ihren Hexenkünsten verführt«, höhnte Signora Ricci. »Warum schleicht sie sich sonst mitten in der Nacht in die Schlafkammer der Männer?«

Isobels Wangen brannten vor Scham, doch Ishraq trat vor und spuckte ihr die Antwort entgegen: »Es gibt hier keine Hexe und auch keine Verführungskünstlerin. Hier gibt es nur Freunde, Reisende, Christen und Pilger. Und wir alle sind Opfer eines furchtbaren Unglücks, das Ihr mit Euren Verleumdungen nur noch schlimmer macht. Der Ermittler soll seine Untersuchung durchführen, und wir werden uns alle seinem Urteil beugen.«

»Dann aber jetzt sofort!«, beharrte Signora Ricci.

»Also gut, jetzt sofort«, lenkte Bruder Peter ein, den die Feindseligkeit der Menge ängstigte. »Wir richten in der Herberge das Speisezimmer her. Ich besorge Tinte und Papier. Wir werden die Ermittlung durchführen, wie es unsere Pflicht ist. Jeder kann seine Sicht der Dinge darlegen.«

Der Mann in der schmutzigen Jacke sprang vor und packte Luca am Umhang. Sein großes Gesicht kam ihm bedrohlich nahe. »Jetzt!«, schrie er. »Wir haben jetzt gesagt, und wir meinen auch jetzt! Nicht unten in der Herberge! Nicht, wenn Ihr Papier und Tinte geholt habt! Nicht, wenn Ihr Euch eine Geschichte zurechtgelegt habt. Jetzt! Gerechtigkeit für die Ertrunkenen!«

Luca wollte ihn von sich wegstoßen, doch der Mann war stark und wütend, er lockerte seinen Griff nicht. Ishraq dehnte die Finger und blickte sich um, als wolle sie die Anzahl der Gegner abschätzen, mit denen sie es aufnehmen müssten. Isobel konnte ihr am Gesicht ablesen, dass sie mit einer kräftigen Tracht Prügel rechnete, vielleicht auch mit Schlimmerem. Die beiden jungen Frauen standen eng beieinander. Sie wussten, dass sie in der Falle saßen.

»Gerechtigkeit für die Ertrunkenen!«, wiederholte jemand aus der Menge. Immer mehr Menschen kamen die engen Gassen hinauf und pfiffen sie aus. »Gerechtigkeit für die Ertrunkenen!«

»Gut, hier und jetzt«, willigte Luca ein. Behutsam drückte er den großen Mann von sich weg. Er spürte, dass die Situation kurz davor war, zu eskalieren. »Wo? In der Kirche?«

»In der Kirche«, stimmte der Große zu. Er ließ Luca los und wies ihm den Weg in das Gotteshaus. Die halbe Stadt folgte ihnen auf dem Fuß, die andere Hälfte kam durch die Gassen herbeigelaufen. Der Mann drehte sich zu Bruder Peter um. »Und Ihr schreibt mit, wie es sich gehört«, befahl er. »In der Kirche sind Tinte und Papier. Wenn sie schuldig sind, sollen sie uns, dem Volk von Piccolo, übergeben werden, damit wir sie strafen können, wie wir es für richtig halten. Nehmt auch das in Euren Bericht auf.«

»*Wenn* sie schuldig sind«, betonte Pater Benito.

Ishraq blickte sich um. Sie mussten eine Möglichkeit finden, hier wegzukommen. Isobel hielt Rosa fest bei der Hand und hob den Saum ihres Kleides an, bereit, loszurennen.

»Wagt es nicht!«, drohte Signora Ricci mit einem teuflischen Lächeln. »Glaubt nicht, dass ihr ungestraft im See baden und eine Höllenwelle über uns arme Christen schicken könnt! Du verdorbene Ketzerin, du verdorbene Hexe und du verdorbenes Kind!«

Ishraq senkte vor Zorn die Augen. Die drei Mädchen wurden in die Kirche gedrängt.

Das Volk strömte in die Sitzreihen und stellte sich an den Seitenmauern auf. Die Gespräche wurden zu einem dumpfen Murmeln; jeder wartete gespannt, was als Nächstes passieren würde. Luca nahm im Chorgestühl Platz, Bruder Peter setzte sich zu seiner Rechten, Pater Benito zu seiner Linken. Die Zeugen reihten sich vor dem Chorgestühl auf, um ihre Aussage zu machen. Das ewige Licht, das auf dem Altar hinter der Chorschranke flackerte, warf seinen warmen Schein auf sie. Die heilige Ruhe des Ortes brachte die Menge zum Schweigen, doch die Menschen wirkten noch immer fest entschlossen, Gerechtigkeit walten zu lassen. Ein Zeuge nach dem anderen trat vor das Chorgestühl und schilderte seine Erlebnisse mit dem Kinderkreuzzug und mit der Flutwelle.

Sie erzählten, dass sie die Kinder beim Betteln und Beten gesehen hatten. Sie waren sich einig, dass Johann vom Ende der Tage gepredigt und versprochen hatte, sie trockenen Fußes nach Jerusalem zu führen. Sie berichteten, dass er sie mit dem Versprechen, einen geliebten Menschen wiederzusehen, alle in Versuchung geführt hatte. Sie weinten, als sie schilderten, wie Johann direkt zu ihnen gesprochen und Ereignisse beschrieben hatte, von denen er nicht hatte wissen können, es sei denn, der Teufel persönlich hatte sie ihm eingeflüstert. Sie erklärten, dass sie ihn für einen Engel gehalten hatten und jetzt wussten, dass er verflucht war.

Bruder Peter machte Notizen, und Luca hörte aufmerksam zu. Er fürchtete mehr und mehr, dass ein schreckliches Unrecht in dieser Stadt geschehen war und er es nicht bemerkt hatte. Reumütig erinnerte er sich daran, wie er mit den anderen bei Sonnenuntergang zum ersten Mal in die Stadt gekommen war. Er war den ganzen Tag neben Isobel geritten, war geradezu benommen gewesen von ihrer Gegenwart, so dass er keine Augen für das Tor, den Hafen oder den Gasthof gehabt hatte. Er erinnerte sich, wie er ihr auf der Treppe zur Dachkammer eine gute Nacht gewünscht hatte und all seine Gedanken ihrer Nähe gegolten hatten. Er hätte sie küssen können, wenn sie nur ein wenig den Kopf gedreht hätte. Er dachte an die Ankunft der Kinder am Hafen, wie er aufgeblickt und die schönen Mädchen am Fenster gesehen hatte und wie sie ihm zugerufen hatten, dass Hunderte Kinder in die Stadt kämen. Er hatte ihre Worte gehört, doch gesehen hatte er zwei schöne junge Frauen. Er erinnerte sich, wie er Ishraq gebeten hatte, nicht ihr arabisches Gewand zu tragen, und wie er ihr gesagt hatte, ihre Haut habe die Farbe von Heidehonig. Er musste sich eingestehen, dass er sich sofort und vollständig von Johann hatte überzeugen lassen und dass er sich dem Kreuzzug nach Jerusalem in der selbstsüchtigen Hoffnung angeschlossen hatte, seine Eltern wiederzusehen. Luca machte sich heftige Vorwürfe, so blind für die Ereignisse vor seinen Augen gewesen zu sein. Er war abgelenkt gewesen, erfüllt von sündigem Verlangen und besessen von seinen eigenen Hoffnungen und Ängsten. Er hatte zugelassen, dass die Stadt von der Flut verschlungen wurde.

Er hätte Noah sein müssen, dachte er – er hätte wissen müssen, dass die Flut kommen würde, und einen sicheren Hafen schaffen müssen. Wenn er ein wahrer Ermittler wäre und nicht nur ein liebeskranker Junge, hätte er vielleicht etwas bemerkt: eine Bewegung des Meeres, eine Veränderung des Mondes – irgendetwas, das ihn vor der bevorstehenden Katastrophe gewarnt hätte. Luca saß ganz still und lauschte aufmerksam den Worten der Zeugen, erfüllt von der Scham über sein Versagen.

»Was ist mit den Mädchen?«, unterbrach eine der Hebammen die Vernehmung. »Du fragst nach Dingen, die uns bekannt sind, die allen bekannt sind. Was ist mit den Mädchen und ihren Machenschaften?«

Sofort breitete sich wieder misstrauisches Gemurmel aus. »Ruft sie. Sie müssen Euch antworten.«

Luca erhob sich resigniert und ließ den Blick über das dunkle Kirchenschiff schweifen. »Fräulein Isobel, Meisterin Ishraq!«, rief er. Er sah, wie die Mädchen sich langsam von ihrer Bank im hinteren Teil der Kirche erhoben, und hörte das leise Tappen ihrer Lederschuhe, als sie zögernd den gepflasterten Mittelgang entlangschritten. Er bedeutete ihnen feierlich, ihm gegenüber Platz zu nehmen wie die anderen Zeugen. Er wusste, dass er sie ansah wie Fremde: Fremde mit der rätselhaften Kraft der Frauen.

»Und das Kind«, forderte jemand. »Das Kind, das der Welle entkommen ist.«

Isobel senkte den Kopf, um ihre Verachtung zu verbergen, und ging zurück, um Rosa zu holen.

Ishraq und Isobel saßen Luca gegenüber, das kleine Mädchen zwischen sich, die Augen zu Boden gerichtet. Luca musste daran denken, dass man Isobel der Hexerei bezichtigt hatte, als sie sich zum ersten Mal begegnet waren. Nun saß sie wieder vor ihm und wurde der schwersten Verbrechen angeklagt. Ihn überkam ein abergläubisches Schaudern. Es ließ sich nicht leugnen, dass sie ständig in Schwierigkeiten steckte, obwohl sie immer, wie auch jetzt, so unschuldig wirkte. Er konnte den Gedanken nicht unterdrücken, dass eine wahrhaft unschuldige junge Frau nicht zum Opfer einer Hetzjagd werden konnte, geschweige denn von zweien. Dieses Mädchen zog Ärger an wie eine Eisenstange den Blitz.

Seine Beunruhigung bestärkte ihn in dem Entschluss, ein strenges Verhör durchzuführen. Er schluckte seine Gefühle hinunter, starrte Isobel kritisch und teilnahmslos an und versuchte, sie so zu sehen, wie das Volk von Piccolo sie sah: als eine fremde, exotische und erschreckend unabhängige Frau.

»Ihr beide seid beschuldigt worden, Sturmbringer zu sein«, sagte er mit fester, ruhiger Stimme. »Ihr seid von Menschen beschuldigt worden, die gesehen haben, dass Ihr bei Einbruch der Dämmerung die Stadt verlassen habt und zu einem Ort gegangen seid, den man den grünen See nennt. Euch wird vorgeworfen, dass Ihr dort einen Sturm heraufbeschworen habt, durch die Erzeugung von Wellen im See.«

Die jungen Frauen sahen ihn schweigend an. Luca wurde rot bei dem Gedanken, dass Verachtung in ihren Blicken lag.

»Was habt Ihr dazu zu sagen?«, fragte er. »Ich habe die Pflicht, Euch diese Fragen zu stellen, und Ihr habt die Pflicht, mir zu antworten.«

»Diese Vorwürfe sind eines gebildeten Mannes nicht würdig«, erwiderte Ishraq eisig. »Es sind die Ängste von Narren.«

Ihre Überheblichkeit ließ die Menge summen wie einen wütenden Bienenschwarm. Eine der Hebammen blickte sich triumphierend um. »Habt ihr gehört? Sie nennt uns Narren!«

»Und selbst wenn es so wäre«, gab Luca gereizt zurück, »Ihr werdet mir antworten. Ihr tätet gut daran, die ehrbaren Leute nicht zu beleidigen. Was habt Ihr am See getan?«

»Wir haben die Stadt am Nachmittag verlassen.« Isobel sprach für sie beide mit ruhiger, klarer Stimme. »Wir wollten uns waschen, aber die Wirtin hatte kein heißes Wasser und keine Wanne für uns.«

»Warum wollten sie baden? Im November?«, rief eine Frau aus der Mitte der Menge heraus. Zustimmendes Gemurmel erklang. Ishraq blickte sie verächtlich an.

»Der Stallbursche erzählte uns von einem See, in dem die Jungen im Sommer schwimmen gehen ...«, fuhr Isobel fort.

»Wie kommen junge Frauen auf die Idee, dorthin zu gehen?«, fragte jemand. »Was sind das für Mädchen, die absichtlich zum Badeplatz der Jungen gehen? Bestimmt keine ehrbaren Mädchen. Kleine Huren!«

Isobel keuchte, als sie das Wort hörte, und blickte Luca

an, überzeugt, dass er die frechen Unruhestifter zum Schweigen bringen würde. Doch er sagte nichts zu ihrer Verteidigung.

»Der Pförtner hat gesagt, dass sie abends aus der Stadt gegangen sind.«

»Es war Nachmittag«, widersprach Isobel.

»Lügnerin. Dreckige Lügnerin!«

In diesem Augenblick entstand ein kleiner Aufruhr am Eingang. Die Kirchentür schlug auf, und der Pförtner des Westtors kam herein.

»Sag es ihnen.« Sie schubsten ihn nach vorn, bis er vor Luca, Pater Benito und Bruder Peter stand.

»Und Ihr seid?« Bruder Peter tunkte die Feder in die Tinte.

»Ich bin der Pförtner. Pförtner Paolo. Ich habe die Frauen gesehen und ihnen gesagt, dass sie vor Einbruch der Dunkelheit zurück sein müssen«, erklärte er.

»Ging die Sonne schon unter, als sie die Stadt verließen?«, fragte Luca.

»So muss es gewesen sein, sonst hätte ich sie nicht vor der Sperrstunde gewarnt.«

»Was haben sie gesagt?«

»Sie sagten, sie wollten einen Spaziergang machen.«

»Warum sollten sie lügen«, rief jemand, »wenn sie sich nur waschen wollten? Warum haben sie das nicht gesagt?«

»Sie sind bei Sonnenuntergang zum See gegangen! Warum?«

»Sie sind bei Einbruch der Dunkelheit gegangen, damit niemand sehen konnte, wie sie im grünen See einen Sturm heraufbeschwören!«

Luca sah den Trotz in Isobels dunkelblauen Augen. Sie sah aus wie bei ihrer ersten Begegnung, ein junges Mädchen, das die ganze Welt gegen sich hat, obwohl es nur friedlich in seinem Zuhause leben möchte. Ein Mädchen, das von allen Seiten angegriffen wird. Ein Mädchen ohne Vertrauen in ihn oder einen anderen Mann: ein Mädchen, das man in die Enge getrieben hat.

»Erklär es ihnen«, sagte er. Er verfiel ins Lateinische, weil er wusste, dass sie ihn verstehen würde, aber nur wenige andere Menschen in der Kirche. »Bitte, meine Liebe, sag einfach die Wahrheit. Sag ihnen, dass du keinen Sturm heraufbeschworen hast. Sag ihnen, dass du keine Sturmbringerin bist. Auch Ishraq nicht. Sag es ihnen einfach. Um Gottes willen, Isobel, wir sind hier in einer gefährlichen Lage. Ich kann nur Fragen stellen – du musst schon selbst antworten. Sag ihnen, was ihr getan habt.«

Isobel erhob sich langsam und trat vor die Menge. »Ich bin keine Sturmbringerin«, sagte sie einfach und laut, so dass ihre Worte von den steinernen Mauern widerhallten. »Ich bin keine Hexe. Ich bin ein Mädchen aus gutem Hause, das eine gute Erziehung genossen hat. Ich habe keinen Vater, der über mich wacht, weil mein Vater tot ist, und ich habe keinen Ehemann, der für mich sorgt, weil ich kein Vermögen habe und kein Mann mich ohne Mitgift heiraten wird. Ich habe keinen Bruder, der mich führt, weil mein Bruder falsch und treulos ist. Ihr seht mich, wie ich bin – ein Mädchen, das keinen Mann an seiner Seite hat, ein Mädchen, das ganz allein auf der Welt ist. Aber nichts davon – *nichts* davon – macht mich zu einem schlechten Mädchen. Ich bin unglücklich. Doch ich würde niemals wissentlich etwas Böses tun. Ich kann es Euch nicht beweisen, Ihr müsst mir vertrauen, wie Ihr Euren Müttern, Euren Frauen und Euren Schwestern vertraut. Ich muss Euch bitten, mich offenen Herzens anzusehen. Ich bin ein Mädchen mit gutem Ruf, das einmal Fürstin eines Schlosses werden sollte und das nun alles verloren hat. Und meine Freundin Ishraq wurde mit mir großgezogen, wie meine Schwester.«

Ishraq stand auf und stellte sich mit erhobener Hand neben Isobel, als schwöre sie einen Eid vor Gericht. »Ich bin keine Christin, und ich bin eine Fremde«, sagte sie. »Aber ich habe niemandem etwas zuleide getan. Ich habe die Welle nicht gerufen. Ich glaube nicht, dass irgendein Sterblicher die Macht hat, eine solche Welle zu rufen. Ich hätte niemals etwas getan, das die Kinder oder Euch gefährden könnte, und ich hätte nie etwas getan, das unseren Gefährten Freize in Gefahr bringen könnte.«

Luca, der nach unten geschaut und gebetet hatte, dass das Volk die Aufrichtigkeit in Isobels Worten hören würde, blickte auf und sah, dass Ishraqs Augen sich mit Tränen füllten. »Er war ein wahrer Freund und eine treue Seele.« Ishraqs Stimme war leise und von Tränen erstickt. »Er hätte mich gern zur Liebsten gehabt, und ich war so närrisch, ihm einen Kuss zu verwehren.«

Die jungen Frauen in der Menge murmelten mitfühlend. »Gott segne Euch«, sagte eine von ihnen. »Ihr habt ihn verloren, bevor Ihr ihn um Verzeihung bitten konntet.«

»Ich habe ihn verloren«, stimmte Ishraq zu. »Ich werde ihm nie sagen können, dass ich sein Lachen liebte, sein Mitleid mit allen Geschöpfen, selbst mit einem kleinen Kätzchen, und seinen Verstand, obwohl er nie unterrichtet wurde. Er war kein Gelehrter, aber er war weiser, als ich es je sein werde. Er hat mir gezeigt, dass man weise sein kann, ohne gebildet zu sein. Das Letzte, was er auf dieser Welt tat, war, Isobel, seinen Freund Luca und mich in Sicherheit zu bringen. Dank ihm sind wir in die Herberge geflohen, dank ihm wussten wir, dass wir möglichst hoch klettern mussten, erst in die Dachkammer und dann auf das Dach. Dahinter steckt nichts Rätselhaftes. Freize hat gesehen, dass sein Kätzchen voller Angst war. Er sah, wie es aufs Dach kletterte. Daraus schloss er, dass das Wasser zurückkommen würde, und deshalb versuchte er, möglichst viele Menschenleben zu retten. Und jetzt trauere ich um ihn.

Ich habe den größten Schatz verloren, den ein Mädchen haben kann. Ich habe ihn durch meinen Stolz und meine Dummheit verloren, und mir wurde erst klar, was für ein guter Mann er war, als er mich rettete und sein eigenes Leben riskierte, um die Pferde in Sicherheit zu bringen. Ihr müsst mir glauben, dass ich nie etwas getan hätte, was sein Leben hätte gefährden können. Ihr könnt mich eine Ungläubige nennen. Ihr könnt mich eine Fremde nennen. Aber Ihr dürft nicht denken, dass ich Freize mit der großen Welle in Gefahr gebracht habe – ich hätte nie etwas getan, um ihm zu schaden.«

»Lasst mich durch!«, ertönte eine laute Stimme von der Tür her, und die Menge teilte sich, als der Wirt der Herberge hereinpolterte und mit wutrotem Gesicht seinen Stallburschen am Ohr hinter sich herzog.

»Was ist da los?«, fragte Bruder Peter. Dann erkannte er den Wirt: »Guter Gott, was kommt jetzt?«

»Er hat etwas zu sagen«, erklärte der Wirt. »Dreckiger Lümmel!«

Der Junge, rot wie sein verdrehtes Ohr, zog unter Lucas Blick den Kopf ein.

»Du hast etwas zu sagen?«, fragte Luca. »Sprich ohne Angst.« An den Wirt gewandt sagte er: »Lasst sein Ohr los, er wird es noch brauchen.«

»Ich bin ihnen gefolgt«, gestand der Junge und rieb sich sein Ohr. »Durch das Stadttor und den Wald bis zum See.«

Aus dem überfüllten Kirchenschiff ertönte aufgeregtes Flüstern.

»Was hast du gesehen?«

Der Junge schüttelte den Kopf und wurde noch röter. »Sie waren nackt«, gestand er. »Ich habe sie beobachtet.«

Seltsamerweise wurde nun auch Luca rot, seine Wangen und seine Ohren brannten. »Sie haben sich ausgezogen, um zu baden?«

»Sie sind geschwommen und haben sich mit der Seife gewaschen. Das Wasser war kalt. Sie haben gequiekt wie Ferkel. Sie haben sich die Haare gewaschen. Dann sind sie aus dem Wasser gegangen und haben sich abgetrocknet.«

»Haben sie irgendetwas getan …« Luca stockte und räusperte sich. »Haben sie Wellen gemacht, Wasser aus einem Eimer gegossen, Zaubersprüche gesagt oder etwas dergleichen … haben sie irgendetwas anderes getan, als sich zu waschen und zu schwimmen?«

»Sie sind herumgetollt«, sagte der Junge. Er sah Luca an, in der Hoffnung, dass er ihn verstand. »Sie sind geschwommen und haben mit Wasser gespritzt. Sie waren … sehr …«

»Sehr?«

»Sehr hübsch.« Sein Kinn sank ihm auf die Brust, sein

ganzer Körper sackte vor Scham zusammen. »Ich habe ihnen zugeguckt. Ich konnte nicht wegsehen. Sie …« Er deutete mit der Schulter auf Isobel, als wage er es nicht, den Finger zu heben. »Sie hatte Unterwäsche an. Aber die andere … war nackt.« Er blickte auf und sah in Lucas rotes Gesicht. »Splitternackt, und ihre Haut war wie ein reifer Pfirsich. Es war das Schönste, was ich je gesehen habe. Und ihre …«

»Der Junge muss zur Beichte«, unterbrach der Priester ihn, bevor er seine Beschreibung fortsetzen konnte. »Er hat unkeusche Gedanken gehabt.«

Der Junge wurde noch eine Schattierung röter. Er sah Luca flehentlich an. »Sie waren so hübsch«, sagte er. »Jeder hätte zugesehen. Man konnte nicht weggucken.«

Luca senkte den Blick auf seine Papiere, sich seines eigenen sündigen Begehrens bewusst. »Gut«, sagte er knapp. »Ich denke, das haben wir begriffen. Aber hast du irgendetwas gesehen, das so aussah, als würden sie einen Sturm heraufbeschwören?«

»So etwas haben sie nicht gemacht«, sagte der Junge rundheraus. »Sie haben nur gespielt und sich gewaschen, wie Mädchen es tun. Und außerdem war es heller Nachmittag.«

»Aber der Pförtner hat sie auf die Sperrstunde hingewiesen.«

»Das macht er immer«, sagte der Junge, und zustimmendes Gemurmel erhob sich. »Er schließt das Tor immer zu früh, und er öffnet es immer zu spät. Er hält sich nie an die Zeiten. Er macht, was er will, und zu uns sagt er, dass wir zu spät oder zu früh dran sind.«

Luca blickte sich um. Er wollte sichergehen, dass die Leute befriedigt waren, damit er die Ermittlung für beendet erklären konnte. Er sah die verbissenen Gesichter von Signora Ricci und den Hebammen, aber er sah auch die Erschöpfung der Menschen, die um ihre Kinder und Liebsten trauerten. Sie schienen das Gefühl zu haben, sie hätten ihre Zeit damit vergeudet, zwei Mädchen anzuschuldigen, die einfach nur in einem See gebadet hatten.

»Dann halte ich fest, dass weder die Pilgerkinder noch die beiden Damen etwas getan haben, um die Welle heraufzubeschwören«, erklärte er. Seine Worte wurden schweigend aufgenommen, dann folgte ein zustimmendes Seufzen. »So werde ich es auch dem Papst berichten.«

»Wir stimmen zu«, erklärte Pater Benito, erhob sich und sah auf seine Schäfchen. »Dieses Leid ist über uns gekommen, ohne dass wir eine Erklärung dafür haben. Möge Gott uns vergeben und uns in der Zukunft helfen.«

»Was ist mit dem Mädchen?«, fragte die Wirtin. Sie blickte auf Rosa, die Isobels Hand noch immer fest umklammerte. »Ist sie auch freigesprochen?«

»Warum werden sie alle drei freigesprochen?«, fragte eine der Hebammen bitter.

»Weil sie alle drei unschuldig sind«, erklärte Luca streng. »Es liegen keine Beweise gegen sie vor.«

»Rosa ist unschuldig«, bestätigte Isobel. »Sie hat die Welle überlebt, weil Freize sie in Sicherheit gebracht hat. Wir müssen ein neues Zuhause für sie finden. Sie ist weit fort von ihrem Dorf und ganz allein auf der Welt.«

Die Leute nickten und verließen langsam die Kirche. Einige von ihnen entzündeten Kerzen für geliebte Menschen, die immer noch vermisst wurden. Luca nickte Bruder Peter zu. »Vielleicht sollten wir allen einen Grappa in der Herberge spendieren?«, schlug er vor. »Für ihr Wohlwollen?«

Bruder Peter nickte und flüsterte dem Wirt eine Anweisung zu, woraufhin er mit seiner Frau davoneilte. Bruder Peter begann, seine Papiere einzusammeln. Luca und die Mädchen standen sich einen Augenblick lang schweigend gegenüber.

»Ihr seid freigesprochen«, sagte Luca zu ihnen. »Wieder einmal.«

Sie lächelten reumütig. »Wir suchen nicht nach Schwierigkeiten«, sagte Isobel.

»Sie scheinen euch zu folgen.«

Ishraq hörte die Kritik in seiner Stimme. »Jede Frau, die sich anders verhält als die anderen, gerät in Schwierigkeiten«, sagte sie. »Sie folgen uns wirklich. Wir müssen uns gegen sie wehren.«

»Denkst du an die Welle?«, fragte Isobel, die Lucas düsteren Blick auf Bruder Peters Bericht auffing.

»Das ist kein Bericht«, erwiderte Luca frustriert und blätterte mit den Fingerspitzen durch die Seiten. »Das ist nichts. Nur ein Dorfskandal, Altweibertratsch, der allen Angst einjagt. Doch die Frage, die sie gestellt haben, ist die richtige. Was war die Ursache? Was kann eine so große Welle hervorrufen? Ich kann ihnen sagen, dass ihr es nicht wart, aber ich kann ihnen nicht sagen, was es war. Und was das Wichtigste ist, ich kann ihnen nicht sagen, ob es möglicherweise noch einmal passiert. *Könnte* es noch einmal passieren? Vielleicht schon heute Abend?«

Isobel bekreuzigte sich bei der Vorstellung, und Luca senkte die Stimme, damit die anderen Leute in der Kirche ihn nicht hörten.

»Ich habe darüber nachgedacht, und ich glaube, dass es ein Erdbeben gewesen sein könnte. Vielleicht ist weit fort von hier ein Berg oder eine Steilküste erschüttert worden, so dass große Felsen ins Meer gefallen sind«, sagte Ishraq zu seiner Überraschung. »Vielleicht wurde so die Welle verursacht, eine einzelne, riesige Welle, ganz ähnlich wie Wasser in einer Schüssel. Es schlägt Wellen und läuft über, wenn man einen Stein hineinwirft.«

Bruder Peter lächelte über den simplen Vergleich, der so typisch war für die Denkweise der Frauen. Sie konnten sich nicht vorstellen, dass die Welt ein leerer Raum war, dass Dunkelheit über dem Gesicht der Tiefe lag und dass der Geist Gottes das Wasser bewegte, wie es die Bibel beschrieb. »Das Meer ist keine Wasserschüssel«, wies er sie mit mildem Spott zurecht. »Es bewegt sich nicht, weil jemand einen Stein hineinwirft. Es ist kein Becken, in dem du dein Geschirr waschen kannst.«

»Das behaupte ich auch nicht. Aber manchmal funktionieren kleine Dinge genau wie große. Die Welle könnte von einem Erdbeben hervorgerufen worden sein, von einer schweren Erschütterung. So, wie man Wasser in einer Schüssel in Bewegung versetzen kann, indem man einen Kieselstein hineinwirft.«

»Das ist wahr«, sagte Luca. »Wie bist du darauf gekommen?«

»Platon hat den Untergang von Atlantis auf diese Weise beschrieben«, erklärte sie. »Er sagt, dass ein großes Erdbeben eine riesige Welle hervorgerufen hat, die die Insel versinken ließ.«

»Platon?«, wiederholte Bruder Peter skeptisch. »Wo hat ein Mädchen wie du Platon gelesen? Ich habe von ihm gehört, aber ich habe keine seiner Schriften gelesen. Es gibt keine Kopien.«

»Nein, keine auf Italienisch. Aber wir Araber kennen seine Schriften. Einige von ihnen wurden aus dem Griechischen ins Arabische übertragen. Ich habe Teile davon gelesen, als ich mit Isobel und ihrem Vater in Spanien war und die Universität besuchte. Platon ist ein Philosoph, der über die größten Rätsel der Natur spricht, und er kommt zu erstaunlichen Erkenntnissen.«

»Was für ein Privileg«, gab Bruder Peter bissig zurück, sammelte seine Papiere ein und verschloss das Tintengefäß. »Eine Frau, noch dazu eine Ketzerin, hat die Schriften eines großen Denkers gelesen. Du solltest aufpassen, dass es nicht deinen Geist überfordert. Frauen können nicht abstrakt denken.«

Sie zuckte die Schultern. »Meinem Geist geht es gut, danke der Nachfrage. Jedenfalls schreibt Platon, dass der Untergang von Atlantis auf ein großes Erdbeben folgte. Ich habe mir überlegt, dass die Welle ganz einfach ein Naturereignis sein könnte und kein Akt Gottes oder des Teufels oder irgendwelcher Sturmbringer – wenn es denn so etwas überhaupt gibt. Vielleicht geschehen solche Dinge auf natürliche Weise, durch das Wirken der Natur. Warum Gott allerdings eine Welt erschafft, in der so etwas möglich ist, ist eine andere Frage.«

Bruder Peter wusste sich wieder auf sicherem Terrain. »Das ist in der Tat eine wichtige Frage. Er tat es, weil das Paradies durch die erste Sünde im Garten Eden zerstört wurde, als die Frau in den verbotenen Apfel biss.«

Luca und Isobel wechselten ein verstohlenes Lächeln. Sie wussten, dass Ishraq und Bruder Peter sich gleich zanken würden.

Ishraq sah ihn mit gespieltem Unverständnis an. »Was ist so schlimm daran, einen Apfel zu essen?«

»Es geht nicht um den Apfel. Der Apfel steht für Wissen.«

Luca zwinkerte Isobel zu.

»Und die Frau wollte Wissen erlangen?«

»Ja«, sagte Bruder Peter in seinem belehrenden Tonfall. »Aber es war Gottes Wille, dass die Frau und ihr Mann vom Wissen unberührt bleiben sollten.«

Ishraq sah nicht so aus, als hätte sie seine Belehrung nötig. »Ein allwissender Gott hätte vorhersehen müssen, dass die Frau Wissen erlangen wollen würde«, sagte sie. »Wie sollte sie das nicht wollen? Wie sollte ich es nicht wollen? Welche Frau würde unwissend leben wollen? Welcher Mann? Und was nützt Gott ein Volk, das so unwissend ist wie die armen Fischer hier – die glauben, dass Menschen einen Sturm heraufbeschwören können und der Teufel sich die Mühe macht, sie ins Unglück zu stürzen?«

Bruder Peter war so verärgert, dass er kaum sprechen konnte. Er verneigte sich vor dem Altar und wandte sich dann ab. »Es hat keinen Sinn, dir diese Dinge zu erklären«, schnaubte er. »Du bist ein Mädchen und eine Ketzerin.« Es war schwer zu sagen, was davon er schlimmer fand.

»Der Fürst von Lucretili war der Ansicht, dass Mädchen genau dasselbe lernen können wie Jungen«, stichelte Ishraq weiter. »Frauen wie Hypatia von Alexandria haben ihre Schüler die Schriften Platons gelehrt, ohne davon krank zu werden. Als wir in Spanien waren, hat der Fürst mich auf die Universität von Granada geschickt. Bildung ist wichtig für uns Ketzer. Viele arabische Frauen sind gebildet. Wir Mauren glauben, dass eine Frau ebenso gut studieren kann wie ein Mann. Wir halten es nicht für Gottes Willen, dass Frauen dumm bleiben.«

»Aber seine Tochter hat er nicht die Lehren der Ketzer studieren lassen. Er hat darauf geachtet, sie zu beschützen«, erwiderte Bruder Peter spitz.

»Ich wünschte, er hätte mich auch studieren lassen!«, rief Isobel dazwischen.

»Der Unterricht war auf Arabisch oder Spanisch«, erklärte Ishraq. »Isobel spricht diese Sprachen nicht. Außerdem wurde sie als christliche Fürstin erzogen, die ihr Land verwalten sollte.«

»Aber wie sollen wir es je erfahren?«, murmelte Luca vor sich hin, während er durch den Mittelgang zur offen stehenden Tür schritt und zum Hafen und auf die ruhige See hinunterblickte. »Wie sollen wir herausfinden, ob die Erde sich bewegt hat und die Welle dadurch entstanden ist? Vielleicht ist es weit draußen im Meer passiert, vielleicht sogar unter dem Meer? Wie sollen wir die Ursache erfahren, wenn niemand dabei war, der es gesehen hat?«

Pater Benito trat neben ihn. »Wisst Ihr, die Leute hier in

der Stadt erzählen sich von einem großen Erdbeben, das die Hafenmauern niedergerissen hat – das war vor hundert Jahren –, und von einer großen Welle, die alle Boote ins Meer gezogen und alle Häuser im unteren Teil der Stadt zerstört hat. Der Glockenturm wurde umgeworfen, als die Erde bebte. Er wurde wieder aufgebaut. Die Kosten für den Steinmetz finden sich noch in den Aufzeichnungen der Kirche. Deshalb weiß ich, dass es wahr ist.«

Ishraq nickte Luca zu. »Ein Erdbeben, gefolgt von einer Welle«, kommentierte sie.

»Vor hundert Jahren?«, hakte Luca nach. »Vor genau hundert Jahren?«

»Etwas mehr«, erwiderte der Pater. »Das Erdbeben war 1348. Und nach der Welle kam der Schwarze Tod in die Stadt. Erst wackelte die Erde, dann kam die Welle, dann kam die Seuche. Gott verhüte, dass auch diese Welle die Seuche mit sich bringt.«

»Der Schwarze Tod?«, fragte Bruder Peter.

Der Priester nickte. »Am schlimmsten traf es Friuli, doch selbst in Rom spürte man die Auswirkungen. Unsere Stadt wurde schwer gebeutelt. Es steht alles in den Kirchenaufzeichnungen, deshalb kenne ich die Daten. Lange Zeit war es unmöglich, einen Steinmetz zu finden, der den Turm wieder aufbaute, weil wenige Monate nach der Welle alle tot waren.«

»Das nehmen wir in den Bericht auf«, sagte Luca.

»Vielleicht sollten wir es als Warnung verstehen. Glaubt Ihr, man sollte Getreide und andere Nahrungsmittel einlagern? Für den Fall, dass der Welle wieder eine Seuche folgt, so wie vor hundert Jahren?«

Pater Benito bekreuzigte sich. »Gott behüte«, sagte er. »Das letzte Mal mussten große Seuchengräber im Kirchhof ausgehoben werden, um alle Leichen zu bestatten. Ich will sie nicht wieder öffnen. Das halbe Dorf wurde begraben, über hundert Menschen, alte und junge. Auch der Priester ist gestorben. Möge Gott mich verschonen.«

»Gott helfe uns allen«, sagte Luca feierlich. »Vielleicht ist das wirklich das Ende der Tage.« Niemand antwortete ihm. Er ging allein den Hügel hinab zum Hafen.

Bruder Peter und die Mädchen sahen ihm hinterher. Pater Benito murmelte einen Segen, verschloss die Kirchentür und ging in sein Haus.

Bruder Peter seufzte und schlug den Weg zur Herberge ein. »Wir sollten uns um ein Schiff kümmern und weiterreisen«, sagte er. »Hier können wir nichts mehr tun. Wir sollten wie geplant nach Split übersetzen.«

»Wir geben Freize auf?«, fragte Isobel düster. »Wir geben die Suche auf, wir warten nicht mehr auf ihn?«

»Wir können eine Botschaft für ihn hinterlassen und ihm schreiben, wo er uns finden kann, sollte er je zurückkehren«, erwiderte Bruder Peter. »Warum sollen wir noch länger hier warten?«

»Aus Treue!«, rief Isobel. »Wir können doch nicht einfach weiterziehen, als wäre nichts geschehen!«

Ishraq schüttelte den Kopf. »Doch. Wir sollten weiterziehen. Es tut Luca nicht gut, hier zu warten und aufs Meer zu starren. Wir müssen die Reise fortsetzen. Könnt Ihr jemanden finden, der uns übersetzt, Bruder Peter? Oder wollt Ihr, dass ich mich umhöre?«

»Heute Morgen sind mehrere Schiffe in den Hafen eingelaufen, die das Unglück unbeschadet überstanden haben. Ich werde jemanden finden. Wollen wir gleich morgen aufbrechen?«

»Morgen früh«, sagte Ishraq. »Ich nehme an, Ihr wollt vor der Abreise zur Messe gehen. Wir können nach der Prim aufbrechen.«

Bruder Peter sah sie neugierig an, während sie nebeneinander die gepflasterten Stufen hinabschritten. »Willst du nicht auch beichten und zur Messe gehen, nachdem du Gottes rätselhaftes Wirken gesehen hast? Willst du dich nicht unserem Gott zuwenden, nachdem du in so großer Gefahr geschwebt hast? Ich könnte dich unterrichten. Ich könnte dich konvertieren.«

Ishraq lächelte ihn gleichmütig an. »Ach, Bruder Peter, ich weiß, dass Ihr ein guter Mann seid und meine Seele retten wollt. Ich weiß nicht, was die Welle verursacht hat. Aber ich verspüre trotzdem keinen Drang, zu Eurem Gott zu beten.«

Isobel willigte ein, am nächsten Tag aufzubrechen, aber sie war nicht imstande, es Luca zu sagen. »Sagt Ihr es ihm?«, fragte sie Bruder Peter. »Ich bringe es nicht übers Herz.«

Er wartete bis zum Abend. Als sie alle im Speisezimmer vor einem qualmenden Feuer aus feuchtem Holz saßen, sagte er ruhig: »Bruder Luca, ich denke, wir können hier nichts mehr ausrichten. Ich werde morgen meinen Bericht abschicken. Ich werde schreiben, dass wir keine Erklärung für die Welle haben, obwohl einige wilde Theorien von heidnischen Denkern angeführt wurden.«

Luca blickte auf.

»Und ich habe einen Kapitän gefunden, der uns morgen übersetzt. Wir können nach der Prim abreisen.«

»Wir bleiben«, erwiderte Luca augenblicklich. »Zumindest noch ein paar Tage.«

»Wir haben eine Mission. Und hier können wir nichts mehr tun«, wiederholte Bruder Peter fest. »Wir schicken morgen unseren Bericht ab. Wir werden unseren Herrn und seine Heiligkeit verständigen, dass wir mächtige Vorzeichen für das Ende der Tage gesehen haben. Wir werden ihnen berichten, dass vor vielen Jahren eine große Welle auf ein Erdbeben folgte und dass danach eine Seuche kam, die der Schwarze Tod genannt wird. Aber wir nützen niemandem, indem wir hier warten – und wenn wirklich die Seuche kommt, sollten wir ohnehin verschwinden.«

Isobel streckte den Arm aus und legte ihre kühle Hand auf Lucas geballte Faust. »Luca«, sagte sie leise.

Er drehte sich hilflos zu ihr, als könne sie ihm seine quälenden Fragen beantworten. »Ich kann nicht gehen«, sagte er heftig. »Ich kann nicht abreisen, als wäre nichts passiert. Ich kann nicht einfach weitermachen. Freize ist wegen mir hierhergekommen, er hat mich auf meiner Mission begleitet. Er wäre nie hier gewesen, wenn er mich nicht geliebt hätte. Ich weiß nicht, was ich ohne ihn anfangen soll. Wenn ich aufs Meer hinausgetrieben worden wäre, hätte er mich nicht verlassen. Er hätte sich nicht feige in Sicherheit gebracht und mich meinem Schicksal überlassen.«

»Er würde wollen, dass du deine Mission zu Ende bringst«, sagte Isobel. »Du warst sein ganzer Stolz. Er war so stolz, dass du zu dieser Arbeit berufen wurdest und dass er dir dienen konnte.«

Beim Gedanken an Freizes überschwängliche Prahlerei musste Luca beinahe lächeln, doch dann schüttelte er den Kopf. »Ihr müsst mich verstehen. Ich muss hierbleiben, bis …«

»Wir werden Geld und Anweisungen hinterlassen, damit sein Leichnam begraben werden kann, wenn er an die Küste gespült wird«, sagte Ishraq brüsk. »Falls du das meinst. Wir werden so für ihn sorgen, wie du es wünschst. Aber ich habe mit einem der Fischer gesprochen, und er sagte mir, dass die Strömung hier sehr stark sei. Vielleicht wurden Freize und die Kinder weit fort getrieben. Vielleicht wird man ihre Leichen niemals finden. Vielleicht sollten wir uns alle mit dem Gedanken anfreunden, dass sie im Meer begraben sind. Bruder Peter kann auf der Überfahrt nach Split die Wellen segnen.«

Luca fuhr sie zornig an: »Du sprichst von seiner Beerdigung? Der Beerdigung meines Freundes? Du willst die Wellen segnen lassen? Hast du ihn schon aufgegeben?«

Sie blickte ihn fest an. »Ja, das habe ich. Hast du das nicht selbst schon längst getan? Ist das nicht der Gedanke, den du schon seit Tagen fürchtest?«

Er sprang auf und stürzte zur Tür. »Du bist herzlos!«, schrie er sie an.

Sie schüttelte den Kopf. »Du weißt, dass das nicht stimmt.«

Er stockte. »Wie kannst du davon reden, die Wellen zu segnen?«

»Ich dachte, du würdest dich von ihm verabschieden wollen«, sagte sie.

»Wie kannst du von mir verlangen, darüber nachzudenken?«

»Es ist deine Lebensaufgabe, das schwer Vorstellbare zu denken.«

Isobel wollte dazwischengehen, doch dann sah sie den ruhigen Blick, mit dem Ishraq Lucas zorniges Starren erwiderte, und sie hielt sich zurück. Lucas Zorn erlosch so schnell, wie er aufgeflammt war. Er stieß einen Seufzer aus, kam ins Zimmer zurück, schloss die Tür hinter sich und lehnte sich dagegen, als hätte die Trauer ihn geschwächt.

»Ihr habt recht«, sagte er. »Natürlich habt ihr recht. Ich will es nicht wahrhaben. Ich werde Pater Benito morgen früh Anweisungen hinterlassen und … Bruder Peter, würdet Ihr dem Abt unseres Klosters mitteilen, was passiert ist, und ihn bitten, Freizes Mutter zu benachrichtigen? Ich werde dem Abt später selbst schreiben …«

Isobel stand auf und legte ihre Hand in seine. Dann ließ sie ihre Wange an seine Schulter sinken. Bruder Peter sah zwar kommentarlos zu, verzog aber missbilligend das Gesicht.

»Und morgen setzen wir über«, wiederholte Ishraq.

»Ishraq!«, rief Isobel aus. »Jetzt gib Ruhe! Lass ihn in Frieden!«

Störrisch schüttelte Ishraq den Kopf. »Er *ist* nicht in Frieden«, sagte sie und deutete mit einem Nicken auf Luca. »Und dein Gejammer hilft ihm nicht weiter. Wir sollten etwas tun, anstatt hier trauernd herumzusitzen. In meiner Religion hätte man Freize noch am Tag seines Todes bei Sonnenuntergang bestattet. Wir werden immer an ihn denken, ob wir nun morgen oder übermorgen das Schiff nehmen. Aber«, sagte sie mit einem Kopfnicken zu

Luca, »diesen Jungen sollte man nicht zu lange trauern lassen. Er hat schon zu viele Menschen verloren. Die Trauer darf ihm nicht zur Gewohnheit werden.«

Isobel blickte in Lucas gequältes Gesicht.

»Sie hat recht«, sagte er bitter. »Ich kann hier nichts tun, als um ihn zu weinen. Morgen nach der Prim reisen wir ab.«

Sie gingen in ihre Kammern, um zu packen, doch es gab kaum etwas zu packen. Bis auf die Kleider, die sie am Leib trugen, waren ihre gesamten Besitztümer mit dem Schiff untergegangen. Sie hatten sich neue Umhänge schneidern lassen, doch neue Stiefel oder Hüte oder ein neuer Schreibkasten für Bruder Peter mussten warten, bis sie in eine größere Stadt kamen. Die Manuskripte, die Bruder Peter und Luca mitgenommen hatten, um Aufschluss über Legenden, Bräuche und frühere Ermittlungen zu erlangen, waren ohnehin unersetzlich. Neue Pferde und einen Esel für das Gepäck würden sie in Split kaufen müssen.

»Wie weit ist es von Split nach Budapest?«, fragte Isobel und blickte müßig aus dem Fenster ihrer Kammer. »Ich bin es leid, zu reisen. Ich bin alles leid. Ich wünschte, ich könnte nach Hause gehen und auf meinem Land leben, wo ich hingehöre. Ich wünschte, nichts von alledem wäre passiert.«

»Du wünschst dich doch nicht ins Kloster zurück«, erwiderte Ishraq. »Oder unter die Herrschaft deines Bruders.«

Isobel wandte den Blick ab und schüttelte den Kopf. »Ich wünschte, ich wäre wieder ein Kind und mein Vater wäre nicht tot«, sagte sie. »Ich wünschte, ich wäre zu Hause.«

»Freize hat gesagt, dass die Reise etwa eine Woche dauert«, erwiderte Ishraq und versuchte, ihre Freundin aufzumuntern. »Und der einzige Weg, dein Zuhause zurückzubekommen, ist, Fürst Vladislavs Sohn um Hilfe zu bitten. Es ist eine lange Reise, aber mit etwas Glück wird sie uns wieder nach Hause führen.«

Isobel wandte sich um. »Ich weiß nicht, wie wir ohne ihn zurechtkommen sollen. Ich kann mir nicht vorstellen, ohne ihn zu reisen.«

»Ohne seine Beschwerden?«, fragte Ishraq mit einem schwachen Lächeln. »Ohne seine Klagen über die schlechte Straße, über die Mission oder über Bruder Peters geheime Anweisungen?«

Isobel lächelte. »Das alles wird uns fehlen«, sagte sie. »*Er* wird uns fehlen.«

Es war ein schweigsames Grüppchen, das sich zum Abendessen versammelte. Viele Gäste hatten die Herberge nach der Bestattung der Kinder verlassen, und die Reisenden auf der Küstenstraße hatten von der Flutkatastrophe gehört und waren ins Landesinnere ausgewichen. Niemand hatte Appetit, und es schien nichts zu sagen zu geben.

»Wo ist Rosa?«, fragte Isobel die Wirtin. »Hilft sie Euch in der Küche?«

»Sie hat geschuftet wie ein ausgewachsener Koch, und jetzt isst sie ihr wohlverdientes Abendessen«, sagte die Wirtin zufrieden. »Das war ein guter Gedanke, mein Fräulein. Das war ein gütiges Christenwerk.«

»Was?« Luca hob plötzlich interessiert den Kopf.

»Fräulein Isobel hat mit mir und Rosa gebetet. Sie hat Rosa meine Wäschekammer gezeigt, und das Kind hat die Schönheit der reinlichen Laken erkannt. Sie wird einmal eine gute Haus- und Küchenmagd. Meine Wäschekammer hat mich vor den Schrecken der Flut gerettet. Ein Mädchen, das sie bewundert, kann ich nicht vor die Tür setzen. Sie kann bei uns bleiben. Fräulein

Isobel hat angeboten, während des ersten Monats für ihren Unterhalt zu zahlen, danach wird sie ihr Auskommen selbst verdienen. Ich werde mich um sie kümmern.«

»Das war ein guter Gedanke«, sagte Luca leise.

Isobel lächelte. »Es war nicht schwer zu sehen, dass sie einander helfen könnten. Rosa wird ein gutes Zuhause haben und eine ehrbare Arbeit erlernen.«

»Das ist gut«, murmelte Luca, das Interesse verlierend.

»Morgen sind wir in Split«, sagte Bruder Peter und versuchte, heiter zu klingen. »Wir kommen sicherlich noch vor Sonnenuntergang an, wenn wir früh aufbrechen.«

Isobel wandte sich an Luca: »Und dann geht es nach Zagreb.«

Plötzlich ertönte vom Stallhof her Getöse und dann ein fröhliches »Holla!« – ein unpassender Ruf in einer Stadt, die sich in den Fängen der Trauer befand. Der Wirt öffnete die Küchentür und rief: »Pst! Wisst Ihr nicht, was hier geschehen ist? Schreit nicht so herum. Was wollt Ihr?«

»Eure Dienste!«, krähte es frohgemut. »Stallplätze für die tapfersten Pferde, die je durchs Meer geschwommen sind! Ein Mahl für einen großen Überlebenskünstler! Wein für meine Gesundheit! Und Nachricht von meinen Freunden. Die beiden schönen Mädchen und der schlaue

Junge? Und der sauertöpfische Mönch, der uns begleitet? Sind sie hier? Sind sie fort? Schwört mir, dass sie am Leben sind, wie ich gebetet habe!«

Luca wurde bleich. Er glaubte, ein Gespenst zu hören. Dann rief er laut: »Freize!«, sprang auf, warf dabei seinen Stuhl um und schoss aus der Küche durch die Hintertür in den Stallhof.

Dort, neben dem Kopf seines Pferdes, die Zügel der vier anderen Pferde in der Hand und mit dem müden Esel im Schlepptau, stand Freize: schmutzig und schlammbeschmiert, doch quicklebendig. Als er Lucas Umrisse im Türrahmen erkannte, ließ er die Zügel fallen und breitete die Arme aus. »Kleiner Spatz, Gott sei Dank, du bist gerettet! Ich bin Meilen geritten und habe mich um dich gesorgt!«

»Ich! Gerettet! Was ist mit dir?«, schrie Luca und warf die Arme um seinen alten Freund. Sie hielten sich fest wie verlorene Brüder, klopften sich auf den Rücken, und Luca tätschelte Freize von oben bis unten, als müsse er sich davon überzeugen, dass er wirklich lebte. Freize nahm Lucas Gesicht in beide Hände und küsste ihn schmatzend auf die Wangen, dann schlang er wieder die Arme um ihn.

Luca schüttelte ihn an der Schulter und trat zurück, um ihn anzusehen. »Wie um alles in der Welt bist du …? Wie hast du …? Ich wusste nicht, wo du warst … Warum bist du uns nicht in die Herberge gefolgt? Ich schwöre, ich dachte, du wärst hinter mir … Ich hätte dich nie allein lassen dürfen!«

»Seid ihr aufs Dach geklettert wie das Kätzchen?«, ignorierte Freize die Flut von Fragen. »Geht es euch allen gut? Den Mädchen? Allen beiden?«

Während die jungen Männer gleichzeitig aufeinander einredeten, kamen Ishraq und Isobel aus der Tür, stürzten sich auf Freize, umarmten ihn und weinten und riefen seinen Namen. Selbst Bruder Peter kam in den Hof und klopfte ihm auf den Rücken. »Meine Gebete«, sagte er feierlich. »Sie wurden erhört! Gelobt sei Gott, er hat uns Freize zurückgebracht. Es ist ein Wunder wie Jonahs Rettung aus dem Bauch des großen Fischs!«

Ishraq, die in Freizes Arm lag, während Isobel an seiner anderen Seite hing, blickte auf. »Jonah?«, fragte sie. »Jonah, der von einem großen Fisch verschluckt wird?«

»So steht es in der Bibel«, sagte Bruder Peter.

Sie lachte. »So steht es auch im Koran«, erwiderte sie. »Wir nennen ihn Jonah oder Yunus. Er flehte Gott an, ihn zu retten.« Sie dachte kurz nach, bevor sie zitierte:

»›Dann schluckte ihn der Wal, während Jonah sich Vorwürfe machte. Und wenn er nicht einer von denen wäre, die Allah preisen, wäre er in seinem Bauch geblieben bis zum Tage der Auferstehung.‹«

Bruder Peters Freude schmälerte sich sichtlich. »Das

kann nicht sein«, sagte er. »Er war ein Prophet Gottes. *Unseres* Gottes.«

»Und auch unseres Gottes«, erwiderte Ishraq fröhlich. »Vielleicht sind sie ja doch ein und derselbe?«

Der Wirt brachte aus seinem feuchten Keller eine besondere Flasche Wein zum Vorschein, dann eine zweite und eine dritte, als immer mehr Leute kamen, um die außergewöhnliche Geschichte zu hören und auf Freizes Gesundheit anzustoßen. Selbst die, die ihre Brüder oder Söhne an die See verloren hatten, waren froh, dass wenigstens ein Leben verschont geblieben war. Und seine Geschichte machte denen Mut, die noch auf die Rückkehr ihrer Liebsten warteten. Die Wirtin brachte Käse, gebratenes Huhn und frisch gebackenes Brot an den Tisch. Nach und nach schaute die halbe Stadt vorbei, um dem heimgekehrten Jonah dabei zuzusehen, wie er sein Abendessen verzehrte, und um zu hören, wie er der schrecklichen Welle entkommen war.

»Ich habe die Welle gesehen und bin hinter euch zur Herberge gerannt, aber dann hörte ich die Pferde wiehern und ausschlagen, deshalb bin ich zurückgelaufen …«, begann Freize.

»Warum bist du nicht mit uns gekommen?«, schalt Isobel.

»Weil ich wusste, dass der kleine Herr sich um euch

kümmern würde, es aber niemanden gab, der sich um die Pferde kümmerte«, erklärte er. »Ich habe gesehen, wie ihr ins Haus gelaufen seid, und bin zurück zum Hafen gerannt. Ich habe versucht, die Kinder zur Umkehr zu bewegen … Dann ging ich an Bord – O Gott, das Schiff lag auf dem Hafengrund! Ich dachte, ich könnte die Pferde aus dem Verschlag befreien, sie laufenlassen und später wieder einfangen. Aber als ich die Seile durchschneiden wollte, warf ich über die Schulter hinweg einen Blick aufs Meer, und eine Wand aus Wasser, so hoch wie ein Haus, raste auf uns zu. Die Welle war schon vor der Hafenmündung. Kurz zuvor war sie noch weit weg gewesen. Sie kam schneller heran, als ich jemals gedacht hätte.«

Beim Gedanken an die Welle verbargen mehrere Leute, die ihre Kinder verloren hatten, das Gesicht in den Händen.

»Ich habe nichts getan«, gestand Freize. »Weiß Gott, ich war kein Held. Schlimmer noch. Ich habe mich zwischen die Pferde gekauert und den Kopf in Rufinos Mähne vergraben. Ich hatte solche Angst, dass ich nicht sehen wollte, was da kam. Ich glaubte, es wäre mein sicherer Tod. Ich hörte lautes Gebrüll, als wäre ein wildes Tier hinter mir her. Ich schloss die Augen, klammerte mich an die Pferde und weinte wie ein Säugling.

Ich habe es gehört – guter Gott, ich hoffe, dass ich dieses Geräusch nie wieder höre –, es war das mahlende, brausende, kreischende Geräusch des Wassers, das auf mich zustürzte und mich und alles, was sich sonst noch in seinem Weg befand, verschluckte. Es traf das kleine Schiff wie ein gewaltiger Hammerschlag und wirbelte uns durch die Luft wie einen Holzsplitter. Ich klammerte mich an Rufinos Mähne, wie ein Kind sich an seine Mutter klammert. Ich schäme mich nicht zu sagen, dass ich vor Panik schrie. Wir wurden immer höher hinaufgehoben. Ich fühlte, wie die Taue rissen, ich fühlte, wie der Rumpf des Schiffes eingedrückt wurde, und als Nächstes sah ich, dass wir davonbrausten, das Boot, die Pferde und ich, wir sausten mit den Wassermassen übers Land wie Entenküken auf einer Welle.«

»Was hast du gesehen? Hast du die Kinder gesehen?«

»Möge Gott sie segnen und behüten, ich habe nur den Himmel über uns und das Land vor uns und das brodelnde Wasser unter uns gesehen und mein eigenes Geschrei gehört. Die Pferde waren außer sich, der kleine Esel auch, wir waren sieben elende Geschöpfe und segelten über das trockene Land. Die Erde unter uns gab nach, und ich dachte, es wäre der Weltuntergang oder eine zweite Sintflut und ich wäre ein gescheiterter Noah mit niemandem meiner Art an Bord.«

Er unterbrach sich und nickte Luca zu. »Ich habe wirklich geglaubt, dass das Ende der Welt gekommen ist, und gehofft, dass du irgendwo im Trockenen sitzt und alles aufschreibst.« Luca lachte und schüttelte den Kopf.

»Dann, und das war das Schlimmste, war es, als ob die Welle Atem schöpfte, wie ein Teufel, der sich überlegt, was er noch anrichten könnte, und ich spürte, dass die Strömung unter uns die Richtung wechselte. Das, was vom Schiff übrig war, wurde wieder hinaus aufs Meer gerissen, dorthin zurück, woher wir gekommen waren. Das war ein schrecklicher Augenblick, schlimmer als alles andere vorher. Wir stießen gegen Hindernisse, die ich nicht einmal sehen konnte. Ich glaubte, ich sei auf halbem Weg nach Afrika, und das auf einem halben Boot. Dann verkeilte sich der Kiel. Ich spürte, dass er sich um irgendetwas drehte. Schließlich lief er auf Grund, und ich war närrisch genug zu hoffen, dass wir uns an Land retten könnten. Da traf uns das Wasser wieder und warf das Schiff herum, riesige Bäume wurden entwurzelt, und alles um mich herum drehte sich. Ich stieß überall mit dem Kopf an und wusste nicht, ob ich oben oder unten oder schon ertrunken war.

Ich klammerte mich immer noch an Rufino fest, und wenn es ihm möglich gewesen wäre, hätte er sich auch an mir festgehalten; wir wussten, dass wir gemeinsam immer noch besser dran waren. Als das Boot schließlich kenterte, wurde ich auf seinen Rücken geschleudert und hielt mich fest wie ein Kind, die Beine um seinen Bauch, die

Arme um seinen Hals geschlungen, und flüsterte ihm zu, dass er uns in Sicherheit bringen müsse, weil ich selbst ein nutzloser Feigling sei.

Dann krachte das ganze Schiff zusammen, und die Pferde waren frei. Rufino schwamm mit großen Zügen durch die Flut. Gelobt seien Gott und die Pferde, er schwamm und kämpfte und wieherte dabei laut, als ob er seine Gebete spräche. Ich hielt mich an ihm fest, manchmal wurde er unter mir weggespült, dann klammerte ich mich an ihn und schwamm neben ihm, bis ich die Beine wieder um ihn schlingen konnte. Irgendwann spürte ich, dass er nicht mehr Wasser, sondern Schlamm unter den Hufen hatte, und dann hörte ich ihn auf Stein treten. Ich hatte keine Ahnung, wo wir waren, aber wenigstens waren wir an Land.«

»Gelobt sei der Herr!«, sagte jemand.

»Amen!«, antwortete Isobel inbrünstig.

»Allerdings«, sagte Freize. »Und gelobt seien die Pferde. Ohne die Stärke und Weisheit dieser angeblich dummen Tiere hätte ich nicht überlebt. Nun sagt mir, wer ist weiser?«

Ishraq sah, dass Bruder Peter sich zurückhalten musste, um nicht laut auszusprechen, dass zweifellos jedes Pferd weiser war als Freize.

»Als wir endlich wieder an Land waren, habe ich mich umgeschaut und gemerkt, dass sie alle zusammengeblieben waren, diese klugen Tiere. Sogar der kleine Esel war da, der sonst so eigensinnig ist. Ich habe ihre Halfter genommen und bin auf Rufino gestiegen, ohne Sattel und ohne Zaumzeug. Obwohl wir alle schrecklich erschöpft waren, bin ich mit ihnen auf einen kleinen Hügel geritten, weil ich Angst hatte, das Wasser könnte noch einmal zurückkommen. Als wir hoch genug waren, habe ich den Tieren erklärt, dass wir die Nacht dort verbringen und am nächsten Morgen nach Piccolo zurückkehren würden.

Wir waren weiter weg, als ich vermutet hatte, denn wir sind erst jetzt zurückgekommen. Ich habe viel Elend auf dem Weg gesehen. Schöne Häuser liegen in Trümmern, gute Felder sind vom Salz zerfressen und mehr Tiere und Menschen ertrunken, als man ertragen kann. Alle Orte, durch die ich gekommen bin, waren voller verzweifelter Menschen, die nach Verschollenen suchten und ihre Toten begruben. Wo ich auch hinkam, fragte man mich, ob ich dieses Kind oder jene Frau gesehen hätte, und das Herz tat mir weh, wenn ich ihnen sagen musste, dass ich allein auf meinem Schiff gewesen war wie ein schlecht vorbereiteter Noah und nichts und niemanden gesehen hatte.

Ich habe nicht geruht und gerastet, nur nachts geschlafen, einmal in einer feuchten Scheune, einmal in einer zertrümmerten Herberge, weil ich so schnell wie möglich zurückkommen und euch finden wollte. Die ganze Zeit hat mich der Gedanke gequält, dass die Welle möglicherweise zu schnell für euch gewesen ist und dass ich zwar fünf Pferde und einen Esel gerettet habe, Gott segne sie, aber meinen liebsten Freund auf der Welt verloren habe.« Er sah Luca an. »Kleiner Spatz, hast du die ganze Nacht auf dem Dach gehockt?«

Luca lachte zittrig. »Ich war ganz krank vor Trauer um dich. Ich dachte, du wärst tot.«

Freize wischte sich mit dem Handrücken über den Mund. »Ich war Noah«, gab er würdevoll zurück. »Ein Noah mit sechs Huftieren, die alle kastriert, also zu nichts zu gebrauchen sind. Aber ich bin in meiner Arche durch die große Flut gesegelt. Wenn ich nicht so schwach vor Angst gewesen wäre, hätte ich das Abenteuer genossen. Es war höchst sonderbar. Sobald ich die Angst vor der Erinnerung verloren habe, wird eine gute Geschichte daraus, und ich werde sie lang und breit erzählen. Und wenn ich erst vergessen habe, dass ich wie ein Feigling gebrüllt habe, werde ich der Held meiner Geschichte sein. Ihr habt die ursprüngliche Version gehört – ohne Verbesserungen. Die wahre Geschichte, kein Gedicht. Ich bin noch kein Troubadour, eher ein Historiker.« Er drehte sich zu Isobel. »Und Ihr, mein Fräulein? Ich habe mir solche Sorgen um Euch gemacht, ohne Euren treuen Ritter an der Seite. Ihr seid nicht verletzt worden?«

Sie reichte ihm ihre Hand, und er küsste sie. »Ich freue

mich so sehr, dass du wieder bei uns bist«, sagte sie. »Wir haben alle für dich gebetet. Wir haben die Messe für dich lesen lassen, und wir haben jeden Tag das Meer nach dir abgesucht.«

Bei dieser Vorstellung wurde er rot vor Freude. »Den Pferden geht es gut«, versicherte er. »Etwas verstört sind sie natürlich, und müde – oh, sie sind erschöpft, die armen Tiere. Ich bezweifle, dass sie noch einmal einen Fuß auf ein Schiff setzen werden, aber sie können reisen.« Er wandte sich an Ishraq. »Und du bist auch unverletzt? Bist du schnell genug in die Herberge gekommen? Ich war mir sicher, dass du die Gefahr erkannt hattest und euch in Sicherheit bringen würdest. Ich wusste, dass du es verstehen würdest.«

Sie nickte ihm bedeutungsvoll zu. »Unverletzt«, sagte sie.

»Und Bruder Peter. Ich freue mich, dich zu sehen«, sagte Freize.

»Und ich mich, dich zu sehen.« Der Schreiber streckte den Arm aus und schüttelte Freizes Hand herzlich. »Ich habe mir große Sorgen um dich gemacht. Und ich habe dich in den letzten Tagen vermisst. Ich habe ein paar harte Worte bereut, die ich dir an den Kopf geworfen habe. Ich kann dir gar nicht sagen, wie sehr ich mich freue, dich wohlbehalten wiederzusehen. Ich habe die ganze Zeit für dich gebetet.«

Freize errötete erneut. »Und die Kinder? Sind sie alle verloren? Gott segne und behüte sie.«

»Ein paar konnten sich retten«, sagte Isobel. »Dank dir. Diejenigen, die du gewarnt und zurückgeschickt hast, haben es bis zur Kirche geschafft und sich dort in Sicherheit gebracht. Sie wandern heim zu ihren Eltern. Und Rosa, das kleine Mädchen mit den wunden Füßen, das du ans Ufer getragen hast, ist hier. Sie wird in der Herberge als Magd arbeiten. Aber viele von ihnen – die allermeisten – sind in der Flut ertrunken.«

»Es ist eine entsetzliche Katastrophe«, sagte Luca leise. »Wir haben einige von ihnen heute Nachmittag begraben. Morgen wollten wir abreisen. Wir wollten Anweisungen hinterlassen, wo du uns finden würdest. Aber jetzt, da du hier bist, werden wir noch ein paar Tage warten, damit du dich ausruhen kannst.«

»Nein, wir können abreisen. Ich kann auf dem Schiff schlafen«, entgegnete Freize. »Wenn ihr mir versprecht, dass nicht noch so eine Welle kommt. Wenn ihr mir versprecht, dass das Meer dort bleibt, wo es hingehört, gehe ich an Bord und reise mit euch. Ich glaube fast, Gott hat mir ein Zeichen gegeben, dass ich nicht ertrinken werde.«

Bruder Peter schüttelte den Kopf. »Niemand weiß, was die Welle zu bedeuten hat oder wodurch sie verursacht wurde«, sagte er und vermied es, Ishraq anzusehen. »Deshalb kann auch niemand sagen, ob es noch einmal geschehen wird. Das letzte Mal ist eine solche Welle vor hundert Jahren gekommen. Wir können nur beten, dass es nie wieder passiert.«

»Kann man es nicht irgendwie herausfinden?«, fragte Freize Luca. »Ich würde ehrlich gesagt mit leichterem Herzen den Anker lichten, wenn ich wüsste, dass keine Gefahr droht.«

Luca runzelte die Stirn. »Genau darüber habe ich nachgedacht«, sagte er. »Die Pferde scheinen es gewusst zu haben.«

»Das haben sie«, bestätigte Freize. »Und das Kätzchen auch.«

»Und da war dieses schreckliche Geräusch, und das Wasser ist zurückgegangen, bevor die Welle kam.«

»Die Welle ist nicht aus dem Nichts gekommen«, dachte Freize laut nach. »Sie ist wie aus großer Ferne herangerollt, als hätte sie sich weit draußen auf dem Meer aufgetürmt. Wenn irgendjemand so weit draußen auf dem Meer war, konnte er vielleicht sehen, woher sie kam.«

Luca nickte. Die Leute scharten sich enger um Freize und löcherten ihn mit Fragen. Er antwortete ihnen, unterbrach sich nur, um einen Schluck Wein zu trinken, und freute sich daran, im Mittelpunkt zu stehen. Er sprach Ishraq nicht mehr an, und auch sie sagte nichts zu ihm, bis die Küche sich geleert hatte und fast alle Besucher nach Hause gegangen waren. Bruder Peter legte sich den Umhang um die Schultern, um zum Nachtgebet in die Kirche zu gehen, und Luca, Isobel und Freize schlossen sich ihm an. Ishraq begleitete sie an die Tür und wollte sie gerade wieder schließen, als Freize sich zu ihr umdrehte.

»Geht es dir gut?«, fragte er leise. »Ich wusste, dass du Isobel in Sicherheit bringen würdest.«

»Es geht mir gut«, sagte sie. »Aber ich habe um dein Leben gebangt.«

Er strahlte. »Um meins? Na, da haben wir etwas gemeinsam. Ich habe auch um mein Leben gebangt.«

»Das war sehr mutig von dir – zurückzugehen, um die Pferde zu retten.«

Er schüttelte den Kopf. »Um ehrlich zu sein, ich hätte es nicht getan, wenn ich gewusst hätte, dass die Welle so schnell heranrollen würde. Ich bin kein Held, auch wenn ich es gern behaupten würde. Tut mir leid, dich zu enttäuschen.«

»Ich habe etwas für dich«, sagte sie lächelnd. »Ob du ein Held bist oder nicht.«

Er wartete.

Aus der Innentasche ihres Umhangs zog sie das schlafende Kätzchen. Freize legte seine großen Hände zusammen, und sie bettete es sanft hinein. Er hob das Kätzchen an sein Gesicht und atmete den Duft des warmen Fells ein. Das kleine Tier streckte sich kurz, dann rollte es den goldfarbenen Schwanz über die weiße Nase und schmiegte sich in seine großen Hände.

»Du hast es für mich gerettet?«

»Ich bin letzte Nacht aufgewacht und habe an dich gedacht, und da fiel es mir ein. Ich bin aus dem Bett gestiegen, im Dunkeln über die Leiter aufs Dach geklettert und habe es aus dem Kaminaufsatz geholt.«

»Du bist im Dunkeln aufs Dach geklettert?«

»Ich hätte schon früher daran denken sollen.«

»War das nicht gefährlich?«

»Nicht annähernd so gefährlich wie die Welle.«

»Du hast an mich gedacht?«

»Ja«, sagte sie offen.

»Und dir Sorgen gemacht?«, hakte er nach.

»Ja.«

»Vielleicht sogar geweint? Ein bisschen? Als niemand geguckt hat?«

Sie lächelte. Sie wandte den Blick nicht ab und zierte sich nicht. Sie nickte zustimmend. »Ich habe um dich geweint, und ich habe der ganzen Stadt gesagt, wie leid es mir tut, dass ich unfreundlich zu dir gewesen bin.«

»Vielleicht hast du dir gewünscht, du hättest einen guten Mann nicht in den Dreck geworfen, als er dich freundlich um einen Kuss bat?«

Sie nickte wieder.

»Du kannst mich ja jetzt küssen«, schlug Freize vor.

Zu seiner Überraschung wies sie ihn nicht zurück, obwohl er mindestens mit einer Ohrfeige gerechnet hatte. Stattdessen trat sie auf ihn zu und legte eine Hand auf das Kätzchen, wie um sie beide zu streicheln. Die andere Hand legte sie in seinen warmen Nacken. Sie zog seinen Kopf zu sich herab und küsste ihn sanft und voll auf die Lippen, so dass er ihren Atem spüren und die weiche Feuchtigkeit ihrer zarten Haut schmecken konnte.

Ishraq wartete in ihrer Kammer, bis Isobel aus der Kirche kam. Als sie eintrat, nahm sie ihr den Umhang ab, schob ihr einen Schemel hin und stellte sich hinter sie. Ishraq löste die Schleifen an Isobels Zöpfen und fuhr mit den Fingern durch ihr blondes Haar. Langsam kämmte sie die goldenen Locken, bis sie schwer und weich über Isobels Schultern lagen, dann flocht sie das Haar für die Nacht. Die Mädchen tauschten die Plätze, und Isobel kümmerte sich um Ishraqs dunkle Locken.

»Ist es nicht wie ein Wunder, dass er wieder da ist?«, fragte sie leise. »Ich hatte in der Kirche ein halbes Dutzend Kerzen für ihn angezündet, und jetzt konnte ich Gott danken.«

Ishraq neigte den Kopf unter der angenehmen Berührung ihrer Hände. »O ja.«

»Er sah so glücklich aus, als er uns zur Kirche nachgelaufen kam.«

»Das kann ich mir denken.«

»Hast du ihm sein Kätzchen wiedergegeben?«

Ishraq nickte.

»Und hat er sich sehr gefreut?«

»Ja.«

Etwas an Ishraqs Zurückhaltung machte Isobel misstrauisch, und sie zog mahnend an einem der Zöpfe. »Was verschweigst du mir?«

Ishraq drehte sich zu ihr um. »Woher weißt du, dass ich dir etwas verschweige?«

»Weil sein Gesicht vor Freude strahlte. Und weil du nichts sagst – aber genauso aussiehst wie er. Was ist passiert?«

Ishraq zögerte. »Es wird dir nicht gefallen«, vermutete sie.

»Ach was, es wird mir nichts ausmachen. Was es auch ist, warum sollte es mich stören? Hat er dir seine ritterlichen Dienste angeboten, so wie mir?«

»O nein. Er hält mich nicht für eine vornehme Dame. Er will nicht mein Ritter sein. Er hat gefragt, ob es mir leidtäte, dass ich ihn in den Dreck geworfen habe. Und ich habe es bejaht.«

»Du hast dich entschuldigt?« Isobel war verblüfft. »Du entschuldigst dich nie!«

»Tja, ich habe mich entschuldigt.«

»Ist das alles?«

»Ich habe gesagt, ich wünschte, ich hätte ihn damals geküsst statt geschlagen.«

»Aber Ishraq!«, rief Isobel mit gespielter Empörung. »Wie kannst du so etwas sagen! Was muss er jetzt denken!«

»Oh, das war noch nicht alles. Er hat gefragt, ob er mich jetzt küssen dürfe.«

»Na, was auch sonst. Ich hoffe, du hast freundlich abgelehnt?«

»Ach«, erwiderte Ishraq seelenruhig. »Ich wollte es selbst. Also habe ich ihn geküsst.«

Jetzt war Isobel wirklich empört. Sie ließ den Kamm sinken und starrte Ishraq im Spiegel an. »Du hast ihn geküsst?«

Sie nickte. »Ja. Ja, das habe ich.«

»Wie konntest du nur? Ich weiß, du bist froh, dass er wieder da ist – das sind wir alle –, aber wie konntest du dich so vergessen? Wie konntest du ihn gewähren lassen? Einen Diener?«

»Ich habe ihm nichts erlaubt. Ich habe ihn nicht ›gewähren lassen‹, wie du es nennst.«

»Er hat dich nicht gedrängt?« Isobel war entsetzt.

»Nein! Nein! *Ich* habe ihn geküsst.«

Das war noch schlimmer. »Aber Ishraq, deine Ehre!«

Ishraq blickte in die weitaufgerissenen Augen ihrer Freundin. »Ach, Ehre!«

»Was soll das heißen?«

»Ich spürte plötzlich, dass nichts wichtiger war als meine Freude darüber, dass er am Leben ist, obwohl ich ihn totgeglaubt hatte. Ich hatte erwartet, ihn nie wiederzusehen, und da stand er vor mir – wie eh und je. Ich war so glücklich, alles andere war egal.«

Isobel schüttelte den Kopf. »Wenn du so glücklich warst, hättest du ihm einen Gefallen tun oder ihm ein Geschenk machen können. Du hättest ihm deine Hand zum Kuss reichen können. Aber dich dazu herabzulassen, ihn auf den Mund zu küssen! Was ist mit deiner Ehre als Dame?«

»Ich bin das alles so leid«, erwiderte Ishraq ungeduldig. »Etwa das heute in der Kirche: Die Leute zweifeln an unserer Ehrbarkeit, nur weil wir in einem See gebadet haben, in dem die Jungen schwimmen gehen. Als käme es allein darauf an, wie eine Dame sich verhalten sollte! Ich will, dass meine Ehre mir als Person gilt und nicht mir als einem Ding, das sich an Grenzen und Zäune halten muss wie ein Acker – der eine darf meine Hand nehmen und mein Gesicht sehen, der andere darf nicht einmal mit mir sprechen. Was soll das? Wenn meine Ehre etwas Wahrhaftiges ist, dann kann sie nicht davon abhängen, ob ein Mann mein Gesicht sieht oder meine Hand nimmt oder meinen Mund küsst. Wenn ich eine ehrbare Frau bin, bin ich eine ehrbare Frau, so wie ein Mann ein ehrbarer Mann ist – egal, welche Kleider ich trage, egal, wie ich aussehe. Es geht um meine Selbstachtung – nicht darum, wie die Welt mich sieht. Ich *weiß*, dass ich eine ehrbare Frau bin. Ich suche nicht die Sünde, ich bringe mich nicht in Verlegenheit, ich tue nicht willentlich etwas Falsches. Ich weiß, dass ich eine gute Frau bin, ob ich nun einen Schleier trage und meine Haare verberge oder nicht. Ich habe gespürt, dass ich ihm diesen Kuss in Ehren geben konnte, und ich wollte es tun.«

»Eine Dame muss vor der Hochzeit unberührt bleiben«, wiederholte Isobel die unumstößliche Regel, die man sie von Kindesbeinen an gelehrt hatte. »Ihr Mann muss darauf vertrauen können, dass sie keinen anderen gekannt hat, dass kein anderer ihr nahegekommen ist. Er muss darauf vertrauen können, dass sie kein Verlangen gefühlt und keine Berührung zugelassen hat.«

»Aber es stimmt nicht«, sagte Ishraq rundheraus. »Du bist eine vornehme Dame, und du wirst eines Tages eine prachtvolle Hochzeit mit einem vornehmen Herrn halten. Doch du wirst Liebe gekannt und Verlangen gespürt haben.«

»Das werde ich nicht!«, widersprach Isobel. »Das würde ich niemals zulassen.«

»Es geht im Leben nicht nur darum, den Vorstellungen der Männer von einer ehrbaren Frau zu entsprechen!«, rief Ishraq aus. »Wir sind doch nicht aus dem Schloss verjagt worden und aus dem Kloster geflüchtet, um immer noch so zu leben, als wären wir eingesperrt.«

Isobel war außer sich vor Empörung. »Wir sollten leben, wie wir erzogen worden sind! Nicht wie lose Frauenzimmer von der Straße, ohne Hoffnung, ohne Würde, ohne Selbstachtung!«

»Nicht mit mir«, erwiderte Ishraq heftig. »Ich habe das Schloss und das Kloster verlassen. Ich werde keine Kapuze und keinen Schleier mehr tragen. Ich werde mich anziehen, wie es mir passt, und ich werde küssen, wen ich will. Ich werde mich sogar zu einem Mann legen, wenn ich das möchte. Meine Ehre und mein Stolz wohnen meinem Herzen inne und nicht dem, was die Leute sagen.«

Isobel war zutiefst verstört. »Du darfst deine Ehre nicht wegwerfen, Ishraq. Du darfst keine leichte Frau werden, keine Geächtete.«

»Niemand ächtet mich«, entgegnete Ishraq stolz. »Ich werde meinen eigenen Weg gehen und mir aussuchen, wen ich liebe und wer mich lieben darf.«

»Als wir in der Kirche vor Luca standen und beschuldigt wurden, Sturmbringer zu sein, haben wir vor allen Leuten beteuert, dass wir ehrbare Frauen sind!«, rief Isobel aus. »Das hat uns gerettet. Allen wurde deutlich, dass wir am grünen See nicht den Jungen nachgestellt hatten, alle erkannten, dass wir angesehene Damen mit einem guten Namen sind. Du riskierst alles, wenn du dich liederlich verhältst. Das schickt sich nicht!«

»Wir sind in der Kirche davongekommen, weil der Stallbursche bezeugt hat, dass wir uns nur gewaschen haben«, widersprach Ishraq. »Dass du die Fürstin von Lucretili bist, hat höchstens ein paar arme Fischer beeindruckt. Wenn der Junge nicht ausgesagt hätte, dass wir das Tor bei Tageslicht verlassen und uns nur gewaschen haben, hätten sie uns als Sturmbringer verbrannt, ob wir nun Jungfrauen sind oder nicht. Wir müssen uns in dieser Welt durchkämpfen. Niemand wird uns gut behandeln, nur weil wir versuchen, uns wie Damen zu benehmen.«

»Wenn du so denkst, kannst du nicht mehr meine Gefährtin sein. Luca wäre empört«, tobte Isobel. »Luca würde nicht mit einem Mädchen reisen wollen, das seinen ehrbaren Namen verloren hat. Er würde deine Anwesenheit nicht tolerieren, wenn er dich für entehrt hält. Er würde dich wegschicken, wenn er wüsste, dass du seinen Diener geküsst hast.«

»Das würde er nicht. Er kennt selbst den Wunsch, den Trost der Liebe zu spüren. Als er am Ufer um Freize getrauert hat, habe ich ihn in den Armen gehalten.«

»Du hast was?« Isobel schrie beinahe.

»Ich habe ihn aus Mitleid umarmt, als er weinte, und

ich habe mich nicht dafür geschämt. Er hielt mich deshalb nicht für entehrt. Und ich habe mich auch nicht geschämt, als er mich küsste.«

Isobel schnappte nach Luft. »Er hat dich geküsst?«

»Ja. Er hatte keine Angst. Er hielt es nicht für eine Entehrung.«

»Er hat dich auf den Mund geküsst?« Isobels Stimme war schrill.

»Nein! Nicht so! Wie kannst du das denken? Er hat mich auf die Stirn geküsst.«

»Wie meinst du das?«

Ishraq war gereizt. »Was glaubst du, wie ich das meine? Er hat mein Gesicht in seine Hände genommen und mich auf die Stirn geküsst, fast schon auf die Kapuze. Ich habe es kaum gespürt. Er hat in erster Linie meine Kapuze geküsst.«

»Wenn du es gespürt hast, kann es nicht deine Kapuze gewesen sein! Wenn es deine Kapuze gewesen wäre, könntest du gar nicht wissen, dass er dich geküsst hat. Also, war es die Stirn oder die Kapuze?«

»Was macht das für einen Unterschied? Warum interessiert dich das?«

»War es die Stirn?«

»Was spielt das für eine Rolle? Er ist offensichtlich in dich verliebt. Ich habe ihn gehalten wie eine Schwester. Ich habe ihn gehalten, als er um seinen Freund geweint hat, und vor der Herberge hat er mir dann einen Kuss der Dankbarkeit gegeben. Wir haben beide um Freize getrauert.«

»Deine Trauer kann nicht sehr groß gewesen sein, wenn du einen anderen Mann geküsst hast.«

Ishraq starrte ihre Freundin ungläubig an. Dann sprang sie auf und schob den Hocker beiseite. »Was in aller Welt ist mit dir los?«, fragte sie barsch. »Du schreist wie ein gestochenes Schwein!«

»Ich bin so entsetzt von dir!« Isobels Stimme brach, als wäre sie den Tränen nahe.

»Entsetzt wovon? Dass ich einen jungen Mann in den Armen gehalten habe, der um seinen Freund getrauert hat? Oder dass ich einen jungen Mann geküsst habe, der gerade von den Toten auferstanden ist?«

»Und er! Wie *konnte* er nur? Wie können wir mit ihnen reisen – wie können wir überhaupt reisen –, wenn du dich so benimmst? Wie können wir ihnen morgen gegenübertreten in dem Wissen, dass du nicht nur einen, sondern beide geküsst hast!«

Ishraq hätte fast gelacht. Dann sah sie Isobels verzweifeltes Gesicht im flackernden Kerzenlicht und die Tränen auf ihren Wangen. »Warum weinst du? Isobel, das ist lächerlich. Was ist los? Warum bist du so aufgebracht?«

»Ich kann es nicht ertragen, dass er dich geküsst hat!«, brach es aus ihr heraus. »Ich hasse diese Vorstellung. Und ich hasse dich, weil du es zugelassen hast. Ich hasse dich!«

Fassungsloses Schweigen breitete sich aus. Beide Mädchen waren zutiefst erschüttert von Isobels Worten.

»Es geht um Luca. Nicht um meine Ehre oder darum, dass ich Freize geküsst habe. Es geht um Luca.«

Isobel setzte sich aufs Bett, verbarg das Gesicht in den Händen und nickte.

»Du bist in ihn verliebt«, stellte Ishraq kühl fest. »Das ist es.«

»Nein! Natürlich nicht! Wie könnte ich?«

»Du bist eifersüchtig, weil ich ihn in meinen Armen gehalten habe und weil er mein Gesicht in seine Hände genommen und mich auf die Stirn geküsst hat.«

»Halt den Mund!«, schrie Isobel wutentbrannt. »Ich will es nicht hören. Ich will nicht daran denken. Ich will es mir nicht vorstellen. Ich wünschte, du hättest es nicht getan, und wenn du es noch einmal tust – wenn du auch nur daran denkst –, dann müssen wir uns trennen. Ich kann nicht bei dir bleiben, wenn du dich wie eine …«

»Eine was?«, fragte Ishraq eisig.

»… wie eine Hure verhältst!«, spuckte Isobel wütend aus.

Ishraq verstummte. Sie stieg langsam ins Bett, zog sich die Decke bis ans Kinn und drehte sich auf die Seite. »Wenn du ein Mann wärst, hätte ich dich geschlagen«, sagte sie zu der gekalkten Wand. »Aber ich weiß, dass du nur ein dummes, eifersüchtiges Mädchen bist, das Angst hat, den Mann zu verlieren, den es liebt.«

Isobel schnappte nach Luft, doch sie konnte es nicht bestreiten. Sie setzte sich auf die Bettkante und verbarg das Gesicht in den Händen.

»Ein dummes, eifersüchtiges Mädchen«, wiederholte Ishraq bitter. »Ein Mädchen, das sich selbst entehrt, indem es das Schlechteste von seiner Freundin denkt und sie mit einem solchen Wort beschimpft. Und du hast unrecht, so unrecht. Ich würde dir niemals den Mann wegnehmen, den du liebst, selbst wenn ich es könnte. Das würde ich dir niemals antun, denn ich vergesse für keinen Augenblick, dass wir uns wie Schwestern lieben und dass uns unsere Liebe wichtiger sein sollte als die Gefühle für einen Mann. Für einen Mann, den du kaum kennst. Einen Mann, der erst vor wenigen Wochen in dein Leben getreten ist. Einen Mann, der sich der Kirche verpflichtet hat und ohnehin niemanden küssen darf. Einen jungen Mann, dem wir vermutlich beide egal sind.

Aber du hast deine alberne Schwärmerei über deine Liebe zu mir gestellt. Und dann beschuldigst du *mich*, entehrt zu sein! Beschimpfst *mich* mit einem grässlichen Wort! Du bist mir keine Schwester, Isobel, obwohl ich dich mein ganzes Leben lang wie eine Schwester geliebt habe. Doch kaum kommt ein hübscher junger Mann daher, wirst du zur Rivalin. Zu einem dummen, eifersüchtigen Mädchen. Du bist nicht würdig, meine Schwester zu sein, du verdienst meine Liebe nicht.«

Sie hörte ein Schluchzen hinter sich, doch sie weigerte sich, sich umzudrehen.

»Du bist diejenige, die entehrt ist«, sagte sie fest. »Denn du liebst einen Mann, der nicht frei ist und der nie bei deiner Familie um deine Hand anhalten wird. Du bist eine Närrin.«

Zur Antwort erhielt sie ein leises Schluchzen.

»Gute Nacht«, sagte Ishraq eisig, schloss die Augen und schlief beinahe augenblicklich ein.

Isobel fiel vor dem Bett auf die Knie und bat Gott um Vergebung für die Sünde der Eifersucht und für die grausamen und falschen Worte über ihre liebste Freundin. Und dann gestand sie sich – widerwillig – die unleugbare Wahrheit ein: Sie betete um Vergebung für die Sünde des Begehrens.

Am nächsten Morgen begegneten sich die Mädchen betont höflich, wechselten jedoch kaum ein Wort miteinander. Luca und Freize, die überglücklich waren, wieder beisammen zu sein, entging die eisige Atmosphäre. Bruder Peter musterte die jungen Mädchen argwöhnisch und dachte bei sich, dass sie – wie alle Frauen – unbeständig waren wie das Wetter, und ebenso unerklärlich. Er hätte erwartet, dass sie glückselig sein würden, ihren geliebten Freize wieder bei sich zu haben, und hier saßen sie: stumm und mit langen Gesichtern. Warum hatte Gott bloß Geschöpfe erschaffen, die dem Mann nur Ärger und Rätsel bereiteten? Wer konnte je daran zweifeln, dass sie von geringerem Wert waren als die Männer, die Gott nach seinem Vorbild erschaffen und die er den Frauen als Führer zur Seite gestellt hatte? Er würde Gott danken, dass er ihn vor ihrer Gesellschaft verschont und ihn in den sicheren Hafen der Religion geschickt hatte. Dort war die Herrschaft der Männer unangefochten.

Während Freize zum Kai ging, um dem Kapitän zu bestätigen, dass es bei ihrer Abreise blieb, begaben sich

Luca, Isobel und Bruder Peter zur Terz in die Kirche. Isobel legte ihre Beichte ab und kniete sich dann zum Gebet, das Gesicht in den Händen verborgen. Als der Gottesdienst beendet war und die Männer sich von Pater Benito verabschiedet hatten, kniete sie immer noch. Luca und Bruder Peter ließen sie zurück und gingen zur Herberge.

Freize erwartete sie mit düsterer Miene vor der Tür. »Wir können nicht nach Split reisen«, sagte er. »Ich habe einen Seemann getroffen, der gerade von dort kommt. Und es werden noch viele weitere kommen. Die Stadt ist so gut wie zerstört und das Land meilenweit von Schiffstrümmern, Ruinen, umgestürzten Bäumen und zerborstenen Scheunen übersät. Die Küste wurde von einer noch größeren Welle getroffen als wir. Im Umkreis von mehreren Meilen ist kein Haus stehen geblieben, und es gibt nichts zu essen, weil alles vom Salzwasser verdorben ist. Wir können nicht in diese Richtung fahren.«

Luca schüttelte den Kopf. »Darauf hätte ich selbst kommen müssen! Was bin ich für ein Dummkopf! Natürlich ist Piccolo nicht die einzige Stadt, die von der Welle getroffen wurde. Wenn das Meer sich bewegt hat, muss jede Stadt an der Küste betroffen sein.« Einen Augenblick lang konnte man förmlich sehen, wie es in seinem Kopf arbeitete. Dann wandte er sich an Bruder Peter. »Wenn wir wüssten, welche Stadt am schwersten getroffen wurde, dann wüssten wir auch, welche Stadt der Ursache der Welle am nächsten lag«, sagte er. »Sollte Ishraq recht haben und die Welle wurde wirklich durch den gleichen Effekt verursacht, den ein ins Wasserglas fallender Kiesel hat, dann muss die Welle an ihrem Ursprung am höchsten gewesen sein – und immer flacher geworden sein, je weiter sie sich von diesem Ort entfernt hat. Wenn wir wüssten, wo die Welle am größten war, könnten wir wenigstens herausfinden, wo sie herkam.«

»Das mag sein«, sagte Bruder Peter. »Aber …«

In diesem Augenblick ertönte am Ausguck auf der Hafenmauer die Alarmglocke – ein misstönendes Schrillen, das in der ganzen Stadt zu hören war und allen an der Uferstraße einen Schauer über den Rücken jagte.

»Nicht schon wieder!«, rief Bruder Peter aus. »Gott schütze uns vor einer zweiten Welle.«

»Wo ist Isobel?«, fragte Freize. »Wo habt ihr sie zurückgelassen?«

»In der Kirche«, rief Luca. »Schnell, nach oben, lauft den Hügel hinauf!«

Alle stolperten aus der Herberge, auch der Wirt.

»Warum läutet die Alarmglocke?«, fragte Luca. »Kommt eine neue Welle?«

»Nein!«, rief der Wirt. »Seht nur, sie hissen die Flagge.« Er hob die Stimme, um das Schrillen der Glocke zu übertönen. »Gott schütze uns, es ist keine Welle, sondern eine Sklavengaleere. Diese Glocke warnt vor Galeeren. Lauft nicht nach oben. Es ist nicht das Meer, es ist ein Überfall! Ruft die Wachmänner! Auf die Wachposten! Nehmt Eure Plätze ein!«

Lucas Gesicht verzerrte sich vor Entsetzen. »Eine Sklavengaleere? Sie gehen jetzt auf Raubzug? Wo die Menschen gerade ihre Kinder und Liebsten an die See verloren haben?«

Die Männer der Stadt liefen zu der kleinen Festung, die den Hafen schützen sollte, und riefen den anderen zu, dass eine Sklavengaleere im Anzug war. Die Frauen stürzten in ihre Häuser und riefen nach ihren Kindern. Sie hörten Türen knallen und Fenster klirren, überall verbarrikadierten sich ängstliche Familien in ihren Häusern. Isobel rannte die Gasse von der Kirche zum Hafen herunter. »Pater Benito sagt, dass eine Sklavengaleere kommt«, keuchte sie atemlos. »Er hat sie vom Turm aus gesehen.«

Sie eilten in die Herberge. Der Wirt holte eine Büchse und eine Schachtel Schießpulver aus dem Schrank. Freize wich vor dem bedrohlichen Gegenstand zurück. »Ist das Pulver nicht zu feucht?«

»Vielleicht können wir es über dem Feuer trocknen?«, fragte der Wirt.

»Nein!«, erwiderte Freize schnell. »Bloß nicht!«

Luca wandte sich an die Mädchen. »Ihr schließt euch am besten in der Dachkammer ein. Wir gehen zur Hafenfestung und tun, was wir können, um sie an der Einfahrt zu hindern.«

»Die Wäschekammer«, riet der Wirt. »Geht mit meiner Frau und dem Mädchen in die Wäschekammer. Da könnt Ihr beim Warten noch Wäsche stopfen. Niemand wird Euch dort finden.«

Als die Mädchen widersprechen wollten, hob Luca die Hand. »Ihr könnt nicht mitkommen. Stellt euch vor, sie entführen euch. Tut, was der gute Mann sagt, und geht in die Wäschekammer.«

Eifersüchtig nahm Isobel zur Kenntnis, dass er zu Ishraq sprach, der er in diesem neuen Notfall zu vertrauen schien. »Nehmt eine Waffe mit, falls sie kommen«, sagte er leise zu ihr. »Messer aus der Küche oder eine Axt aus dem Hof. Und kommt erst heraus, wenn die Luft rein ist.«

»Natürlich«, sagte sie schnell und lief die Treppe hinauf.

»Geh«, drängte er Isobel. »Ich kann nichts tun, solange ich nicht weiß, dass du in Sicherheit bist.«

»Und Ishraq«, sagte sie provozierend. »Du scheinst ihr zu vertrauen, dass sie uns verteidigt.«

»Natürlich«, sagte er und blickte ihr verwirrt nach, als sie auf dem Absatz kehrtmachte und, ohne ihm Glück zu wünschen, die Treppe hochlief.

Luca, Freize und Bruder Peter folgten dem Wirt zum Hafen.

»Wir sollten uns lieber in Sicherheit bringen«, sagte Bruder Peter unruhig. »Wir sind nicht für einen Kampf ausgerüstet.«

»Und wenn ich mit dem Hammer gegen sie kämpfen muss«, gab Luca grimmig zurück. »Oder gar mit bloßen Händen.«

Freize wechselte einen beunruhigten Blick mit Bruder Peter und lief seinem Herrn nach.

Der Wirt war an der Kaimauer stehen geblieben und blickte, eine Hand an der Stirn, aufs Meer hinaus. Männer stürmten an ihm vorbei und eilten mit Piken bewaffnet zu dem kleinen, runden Wehrturm an der Kaimauer, der die Hafenmündung sicherte. Andere stemmten sich gegen eine hölzerne Seilwinde. Mit einem lauten Knirschen gab sie nach und hob langsam eine versunkene Kette aus dem Wasser, die sich vor die Hafenmündung legte und die Zufahrt versperrte.

»Es sieht nicht nach einem Raubzug aus«, bemerkte der Wirt. »Ich habe die Sklavenfänger noch nie so langsam herankommen sehen. Und sie segeln unter weißer Flagge. Vielleicht wurde ihr Schiff auf See beschädigt. Außerdem haben sie keine Kanonen an Deck. Das ist kein Angriff.«

»Es könnte eine List sein«, sagte Luca misstrauisch und kniff die Augen zusammen, um den Umriss des langsam näher kommenden Schiffes besser zu erkennen. »Sie würden sich zu allem herablassen.«

Sie eilten zu der kleinen Festung. Dort hatte ein kräftiger älterer Seemann das Kommando übernommen. »Ist es ein Überfall?«, rief der Wirt. »Hauptmann Gascone, ist es ein Überfall?«

»Ich bin auf alles vorbereitet«, gab der Hauptmann düster zurück. »Sagt Ihr mir, was sie machen.«

Luca trat an den Rand des Kais und sah zum ersten Mal mit eigenen Augen das Schiff, das durch seine Albträume segelte, seit seine Mutter und sein Vater entführt worden waren. Es war schmal, lag tief im Wasser und hatte zu beiden Seiten Dutzende Ruder in Zweierreihen. Es kam langsam und gleichmäßig heran. Über den Lärm der Männer hinweg, die am Kai herumrannten, Waffen holten und ihre Plätze auf dem Wehrturm einnahmen, konnte er den stetigen Trommelschlag hören, der die Ruderer im Takt hielt. Ein bedrohlicher Rammsporn streckte sich vom Bug weg, als wollte das Schiff das Land aufspießen. Doch an der tödlichen Spitze flatterte eine weiße Fahne zum Zeichen friedlicher Absichten.

Das vordere Segel war heruntergelassen und fest vertäut, aber er konnte sofort sehen, dass das zweite Segel in der Mitte des Schiffes abgerissen und der Mast zertrümmert war. Sie hatten die Überreste abgesägt, doch die Seile hingen noch über der Seite, und der Maststumpf war zersplittert. Am Heck stand auf einer erhöhten Plattform der Kapitän und hielt ein weißes Laken flatternd in den Wind. Das Schiff näherte sich langsam der versperrten Hafeneinfahrt, als ob es nichts zu befürchten hätte. Dann änderte sich der Rhythmus der Trommel, und es folgte ein außerordentliches Manöver. Die Ruderer hielten die Blätter flach, so dass das Schiff trotz der starken Strömung vor dem Hafenbecken reglos auf dem Wasser schwebte, unmittelbar vor der Kette, als bestünde Anlass zu der Hoffnung, dass irgendeine Stadt des Christenreichs ihm aus freien Stücken Zufahrt gewähren würde.

»Was machen sie?«, rief der Hauptmann panisch und lud die einzige Waffe, die sie hatten – ein altes Pulverrohr.

»Sie halten das Schiff vor der Kette«, antwortete Luca. »Als glaubten sie, wir würden sie einlassen.« Sein Herz klopfte heftig beim Anblick des Schiffes, das jedes Küstenstädtchen und jedes Fischerdorf Europas in Angst und Schrecken versetzte.

Jedes Jahr nahmen die osmanischen Sklavengaleeren und die Piratenschiffe der Berber Tausende Menschen in Gefangenschaft. Sie wüteten von Afrika bis Island, fuhren mit ihren Schiffen nachts stille Flüsse und Zuläufe hinauf, überfielen abgeschiedene Bauernhöfe und raubten Menschen. Sie überfielen auch ganze Städte, stahlen die Schätze und brannten die Holzhäuser ab. Viele Familien waren wie die von Luca durch die gewaltsamen Entführungen zerrissen worden. Für Luca, der die Gefahr hinter den schützenden Mauern des Klosters überstanden hatte, war die Nachricht vom Raub seiner Eltern furchtbarer gewesen, als wenn man ihm gesagt hätte, dass sie gestorben seien. Seit jenem Tag verfolgte ihn die schreckliche Vorstellung, dass seine Mutter als Sklavin in einem muslimischen Haushalt dienen musste oder – schlimmer noch – auf einem Feld, wo sie von ihrem Besitzer geschlagen wurde und sich unter der brennenden Sonne zu Tode arbeitete. Sein Vater diente vermutlich auf einer Galeere wie dieser, und er sah ihn in seiner Vorstellung an die Ruder gekettet, von morgens bis abends, jeden einzelnen Tag, in seinem eigenen Unrat sitzend. Nie bekam er die Erlaubnis, aufzustehen, immer hatte er die heiße Sonne im Rücken, zog und zog er an den Rudern wie ein abgerichteter Maulesel, bis sein starkes Herz unter dem Druck nachgab und man ihn loskettete und seinen verbrauchten Körper über die Reling warf.

»Luca.« Bruder Peter schüttelte ihn an den Schultern. »Luca!«

Luca begriff, dass er die Galeere mit blinden Augen angestarrt hatte. »Ich … nach allem, was ich weiß … ist mein Vater Sklave auf einem Schiff wie diesem«, stammelte er. »Ich hole eine Pike.«

Der Hauptmann kam aus dem Wehrturm, das alte Pulverrohr in der einen Hand, eine langsam glimmende Zündschnur in der anderen. »Halt das«, sagte er und warf Bruder Peter die Waffe in die abwehrenden Hände.

»Bitte, ich kann nicht …«

Der Hauptmann legte die Hände um den Mund. »Was wollt Ihr?«, rief er über das Wasser. »Ich habe die Kanonen auf Euer Schiff gerichtet.«

»Ach ja?«, fragte Freize überrascht.

»Nein«, flüsterte der Hauptmann. »Eine Stadt wie unsere kann sich keine Kanone leisten. Aber ich hoffe, das weiß er nicht.«

»Ihr Schiff bleibt fahrtüchtig, auch wenn es getroffen wird«, sagte Luca bitter. »Selbst wenn wir eine Kanone hätten und sie damit angreifen würden, würden sie nicht untergehen. Das Schiff bleibt immer über Wasser. Es ist unsinkbar.«

»Kann jemand die Waffe nehmen?«, fragte Bruder Peter schwach und hielt das Pulverrohr und die Zündschnur weit von sich. »Wirklich, ich kann damit nicht umgehen …«

Freize nahm ihm wortlos die Waffe ab.

»Ich brauche einen Mast und ein neues Segel«, antwortete jemand in flüssigem Italienisch. »Ich werde einen gerechten Preis dafür zahlen.«

Der Hauptmann sah Luca an. »Es ist nicht zu übersehen, dass sie einen neuen Mast brauchen.«

»Es könnte dennoch eine List sein«, erwiderte Luca. »Lasst sie nicht herein.«

»Wie ist der Mast gebrochen?«, bellte der Hauptmann.

Es folgte kurzes Schweigen. »Es war eine schreckliche Welle«, ertönte dann die Antwort. »Ihr werdet sie auch gesehen haben, *inshallah.* Wir haben sie auf die Küste treffen sehen. Ihr und wir, wir sind hilflos vor der Macht des Meeres. Wir alle sind Seefahrer. Wir alle brauchen manchmal Hilfe. Lasst uns in Euren Hafen, damit wir unser Schiff instand setzen können. Ich werde immer daran denken, dass Ihr mir ein Bruder in der Not gewesen seid.«

Bruder Peter hatte sich bei der Nennung des muslimischen Gottes bekreuzigt.

»Habt Ihr Kinder im Wasser gesehen?«, rief der Hauptmann. »Schwimmende Kinder?«

»Allah, gelobt sei sein Name, möge ihnen helfen. Ja, wir haben sie gesehen, aber wir sind vor dem Wind geflohen, und unser Segel ist zerbrochen. Wir konnten nur zwei von ihnen retten. Wir haben sie an Bord geholt, sie sind in Sicherheit. Ihr könnt sie haben, wenn Ihr uns einen Mast und ein Segel gebt.«

»Er soll sie zeigen«, sagte Luca.

»Zeigt sie her!«, rief der Hauptmann.

Der Kapitän richtete einige Worte an einen Mann, der im Mittschiff stand. Halb trug er, halb schubste er zwei Kinder zum Bug. Sie klammerten sich aneinander und wandten ihnen ihre ängstlichen Gesichter zu.

Der Hauptmann wechselte einen Blick mit Luca.

»Wir müssen die Kinder zurückbekommen«, raunte Luca.

»Warum solltet wir Euch helfen?«, fragte der Hauptmann. »Ihr seid unser Feind.«

Der Kapitän bedeutete den Sklaven mit einer kleinen Geste, die Galeere weiter vor der Hafeneinfahrt zu halten. Der gleichmäßige Trommelschlag ertönte noch immer. »Weil wir alle dem Meer ausgeliefert sind«, erklärte er schlicht. »Weil wir unsere Feindschaft begraben sollten, da sich uns das Meer als größerer Feind gezeigt hat. Wenn Ihr uns einen Mast und ein Segel gebt, werden wir es Euch reich lohnen. Und wir werden Euch diese Kinder zurückgeben.«

»Gelobt Ihr, diese Stadt nie wieder anzugreifen?«, fragte der Hauptmann. »Keine Überfälle mehr?«

Der Kapitän zuckte die Schultern. »Ihr könnt es nicht wissen, aber ich bin kein Sklavenfänger. Ich bin auf einer Reise, nicht auf einem Raubzug. Ich überfalle niemanden.«

»Könnt Ihr dann den Befehl erlassen, dass die Sklavengaleeren unsere Stadt nie wieder überfallen?«

»Das könnte ich tun.«

»Dann schwört mir, dass die Galeeren nie wieder in unsere Stadt kommen.«

»Nicht für ein Jahr«, feilschte der Kapitän.

»Zehn Jahre«, gab der Hauptmann zurück.

»Zwei.«

»Fünf.«

»*Heras.* Einverstanden«, willigte er ein. »Fünf.«

»Und statt den Mast zu bezahlen, soll er die Sklaven seiner Galeere freigeben«, forderte Luca.

Der Hauptmann zögerte.

»Wir brauchen ihr Geld nicht«, beschwor Luca ihn. »Wir haben nichts davon, wenn sie für den Mast und das Segel zahlen. Das ist eine einmalige Gelegenheit. Sorgt dafür, dass diese armen Teufel zu ihren Familien zurückkehren können.«

»Habt Ihr Christen an Euren Rudern?«, rief der Hauptmann.

»Natürlich.«

»Auch Italiener?«

Ein lauter Hilferuf ertönte über das Wasser, dann hörten sie das Zischen eines Peitschenhiebs.

»Ein paar«, erwiderte der Mann vorsichtig. »Warum?«

»Ihr müsst sie alle freilassen. Dann geben wir Euch Mast und Segel umsonst.«

»Ich kann sie nicht alle freilassen, sonst können wir nicht nach Hause rudern«, wandte er ein.

»Ihr könnt segeln!«, schrie Luca, außer sich vor Zorn. »Mit dem Mast und dem Segel, die wir Euch geben, könnt Ihr zurücksegeln. Die Männer werden befreit.« Er merkte, dass er vor Wut zitterte. »Tut mir leid«, murmelte er an den Hauptmann gewandt und trat beiseite. »Ich hätte Eure Verhandlungen nicht unterbrechen sollen.«

Luca stellte sich neben Freize. »Ich kann es nicht ertragen«, bekannte er leise. »Mein eigener Vater könnte auf dem verdammten Schiff sein. Er könnte der Mann gewesen sein, der um Hilfe gerufen hat. Vielleicht war er es, der geschlagen wurde.«

»Gott schütze ihn«, erwiderte Freize. Zum Hauptmann sagte er: »Es ist wohl am besten, wenn sie außerhalb des Hafens warten und wir den Mast und das Segel herbringen lassen. Das ist sicherer, als sie näher an die Stadt heranzulassen. Sie könnten die Seuche an Bord haben, und sie sind, mit Verlaub, nicht für ihre Zuverlässigkeit bekannt.«

»Rudert an die Außenseite der Kaimauer«, befahl der Hauptmann und deutete auf die Seite des Wehrturms, die dem Meer zugewandt war. »Ihr könnt am äußersten Punkt anlegen. Ihr bleibt, wo wir Euch sehen können, und Eure Männer bleiben auf dem Schiff. Wir bringen Euch Mast und Segel, und Ihr gebt alle Italiener frei, die Ihr an Bord habt. Abgemacht?«

Die Gefangenen, die aus anderen Ländern stammten, klagten laut.

»Hört sie Euch an!«, sagte Luca heftig. »Hört nur.«

»Ich werde zehn Italiener freilassen«, sagte der Kapitän. Noch immer erklang die Trommel, beständig wie ein

Herzschlag. Das Meer schaukelte die Galeere auf und ab, und der Kapitän balancierte elegant wie ein Tänzer am Bug, während die Ruderer das Schiff an Ort und Stelle hielten.

»Nein, alle«, forderte der Hauptmann. »Ihr habt uns diese Männer gestohlen, und jetzt braucht Ihr unsere Hilfe. Ihr gebt uns alle Italiener zurück.«

Es folgte ein kurzes Schweigen.

»Oder Ihr kehrt um«, rief Luca. »Die Welle wird wiederkommen, und dieses Mal werdet Ihr sie nicht überleben. Sie wird Euch in die Hölle spülen.«

Sie hörten den Kapitän lachen. »Was wisst Ihr schon von der Welle?«, fragte er.

»Wir haben große Gelehrte hier«, entgegnete der Hauptmann würdevoll. »Er ist ein Ermittler aus Rom. Er versteht die Bewegungen des Meeres, des Landes und des Himmels.«

»Hat er Platon gelesen?«, höhnte der Kapitän. »Und Plinius?«

Hoffnungsvoll blickte der Hauptmann Luca an. Der biss die Zähne zusammen und schüttelte den Kopf.

»Zahlen sie jetzt den Preis für den Mast oder nicht?«, soufflierte Freize.

»Wollt Ihr unsere Hilfe oder nicht?«, rief der Kapitän. »Wir haben den Preis genannt.«

Der Kapitän murmelte etwas in sich hinein. Laut sagte

er: »Einverstanden.« Er erteilte einen kurzen Befehl, und sofort tauchten die Ruder nur auf einer Seite des Schiffes ins Wasser, während die andere Seite es gegen die Strömung hielt – eine bemerkenswerte Leistung. Luca musste anerkennen, dass die Galeere meisterhaft gesteuert wurde, auch wenn er sie hasserfüllt anstarrte. Das Schiff drehte sich um sich selbst und glitt an die Stelle, auf die der Hauptmann gezeigt hatte. Die Ruder falteten sich auf der einen Seite wie ein riesiges Flügelskelett zusammen, so dass das Schiff ganz nah an die Mauer herankommen konnte, und zwei Männer sprangen auf den Kai und vertäuten das Schiff an Bug und Heck.

»Geht zum Segelmacher«, befahl der Hauptmann den Männern in der Festung. »Bittet ihn um ein Lateinersegel. Sagt ihm, dass wir die Rechnung später begleichen werden. Und ihr, lauft zur Werft und lasst einen Mast bringen. So schnell wie möglich. Sagt ihnen, dass sie sich beeilen sollen. Ich will, dass dieses Pack schleunigst wieder verschwindet.« Zu Luca und Bruder Peter sagte er: »Kümmert Ihr Euch um die Freilassung der Sklaven?«

»Ich gehe«, sagte Luca.

»Ich komme mit«, fügte Freize hinzu.

Bruder Peter zögerte. »Wir reisen mit einer jungen Frau, die unter unserem Schutz steht«, sagte er. »Sie spricht mehrere Sprachen. Ich glaube, sie hat ... äh, Platon gelesen. Vielleicht spricht sie ihre Sprache. Es könnte nützlich sein, sie bei uns zu haben, falls sie uns täuschen wollen.«

»Eine Muslimin?« Der Hauptmann war entsetzt. »Ihr Kirchenmänner reist mit einer Ketzerin?«

»Sie ist die Sklavin der jungen Dame, die wir zu ihrem Paten begleiten«, erklärte Luca schnell.

»Ach so, eine Sklavin«, sagte der Hauptmann. »Also gut. Könnt Ihr sie holen?«

»Wir bringen sie damit in Gefahr«, sagte Luca zu Bruder Peter. »Was, wenn sie versuchen, sie zu entführen?«

»Sie ist doch schon versklavt«, argumentierte der Hauptmann vernünftig. »Was kümmert es Euch? Und Euer Freund hat recht, sie könnte sie belauschen und uns warnen, falls sie etwas im Schilde führen.«

»Ich hole sie«, erbot sich Freize und übergab das Pulverrohr dem Hauptmann. Er lief zur Herberge und kam nach kurzer Zeit mit Ishraq zurück.

Sie war kaum wiederzuerkennen. Die Wirtin hatte ihr die Kleider des Stallburschen gegeben. Ihre langen Haare steckten unter einem breiten Hut, und sie trug seine schmutzigen Hosen, sein weites Hemd und sein Wams. Den Hut hatte sie so tief ins Gesicht gezogen, dass niemand ein schönes junges Mädchen darunter vermuten würde. Nur die schlanken Fesseln über den klobigen Schuhen verrieten sie jedem, der genauer hinsah. Sie stand hinter Freize wie ein ängstlicher Lümmel.

»Der da?«, sagte der Hauptmann, und seine Vorstellung von Lucas Harem voll schöner Mädchen zerplatzte im Nu.

»Genau der«, sagte Luca. Zu Ishraq sagte er: »Halt dich im Hintergrund. Wenn irgendetwas schiefgeht, läufst du zu eurem Versteck zurück und bringst dich in Sicherheit. Wir kommen nach. Achte vor allem auf deinen eigenen Schutz. Aber hör zu, was sie sagen. Du sprichst doch Arabisch, oder?«

»Natürlich«, sagte sie ruhig.

»Versuch herauszufinden, ob sie uns täuschen wollen. Wenn du irgendetwas Verdächtiges hörst, berühre einfach meinen Ärmel. Sie sagen, dass sie keine bösen Absichten haben, aber sie sind Teufel. Teufel.«

Ihre dunklen Augen blickten ihn aus dem Schatten der Hutkrempe an. »Sie sind meine Landsleute«, sagte sie leise, »die Männer, die du Teufel nennst.«

»Sie haben mit dir nichts zu tun. Sie sind Teufel«, wiederholte er tonlos. »Sie haben meine Mutter und meinen Vater geraubt. Ich habe keine Ahnung, wo sie jetzt sind. Ich weiß nicht einmal, ob sie am Leben sind.«

Sie wollte ihm die Hand auf die Schulter legen, doch dann erinnerte sie sich an Isobels eifersüchtige Wut und steckte die Hände tief in die Jackentaschen. »Ich bin bereit«, erklärte sie.

Freize stand zu ihrer Linken, Luca zu ihrer Rechten.

Die Männer kamen zurück, ein schweres aufgerolltes Segel auf den Schultern. Weiter hinten am Kai zog ein Dutzend Männer an Seilen, die unter einen langen Mast gelegt waren, und schritt langsam auf die Festung zu.

Der Hauptmann lief ihnen entgegen. »Habt ihr Messer bei euch?«, fragte er. Sie nickten schweigend. »Haltet sie versteckt, bis ich euch ein Zeichen gebe«, sagte er. »Wenn sie friedlich bleiben, werden wir das auch sein. Wenn irgendetwas schiefgeht, zieht euch in die Festung zurück.« Zu Ishraq sagte er: »Warn uns sofort, wenn du etwas Verdächtiges hörst.«

Sie nickte. »Ich habe verstanden.«

Er blickte Luca fragend an. »Seid Ihr so weit, Ermittler?«

Luca nickte. Sie gingen an der Festung vorbei zum äußersten Punkt des Kais, wo die Galeere von zwei Männern an der Hafenmauer gehalten wurde. Einer von ihnen war ein großer, breitschultriger Mann von der westafrikanischen Küste. Sein schwarzes Gesicht war unbewegt, und seine dunklen Augen musterten sie ruhig, während sie auf ihn zukamen. Der andere war ein großer, hellhäutiger Mann mit blonden Haaren und blauen Augen. Der Kapitän stand am Heck der Galeere, der Trommler neben ihm.

Der Kapitän war noch jung, kaum älter als achtzehn Jahre, prunkvoll gekleidet in einer Pluderhose aus dunkelblauem Brokat und schönen roten, halbhohen Lederstiefeln. Er trug ein reichbesticktes weißes Hemd, dessen Ärmel in der Brise wehten, darüber einen Wappenrock, der mit kostbaren Steinen verziert war. In seinem Gürtel steckte ein langes, geschwungenes Schwert, und auf dem Kopf – für Luca das Seltsamste seines gesamten Aufzugs – trug er einen weißen Turban mit einem Rubin und einem zarten Busch weißer Reiherfedern über der Stirn. Seine Haut war hellbraun, seine Augen dunkel, fast schwarz. Er blinzelte in der grellen Sonne, während er den Christen entgegenblickte, die über den Kai auf ihn zukamen, gefolgt von den Männern, die den Mast und das Segel trugen. Er hatte die Haltung eines jungen Mannes, der sich an seiner Kraft und seiner Überlegenheit erfreut, der es gewohnt ist, zu befehlen, und noch keine Niederlage erlitten hat. Er sah, wie selbst Luca auf den ersten Blick bemerkte, blendend aus.

Der Hauptmann, Luca, Freize und Ishraq traten an den Rand des Kais, um einen Blick in die Galeere zu werfen. Es war ein erbärmlicher Anblick. An jedes Ruder waren zwei Männer gekettet, und allein auf dem oberen Deck gab es vierzig oder fünfzig Ruder. Darunter befand sich ein zweites Deck mit ebenso vielen Rudern und Sklaven. Sie waren in Lumpen gekleidet, und ihre Haut hatte von den langen Tagen unter der brennenden Sonne die Farbe dunkler Nüsse angenommen. Sie saßen in ihrem eigenen Unrat und warteten trübsinnig auf die Anweisungen der Trommel. Luca stieß einen entsetzten Schrei aus und wich zurück. Er legte die Hand über Mund und Nase und musste ein Würgen unterdrücken. Ein schrecklicher Gestank schlug ihnen entgegen.

»Helft Ihr uns, den Mast anzubringen?«, fragte der Kapitän.

Ishraq lauschte sorgsam auf seinen Akzent und musterte die Männer am Kai eingehend, um herauszufinden, ob sie etwas im Schilde führten. Unbemerkt zog sie ihre Füße aus den viel zu großen Schuhen. Wenn sie rennen oder kämpfen musste, wollte sie nicht stolpern.

»Zuerst gebt Ihr die Italiener frei«, sagte Luca. Sein Zorn war jedem einzelnen der abgehackt ausgestoßenen Wörter anzuhören.

»Seid Ihr der Anführer?«, fragte der junge Mann höflich und neigte den Kopf. Der große Rubin an seinem Turban glänzte im Sonnenlicht. »Seid Ihr der Ermittler aus Rom?«

»Ich bin nur auf der Durchreise. Der Anführer ist der Hauptmann hier«, erklärte Luca.

»Ihr seid ein Reisender?«

Luca nickte.

»In päpstlicher Mission?«

»Ich bin ein päpstlicher Ermittler«, sagte Luca. »Aber das geht Euch nichts an. Was habt Ihr hier zu suchen?«

»Ich ermittle auch – ich studiere die Verteidigungsanlagen dieser Küste.«

Ishraq neigte sich zu Luca. »Er ist ein hoher Befehlshaber«, murmelte sie. »Das sieht man an dem Rubin an seinem Turban und an den Juwelen an seiner Jacke.«

»Wohin geht Eure Fahrt?«, fragte Luca.

»Heimwärts.« Er lächelte spöttisch. »Denn jetzt gehört die Stadt zu unserer Heimat. Ihr habt sie Konstantinopel genannt, doch wir nennen sie Istanbul. Wisst Ihr, warum?«

Beim Klang des neuen Namens, den die Ungläubigen der Christenstadt Konstantinopel gegeben hatten, rang Bruder Peter entsetzt nach Luft und bekreuzigte sich. »Es ist dem Griechischen entlehnt.«

Luca, der nie Griechisch gelernt hatte, biss zornig die Zähne zusammen.

»Das griechische Wort *istimbolin* bedeutet ›in die Stadt‹. Wir sind in die Stadt gekommen und werden sie nicht mehr verlassen. Deshalb haben wir sie In-die-Stadt genannt.«

»Wie lautet Euer Name?«, fragte Luca.

»Radu Bey«, antwortete er. »Und Eurer?«

»Luca Vero.«

»Priester?«

»Novize.«

»Ah, ich weiß, wer Ihr seid«, sagte er plötzlich. »Ihr seid einer von jenen, die für den geheimen Orden ermitteln. Ihr dient dem Orden der Finsternis.«

Luca warf Bruder Peter einen alarmierten Blick zu. »Was wisst Ihr über den Orden der Finsternis?«, fragte er.

»Mehr, als Ihr Euch vorstellen könnt. Viel mehr. Nicht wahr?«

»Darüber werde ich nicht mit Euch sprechen.«

»Kennt Ihr Euren Anführer? Kennt Ihr andere Ermittler?«

Lucas Gesicht blieb undurchdringlich.

»Ich glaube kaum«, murmelte der Kapitän auf Arabisch zu sich selbst. »So würde ich es auch machen.«

»Er sagte: ›Ich glaube kaum ... so würde ich es auch machen‹«, übersetzte Ishraq in Lucas Ohr.

»Zuerst die Kinder«, forderte Luca, nachdem die schwitzenden Männer den langen, schweren Mast neben das aufgerollte Segel gelegt hatten.

»Besteht Ihr darauf – ganz gleich, ob sie wollen oder nicht?«, fragte Radu. »Werdet Ihr sie gegen ihren Willen zurückholen?«

»Natürlich nicht. Aber warum sollten sie es vorziehen, Eure Sklaven zu werden?«

»Sie werden keine Sklaven. Sie werden Janitscharen. Die besten Soldaten der Welt. Sie können in meiner Armee aufsteigen, sie können Feldherren werden.« Sein Lächeln forderte Luca auf, die Ironie in seinen Worten zu erkennen. »Wenn wir Italien erobern, könnten sie im Triumphzug die vorderste Armee anführen. Sie könnten Statthalter werden und als große Herren in ihre Heimat zurückkehren. Sie könnten in ihr eigenes Dorf einmarschieren und den christlichen Fürsten aus seinem Schloss vertreiben. Vielleicht finden sie diese Aussicht verlockender, als für Euch hinterm Pflug zu stehen und Ställe auszumisten.«

Luca ignorierte seine Reden und sah die Kinder direkt an. »Wollt ihr das Schiff verlassen? Ich werde dafür sorgen, dass ihr heimkehren könnt. Ihr seid durch ein Wunder vor der Flut gerettet worden. Wollt ihr zurück zu Vater und Mutter gehen und Gott dienen?«

»Sie sind Brüder«, bemerkte Radu. »Ihr Vater hat sie geschlagen, und ihre Mutter hat sie hungern lassen. Deshalb sind sie auch von zu Hause weggelaufen. Ich glaube kaum, dass sie dorthin zurückkehren wollen.«

»Ich kann euch einen Platz im Kloster verschaffen«, bot Luca an. »Ihr könnt der Kirche dienen. So bin ich aufgewachsen, und mein Freund Freize auch. Es war nicht schlecht. Wir haben gut gegessen und eine Ausbildung erhalten.«

»Nur Griechisch habt Ihr nicht gelernt«, spottete der Kapitän.

»Das spielt keine Rolle«, entgegnete Luca scharf.

Die Jungen schienen hin- und hergerissen zu sein.

»Mein Bruder und ich wurden von Osmanen entführt«, sagte Radu zu den Jungen. »Ihr könnt euch an uns ein Beispiel nehmen. Wir haben verschiedene Wege eingeschlagen. Er ist ins Christenreich heimgekehrt und nun ein großer Feldherr, einer der größten. Ihr könntet seinen Weg gehen und aufsteigen wie er. Ihr könntet mit diesen Männern gehen. Ich bin mir sicher, dass sie gut für euch sorgen werden.

Ich dagegen bin im Osmanischen Reich geblieben und ein ebenso großer Feldherr geworden wie mein Bruder. Ich speise besser als er, ich bin mit Sicherheit besser gekleidet, und ich stehe auf der Seite der Sieger. Das Osmanische Reich erobert die Welt. Unsere Grenzen erweitern sich mit jedem Jahr. Ihr habt die Wahl. Es ist euer Glück, dass der Mast gebrochen und das Segel zerstört ist – ihr könnt frei wählen. Nicht viele Jungen bekommen eine solche Gelegenheit. Es ist ein Moment des Schicksals. Sonderbar, dass so kleine Jungen wie ihr das erleben dürfen.«

»Wir kommen mit Euch«, sagte der ältere Junge. Er blickte zu dem schönen Gesicht des Kapitäns auf. »Wenn Ihr versprecht, dass wir zusammenbleiben können und keine Sklaven werden.«

»Ihr werdet in einer türkischen Familie auf dem Land aufwachsen. Sie werden für euch sorgen und sich um eure Bildung kümmern. Ihr werdet hart arbeiten müssen, aber ihr werdet zu Soldaten ausgebildet werden. Ihr werdet nicht heiraten und keinen anderen Beruf als den des

Soldaten ausüben dürfen. Wenn ihr groß und stark seid, werdet ihr der Armee beitreten und Sultan Mehmet II. dienen, so wie ich. Seine Befehle gelten von der Walachei bis nach Armenien. Ihr werdet ins Christenreich einmarschieren, bis an die Tore Wiens und darüber hinaus, bis nach Paris, Rom, Madrid und London. Jedes Jahr stoßen wir weiter vor. Jedes Jahr drängen wir die Christen weiter zurück. Ihr werdet auf der Seite der Gewinner stehen, unter meiner Obhut. Die Christen sagen selbst, dass das Ende der Tage naht. Sie sagen voraus, dass die Welt untergehen wird. Sie haben nicht unrecht. Die christliche Welt wird untergehen – und wir werden dafür sorgen.«

»Das Christenreich wird nicht fallen«, widersprach Luca heftig. »Ihr lügt. Ihr werdet die Christen nicht besiegen, und Ihr werdet niemals in Wien einmarschieren, denn Gott hält seine schützende Hand über uns.«

»*Inshallah*, Gott hält seine Hand über uns alle«, erwiderte der Moslem leise. »Aber selbst Ihr müsst einsehen, dass unser Glaube keinen Einfluss darauf hat, wer diese Schlacht gewinnt. Im Augenblick, das müsst Ihr zugeben, sieht es für uns besser aus.«

»Wir werden niemals unseren Glauben aufgeben!«

»Das verlangen wir auch gar nicht. Ihr könnt glauben, was Ihr wollt. Ihr könnt beten, wie Ihr wollt. Aber wir werden das Christenreich beherrschen.«

»Kommt nach Hause!«, rief Luca und streckte den

Jungen die Hände entgegen, als könnte er sie so dazu bringen, an Land zu springen.

Der ältere Junge schüttelte den Kopf. »Habt Dank«, sagte er höflich, »aber dieser Mann hat uns vor der Flut gerettet und wird uns zu Soldaten machen, wie er selbst einer ist. Wir bleiben bei ihm.«

»Wollt ihr nicht in eure Heimat zurück? Zu eurer Mutter und eurem Vater?«

»Nein«, sagte der Junge unmissverständlich. »Sie haben uns schlechter behandelt als ihre Hunde. Wir werden ein neues Zuhause finden.«

Luca trat zurück und blickte Bruder Peter schulterzuckend an. »Mir fehlen die Worte«, sagte er zerknirscht. »Ich habe vor diesen Kindern zweimal versagt. Das erste Mal, als ich sie nicht vor der Welle gerettet habe, und nun, da ich sie nicht davon abhalten kann, ihre Seelen dem Teufel zu verkaufen.«

Radu lächelte. »Kopf hoch, Ermittler! Die Galeerensklaven werden es nicht vorziehen, bei mir zu bleiben. Ihr könnt sie haben, die armen Kerle. Ich werde sie jetzt von den Ketten nehmen lassen. Meine Männer werden dabei meine Hilfe brauchen.«

Der Hauptmann blickte Luca an, der wiederum schweigend die Kinder betrachtete. »Ihr könnt nach unten gehen und ihre Ketten lösen«, sagte der Hauptmann und schloss die Hand fester um die Waffe. »Aber keine Tricks.«

Radu Bey nickte dem Trommler zu, der ein großes Schwert zog, und stellte sich achtsam hinter ihn. Er rief etwas auf Arabisch. Luca sah Ishraq an. Sie nickte und flüsterte: »Er hat gesagt: ›Wer ist Italiener?‹«

Mehrere Männer hoben die Köpfe und riefen: *»Eccomi!«*

Einer der Männer antwortete etwas verzögert.

»Dove sei nato, impostore?«, fauchte Radu Bey.

Der Ruderer bemühte sich, den simplen italienischen Satz zu verstehen. *»Napoli«*, stammelte er, aber sein Zögern und der spanische Akzent verrieten ihn.

»Wohl kaum«, entgegnete Radu Bey, und der Mann ließ verzweifelt den Kopf auf das Ruder sinken.

»Wir müssen sie alle befreien«, sagte Luca verzweifelt zum Hauptmann. »Alle Sklaven. Wir müssen das Schiff angreifen und die Sklaven befreien.«

»Das können wir nicht«, widersprach der Hauptmann und schüttelte den Kopf. »Es sind zu viele.« Er deutete mit einem Nicken auf das Schiff. Zwischen den Sklaven saßen Soldaten, Janitscharen der osmanischen Armee, bereit, auf Befehl ihres Kapitäns zu kämpfen oder zu rudern. Im Mittschiff standen ihre Kameraden, bewaffnet mit großen Messern, Krummsäbeln und Hakenbüchsen. »Ich bin mir sicher, dass sie eine Kanone am Bug haben«, fügte er hinzu. »Sie ist verborgen, aber mit Sicherheit geladen und einsatzbereit. Auch ohne Mast können sie das Schiff mit großer Geschwindigkeit aufs offene Meer bringen. Ich bin schon froh, wenn er sein Wort hält und wir die Italiener ohne Schwierigkeiten von Bord bekommen.«

»Mein Vater ist wahrscheinlich selbst Sklave auf einem dieser Höllenschiffe«, sagte Luca gequält.

»Lass uns tun, was wir tun können«, riet Freize leise. »Sehen wir zu, dass wir wenigstens ein paar Männer befreien können. Um den Rest kümmern wir uns später.«

Radu Bey schritt wortlos die Reihen der Ruderer ab und löste Kette um Kette. Die befreiten Sklaven erhoben sich langsam; sie waren sich der bewaffneten Soldaten um sie herum nur allzu deutlich bewusst. Sie legten die Hände auf die Köpfe, wie es ihnen befohlen wurde, drehten sich um und folgten ihren Kameraden, ohne nach links oder rechts zu sehen. Sieben Männer taumelten vom Oberdeck über einen schmalen Steg an den Kai, dann folgten drei Männer vom Unterdeck. Als ihre bloßen Füße den Kai berührten, fielen sie auf die Knie und dankten Gott. Einem Mann sackten die Beine weg, weil er so lange am Ruder gesessen hatte, und er konnte nicht wieder aufstehen.

»Bringt sie fort«, wies der Hauptmann die Männer an, die das Segel herbeigeschleppt hatten. »Bringt sie zu den Hütten, wo die Aussätzigen behandelt werden, und sorgt dafür, dass sie sich waschen können und etwas zu essen bekommen.«

»Ich habe meinen Teil der Abmachung erfüllt«, sagte

Radu Bey, ohne auf die vor Erleichterung weinenden Männern am Kai und die seufzenden Sklaven auf der Galeere zu achten. »Helft Ihr mir nun mit dem Mast?«

»Wir setzen keinen Fuß auf Euer Schiff«, entgegnete der Hauptmann. »Wir lassen Euch das Segel und den Mast hier, Eure Männer können es selbst einpassen. Wenn Ihr bis Sonnenuntergang nicht abgereist seid, richten wir die Kanonen auf Euch.«

»Wir werden abgereist sein«, versicherte Radu. »Und wir werden nicht wiederkommen, wie versprochen. Könnt Ihr uns etwas zu essen schicken?«

»Ich werde Brot schicken lassen und frisches Wasser. Gebt den armen Teufeln zu trinken.«

»Ich möchte auf das Schiff«, erklärte Bruder Peter plötzlich zur Überraschung aller. »Ich möchte den Ruderern mit Pater Benito die Beichten abnehmen und sie segnen.«

Radu lachte scharf auf. »Wozu? Glaubt Ihr, Ihr könnt sie von den Toten zurückholen? Diese Männer denken, dass sie tot sind und in der Hölle darben. Kommt lieber nicht, Pfaffe! Sonst fressen wir noch Euch statt Euer Brot.«

Bruder Peter zögerte. »Ich will sie segnen«, beharrte er.

Der Kapitän würdigte ihn keiner Antwort. Der hellhäutige Mann, der das Tau am Kai hielt, lachte. »Die Hälfte von ihnen ist ohnehin zum muslimischen Glauben konvertiert«, sagte er auf Italienisch mit einem starken englischen Akzent.

»Ihr seid Engländer?«, rief Luca aus.

»Captain Marcus, Freibeuter aus England, Berater von General Radu Bey.«

»Seid Ihr auch versklavt?«

»O nein. Ich werde entlohnt. Nächstes Jahr bekomme ich meine eigene Galeere. Ich bin ein freier Mann, ein Feldherr, und diene dem Reich. Ich bin ein Freiwilliger, ein Söldner.«

»Wie könnt Ihr das Euren christlichen Brüdern antun?«, fragte Bruder Peter mit zitternder Stimme.

»Die Welt ist hart«, erwiderte der Mann fröhlich. »Früher habe ich im Auftrag der Franzosen Sklaven aus Irland verschifft. Dann war ich als englischer Freibeuter auf mehreren Raubzügen in Spanien. Welchem Volk ich diene, ist mir gleich, Hauptsache, ich bin auf der Seite der Gewinner. Im Augenblick bin ich das. Das Osmanische Reich lässt sich nicht aufhalten, darauf gebe ich Euch mein Wort.«

»Meine Männer müssen an Land gehen, um den Mast aufzurichten«, unterbrach Radu Bey sie und schnipste mit den Fingern. Ein halbes Dutzend Männer trat vor und wartete auf seine Anweisungen. »Kann ich an Land kommen, um zu speisen?« Radu wandte sich direkt an Luca. »Würdet Ihr mich zum Essen einladen?«

»Ihr seid der Feind meines Landes, meiner Kirche und meiner Familie!«, erwiderte Luca entrüstet.

»Betrachtet es als Bewährungsprobe«, schlug Radu Bey vor. »Warum lasst Ihr nicht einen Tisch und Speisen hierher an den Kai bringen? Wir könnten essen und uns unterhalten, während die Männer das Schiff reparieren.«

»Ihr werdet Euch entwaffnen müssen«, sagte Luca mit Blick auf das bedrohlich gebogene Schwert.

»Natürlich. Und Ihr müsst schwören, mich nicht zu entführen. Wir werden als Freunde speisen und uns als Feinde trennen.«

Luca zögerte.

»Ich habe Platon studiert«, lockte Radu Bey. »Und Plinius. Ich habe eine Abschrift bei mir, die ich überallhin mitnehme. Darin geht es um diese Küste und um eine große Welle. Die Alten wussten davon. Der Text ist auf Arabisch, aber ich kann ihn Euch beim Essen übersetzen.«

»Er spricht von einer Welle?«, wiederholte Luca.

»Und es ist eine Karte darin.«

»Ich werde einen Tisch herrichten lassen«, entschied Luca. Der Gedanke an die Studien der Alten war zu verführerisch.

»Seid auf der Hut«, flüsterte der Hauptmann ihm zu.

»Wenn er weiß, wie man eine Welle vorhersagt, dann muss ich es von ihm erfahren.«

Während die Magd und der Stallknecht unter Freizes Aufsicht aus Böcken und einem Brett einen Tisch bauten und ihn auf halber Höhe des Kais aufstellten, lief Ishraq zurück in die Herberge, um Isobel aus der Wäschekammer zu befreien und ihr zu berichten, dass Luca mit einem Ungläubigen zu Mittag essen würde.

»Wie kann er nur?«, empörte sich Isobel. Sie spähte von der Schwelle der Herbergstür aus zu der entlegenen Seite des Kais, wo Luca und Radu standen. Luca schaute dem Kapitän dabei zu, wie er sich seiner zahlreichen Waffen entledigte und sie vor sich auf die Pflastersteine legte.

Ishraq zögerte. Sie konnte die Macht und den Zauber des jungen Radu nicht in Worte fassen – seine feinen Kleider und sein wendiges Schiff, das in einem Moment kraftvoll durchs Wasser schoss und im nächsten reglos wie ein Raubvogel auf den Wellen schwebte, um dann plötzlich seine Flügel zu falten und sich an die Hafenmauer zu schmiegen wie eine fügsame Türkentaube.

»Luca will sich mit ihm unterhalten«, sagte sie nur. »Er will mehr über die arabischen Schriften erfahren.«

»Er bewegt sich am Abgrund der Sünde«, sagte Bruder Peter und trat zu den Mädchen. »Und der Gefahr.«

Sie beobachteten von weitem, wie Radu sein geschwungenes Schwert ablegte, zwei Dolche vom Gürtel nahm und aus der Innentasche seines Mantels ein scharfes schmales Messer zog. Das alles legte er Luca zu Füßen. Er schien von stillem Stolz auf seine Ausrüstung erfüllt zu sein.

»Werdet Ihr auch mit ihnen essen?«, fragte Isobel Bruder Peter.

»Ich doch nicht! Mein Gewissen verbietet es mir.«

»Freize wird sie bedienen«, beruhigte Ishraq sie. »Er hat ein Messer und wird sie nicht aus den Augen lassen.«

»Warum schickt Luca ihn nicht fort?«, schimpfte Isobel. »Er ist ein Ungläubiger! Ein Sklavenfänger!«

»Weil Radu gesagt hat, dass er eine wertvolle Schrift besitzt«, erklärte Ishraq. »Er hat Luca verhöhnt, weil er nicht die alten Philosophen gelesen hat. Luca will um jeden Preis die Ursache der Welle erfahren. Radu behauptet, sie zu kennen.«

»Und dafür setzt er sein Leben aufs Spiel?«, fragte Isobel fassungslos.

»O ja«, erwiderte Ishraq, als sei sie selbst der Ansicht, dass Wissen beinahe jedes Risiko wert war.

Freize kam schnellen Schrittes vom Kai herübergelaufen und sah sie im Türrahmen stehen. »Dich suche ich«, sagte er zu Bruder Peter. »Der kleine Herr will, dass du aufschreibst, was der Ungläubige sagt. Er will eine Mitschrift des Manuskripts.«

Bruder Peter zauderte. »Ich werde mit diesem Mann kein Brot brechen.«

»Es verlangt auch niemand, dass du etwas isst«, sagte Freize gereizt. »Er will nur, dass du mitschreibst. Und da du als Schreiber mit uns reist, da wir gezwungen wurden, auf Schritt und Tritt einen Schreiber dabeizuhaben, ist es nur recht und billig, dass du ihm jetzt auch als Schreiber dienst. Ich kann das Essen servieren und aufpassen, dass der Fremde ihn nicht köpft oder vergiftet oder ihn auf sein Schiff schleppt, aber ich kann nicht schreiben. Deshalb kann ich auch die endlosen Lügen nicht festhalten, die der Fremde ihm auftischen wird. Aber du kannst es. Und du solltest es tun. Und das wirst du auch.«

Bruder Peter starrte störrisch in Freizes erbostes Gesicht. »Das werde ich nicht. Ich lasse mir von einem Ungläubigen nichts diktieren.«

»Du bist ein Schreiber«, herrschte Freize ihn an. »Es ist deine Pflicht, dir Dinge diktieren zu lassen.«

»Ich setze mich nicht an seinen Tisch.«

»Dann steh!«

»Ich gehe«, erbot sich Ishraq. »Ich kann es tun.«

Sie lief ins Haus und kam mit Feder, Tinte und Papier zurück.

»Das kannst du nicht machen«, sagte Isobel.

»Ich muss.«

»Es ist gefährlich.«

»Luca braucht mich.«

»Und was ist mit mir?«, fragte Isobel über die Maßen verärgert. »Was soll ich machen, während du bei Luca bist? Bist du plötzlich die Einzige, die zu irgendetwas zu gebrauchen ist? Wann braucht er mich?«

»Geht in Eure Schlafkammer und behaltet uns im Auge«, riet Freize. »Seid wachsam, ob sich noch eine weitere Galeere nähert. Und wenn Ihr irgendetwas seht, kreischt wie eine Furie. Ich traue ihnen nicht über den Weg.«

Er wandte sich an Bruder Peter. »Erlaubt es dein wertes Gewissen, dass du ein Auge auf uns hast? Von einem sicheren Posten aus, während wir einen halben Schritt neben der Gefahr stehen?«

»Ja, natürlich.«

»Dann halte dich auf halber Höhe zwischen der Herberge und der Festung auf. Und wenn du das Fräulein schreien hörst, läute die Alarmglocke und schick uns die Männer aus der Festung zu Hilfe.«

Isobel zögerte. Sie hätte Ishraq zu gern begleitet.

»Geht nach oben«, drängte Freize. »Ishraq muss mitkommen, weil sie seine Sprache spricht. Aber Luca würde wollen, dass Ihr in Sicherheit seid.«

»Oh, ich weiß, sie ist unverzichtbar.« Isobel drehte sich auf dem Absatz um und verschwand ohne ein weiteres Wort in der Herberge.

Freize und Ishraq folgten der Magd, die Körbe mit Brot und Flaschen mit Öl, Wein und Wasser trug. Luca sah sie kommen, dann wandte er sich um und betrachtete das Schiff.

Radu, der jetzt vollkommen unbewaffnet war, holte eine mit geölter Pferdehaut bespannte Kiste vom Schiff. Er hielt sie vor sich, damit Luca sehen konnte, dass er ihn nicht täuschte. Dann trat er an den Tisch, den die Bediensteten aufgestellt hatten. »Es sind zwei Manuskripte«, sagte er. »Nur zwei. Ich habe sie mitgenommen, weil sie von dieser Küste handeln. Ich bin an ihr entlanggefahren und habe das, was ich gesehen habe, mit dem verglichen, was sie vor über tausend Jahren gesehen haben. Dies sind Kopien alter Schriften, die wir in unseren Bibliotheken aufbewahren. Wir haben die größten Bibliotheken der Welt. Übersetzer und Philosophen arbeiten dort von morgens bis abends, jeden Tag.«

Luca verspürte plötzlich quälenden Neid, weil er keinen Lehrer und keine Bücher hatte, die ihn führten, und weil die größte Bibliothek, die er je gesehen hatte, die

Schreibstube seines Klosters war, in der es ganze drei Manuskripte und eine am Pult festgekettete Bibel gab. Aber zuerst hatte er eine andere drängende Frage.

»Ich muss einen Mann und eine Frau finden. Sie wurden bei einem Raubzug entführt.«

Radu nahm die wasserdichte Abdeckung von der Kiste. »Tatsächlich? Vor kurzem?«

Luca schluckte mühsam. »Es ist Jahre her. Vier Jahre. Meine Eltern.«

»Wisst Ihr, welches Schiff es war? Kennt Ihr den Namen des Kommandanten?«

»Ich weiß nicht einmal, ob sie geraubt oder getötet wurden.«

»Es ist schwer, Menschen nach so langer Zeit aufzuspüren«, sagte Radu gleichmütig. »Doch manchmal ist es möglich. Jedes Jahr werden Tausende Menschen versklavt, aber es ist möglich. Ihr wollt, dass ich mich umhöre, nehme ich an? Ihr müsst mit Pater Pietro in Venedig sprechen. Er kauft uns Sklaven ab, wenn die Familien das Geld aufbringen. Er weiß, wie man die Menschen findet. Jedes Jahr kauft er Tausende namenlose Sklaven mit dem Geld der Kirche und lässt sie in ihre Heimat zurückkehren.«

»Wirklich?« Luca kniff die Augen zusammen. »Ich habe nie von ihm gehört.«

»Natürlich tut er das. Jemand muss zwischen uns vermitteln. Wir sind zwei große Handelsmächte, zwischen unseren Ländern herrscht reges Kommen und Gehen. Es gibt viele Mittelsmänner, aber er ist der beste, den ich kenne. Ihr raubt unsere Leute, wir die Euren. Er handelt auch mit heiligen Reliquien. Wir kommen gar nicht mit der Produktion nach. Ihr scheint einen unstillbaren Hunger nach menschlichen Knochen zu haben.« Er lachte. »Man könnte meinen, dass Ihr sie abnagt wie Hunde. Zum Glück haben wir einen unerschöpflichen Vorrat durch unsere vielen gewonnenen Schlachten. Wie lautet der Name?«

»Vero«, sagte Luca. »Meine Mutter und mein Vater. Wo kann ich Pater Pietro finden?«

Radu lächelte. »Im Rialto natürlich, dem Händlerviertel Venedigs. Der Sklavenhandel ist ein Geschäft wie jedes andere auch. Ich bin überzeugt, dass man dort alles kaufen kann.« Er rief in Richtung des Schiffes: »Kennt jemand einen Mann namens Vero?«

»Guglielmo Vero«, soufflierte Luca.

»Guglielmo Vero. Er wurde vor etwa vier Jahren geraubt. Sklaven, ihr dürft sprechen.«

Ein Kopf hob sich. »Auf Bayeeds Schiff«, sagte der Mann. »Vor etwa zwei Jahren.«

»Na, seht Ihr«, sagte Radu ungerührt. »Pater Pietro kann ihn vielleicht für Euch finden, wenn er nicht in der Zwischenzeit gestorben ist.«

»Wer ist Bayeed?«, fragte Luca eindringlich. »Wo ist sein Schiff?«

Radu zuckte die Schultern. »Ich kenne Bayeed nicht, er wird ein Sklavenfänger sein. Wer weiß, wo sein Schiff jetzt ist … Es könnte überall sein, an der italienischen Küste, in Spanien, Frankreich. Sie machen ihre Überfälle, und dann bringen sie ihre Beute nach Hause und verkaufen sie dort. Ihr werdet Pater Pietro fragen müssen.«

»Ist der Mann auf Eurem Schiff sich sicher? Kann ich mit ihm reden?«

»Natürlich ist er sich sicher. Zu mir spricht nur, wer sich sicher ist. Nein, Ihr könnt nicht mit ihm reden.«

Luca stieß einen verärgerten Laut aus, doch Radu ließ sich davon nicht beirren. Er zog einen Stuhl an den Tisch, setzte sich und wirkte erfreut über dieses unerwartete Mittagsmahl an Land.

Unterdessen verließen die Soldaten die Galeere, um den Mast zu vermessen. Sie hatten ihre Werkzeuge mitgebracht. Sie würden den Mast mit dem Hobel bearbeiten müssen, um ihn in die Halterung am Deck einpassen zu können. Auf dem Unterdeck sägten andere Männer die zerbrochenen Spieren ab und warfen sie ins Wasser.

»Er lebt«, sagte Luca zitternd vor Aufregung. »Mein Vater lebt!«

Radu sah ihn ohne Mitgefühl an. »Es muss schwer

sein, einen Vater zu verlieren, den man liebt«, sagte er gleichgültig. »Mein Vater hat mich Sultan Murad als Geisel überlassen. Ich habe weder ihn noch meine Mutter je wiedergesehen. Ich bin nie nach Hause zurückgekehrt. Mein Vater hat meinen Bruder und mich gegen seinen Thron eingetauscht. Das werde ich ihm nicht verzeihen. Vielleicht hätte ich an seiner Stelle dasselbe getan, aber ich werde ihm nie verzeihen, dass er uns weggegeben hat. Seine eigenen Söhne.«

»Ich habe jahrelang darum gebetet, dass meine Eltern noch am Leben sind und ich sie eines Tages wiedersehe.«

»Ja, das kann ich mir vorstellen«, sagte Radu leichthin.

»Mein Vater!« Lucas Stimme brach vor Erregung. Er bedeckte die Augen mit der Hand. »Verzeiht. Ich hatte gedacht, dass ich ihn nie wiedersehen würde. Ihr habt mir Hoffnung gegeben.«

Die Magd brachte die Speisen: verschiedene Fleischsorten, Käse sowie gekochten und geräucherten Fisch. Radu streckte die Hände aus, und Freize goss Wasser aus einem Krug darüber und reichte ihm ein Handtuch. Radu bediente sich großzügig und reichte dann Luca seinen Teller. »Verzeiht mir. Ich werde mit reichlichem Appetit essen, wenn Ihr alle Speisen gekostet habt. Ich will kein unhöflicher Gast sein, aber ich möchte dieses Mahl gern überleben.«

»Also gut«, sagte Luca.

Radu wartete geduldig, bis Luca von allen Gerichten einen Bissen probiert hatte.

»Und den Wein, wenn Ihr mir meinen Argwohn verzeihen wollt.« Radu zeigte auf die Flasche. Ishraq trat vor, schenkte Wein in einen Becher und reichte ihn Luca.

Er nahm einen Schluck. »Ihr trinkt Wein? Ich dachte, Ihr trinkt keinen Alkohol?«

»Nur, wenn ich auf See bin oder auf einem Feldzug.« Radu prüfte, ob Luca irgendwelche Anzeichen einer Vergiftung zeigte, doch er sah nur einen aufgewühlten jungen Mann, der eine große Neuigkeit verarbeiten musste.

»Wenn ich sie wiederfinden könnte, wäre ich kein Waise mehr.«

»Es sind schon seltsamere Dinge geschehen«, erwiderte Radu fröhlich und begann, da Luca offensichtlich wohlauf war, mit Appetit zu essen. Gleichzeitig überwachte er die Arbeiten an seinem Schiff und blickte ab und zu den Kai entlang, um sicherzugehen, dass von dort kein Angriff drohte. Ishraq stand hinter Freize und beobachtete den Osmanen mit ruhigem Blick.

»Es tut mir leid. Ihr habt mich völlig aus der Fassung gebracht«, sagte Luca, der langsam wieder zu sich fand. »Ich kann kaum glauben, dass mein Vater lebt. Mein Vater, den ich verloren geglaubt habe! Gelobt sei der Herr.«

Radu, der sich ein Hühnerbein schmecken ließ, neigte

den Kopf. »Ihr müsst bedenken, dass das Leben auf einer Galeere sehr hart ist. Wenige Männer machen das länger als ein paar Jahre mit. Er kann gestorben sein, seit der Mann ihn gesehen hat. Er könnte längst tot sein, oder er könnte sterben, bevor Ihr ihn ausfindig gemacht habt.«

Luca nickte. »Aber ich war ohne Hoffnung, und Ihr habt mir Hoffnung gegeben.«

Radu lachte kurz auf bei dem Gedanken, einem rührseligen Christen ein froher Bote gewesen zu sein, und nahm sich noch mehr von dem gekochten Fisch. »Es freut mich, Euer – wie nennt Ihr das? – Verkündigungsengel zu sein. Und Eure Mutter?«

»Werde ich sie finden?«

»Vielleicht sogar leichter als ihn. Wenn sie für einen Herrn arbeitet, wird er ihren Namen kennen. Vielleicht hat er sie sogar begnadigt, und Ihr könnt sie zurückkaufen. Es sei denn, sie ist in einem Harem und ihr Herr hat Gefallen an ihr gefunden. War sie schön? Fruchtbar? Vielleicht habt Ihr jetzt ein halbes Dutzend dunkelhäutiger Halbgeschwister.«

Luca ballte die Fäuste. »Sie ist meine Mutter«, zischte er. »Wagt es nicht …«

Hinter ihm spannte Freize die Schultern an, bereit zum Kampf, doch Ishraq trat schnell dazwischen, wobei sie den Hut tiefer in die Stirn zog. »Noch einen Schluck Wein, die Herren?« Sie hob die Flasche und stieß sie dabei wie versehentlich gegen Lucas Stirn. »Oh, Verzeihung, Herr.«

»Tollpatsch!«, fauchte Luca und fasste sich wieder. Er holte tief Luft und wandte sich an Radu. »Kein Wort mehr über meine Eltern. Kein Wort mehr über meine Mutter. Kommen wir zum Geschäftlichen. Die Manuskripte. Ihr habt doch nichts dagegen, dass mein Schreiber Notizen macht?«

Radu schüttelte den Kopf. »Keineswegs.« Er musterte Ishraq, die einen Stuhl heranzog und die Feder in die Tinte tauchte. Einen Augenblick lang begegneten sich ihre Augen: dunkel in dunkel. »Interessanter Junge«, sagte er. »Araber?« Er sprach einige schnelle Worte auf Arabisch. Ishraq gestattete sich nicht einmal ein Zucken des Verstehens, obwohl er zu ihr gesagt hatte: »Bist du ein Araber, Junge? Willst du, dass ich dich befreie?«

»Mischling«, sagte Luca gleichgültig. »Das Kind einer Sklavin.«

»Spricht er Latein?«

»Kaum«, sagte Luca. »Gerade genug, um meine Anweisungen zu verstehen. Zu mehr taugt er nicht.«

»Ihr solltet es ihn lehren«, riet Radu. »Es ist unglaublich, was ein schlauer Junge lernen kann.«

»Und Ihr wart ein schlauer Junge?«

Radu lächelte. »Mein Bruder und ich waren mehr als schlau, wir waren brillant. Unser Vater hat mit dem Sultan ein Bündnis geschlossen und ihm uns als Pfand überlassen. Er wusste es sicher nicht, aber er hat uns an den vermutlich einzigen Königshof geschickt, der uns die Möglichkeit bieten konnte, von den größten Wissenschaftlern der Welt ausgebildet zu werden. Wir wurden mit Sultan Murads Sohn Mehmet aufgezogen und lernten mit ihm fünf verschiedene Sprachen, Mathematik, Geographie und Philosophie, kurz gesagt: die Bedeutung der Welt und wie man sie beschreibt.«

»Und jetzt?«

Der Anflug eines Schattens zog über Radus Gesicht. Nur Ishraq bemerkte es. »Mein Bruder ist zurückgekehrt. Er hat den Thron meines Vaters geerbt und gelobt, unsere Ländereien für das Osmanische Reich zu erhalten. Aber er war treulos und hat uns verraten. Er wurde gestürzt – jetzt ist er im Exil, aber ich bin überzeugt, dass er eine Armee zusammenstellt und darauf hofft, schon bald zurückzuschlagen. Für mich ist er tot. Ich bezweifle, dass ich ihn je wiedersehen werde. Er hat sich auf die falsche Seite geschlagen. Er ist mein Feind. Unser Schicksal hat uns auseinandergeführt: Er ist ein großer christlicher Feldherr – ich bin einer der größten Feldherren meines Freundes Sultan Mehmet.«

»Und Ihr habt immer Manuskripte bei Euch? Ihr studiert?«

»Ich lese immer und überall. Nur so kann man die

Welt begreifen. Ich glaube daran, dass wir eines Tages alles verstehen werden.« Er lächelte. »Soll ich Euch vorlesen, was Platon über Riesenwellen sagt? Es ist aus dem Griechischen ins Arabische übertragen worden. Ich werde beim Lesen übersetzen, so gut ich kann.«

Vorsichtig enthüllte er die Handschriften – wunderschöne arabische Zeichen auf Pergament. Er breitete sie sorgfältig aus und begann nach einem kurzen Blick auf Ishraq zu lesen. »Hier ist die Stelle, die Euch interessieren wird. Er spricht von einer großen Insel im Atlantischen Ozean, einem riesigen Land, größer als Libyen und Asien zusammen … und er sagt, hm … Es ereigneten sich schwere Erdbeben und Stürme, und im Laufe eines unglücklichen Tages und einer unglücklichen Nacht versank ein ganzes Heer in der Erde, und ebenso verschwand die Insel Atlantis in der Tiefe des Meeres. Aus diesem Grund ist das Meer an dieser Stelle nicht befahrbar, weil das Wasser dort seicht ist wegen der untergegangenen Insel.«

»Das Land ist nach einem Erdbeben untergegangen?«, wiederholte Luca. »Ein ganzes Heer wurde von der Erde verschluckt? Eine große Insel ist im Meer versunken, und jetzt befindet sich dort nur noch eine Untiefe?«

»Das Beben scheint so schwer gewesen zu sein, dass es ein ganzes Heer in die Erde gerissen und das Meer dazu gebracht hat, ein riesiges Land zu verschlucken.« Radu las weiter und fasste zusammen: »Platon spricht darüber, weil Sokrates von einer Stadt erzählt hat, die von Erdbeben und Überschwemmungen heimgesucht wurde.« Er schwieg einen Augenblick. »Das war's.«

»Das heißt, ein Erdbeben und eine Flut fallen oft zusammen?«

Radu nickte. »Einer unserer arabischen Denker hat die Vermutung angestellt, dass Erdbeben auch am Meeresgrund vorkommen können. Es ist vorstellbar, dass die Erde unter dem Meer aufbricht und dadurch das Wasser verdrängt wird.«

Luca vermied es, in Ishraqs Richtung zu sehen. Sie hielt den Kopf gesenkt und schrieb schnell mit.

»Worüber schreibt Platon noch?« Luca war wie gebannt.

»Er schreibt so ziemlich über alles.« Radu blickte in Lucas verzaubertes Gesicht. »Ihr müsst Euch eine Abschrift von einem Griechen übersetzen lassen.«

»Ich könnte selbst Griechisch lernen«, sagte Luca eifrig. »Wenn ich ein griechisches Manuskript hätte, könnte ich es lernen. Ich lerne Sprachen sehr schnell.«

»Ach ja?« Radu Bey lächelte. »Dann solltet Ihr in die Bibliothek in Istanbul kommen. Dort gibt es unzählige Schriften. Platon spricht über alles, was sich beobachten lässt. Er beschreibt sehr genau die Dinge, die er gesehen oder von denen er gehört hat.«

»Und?«

»Und er spricht von der echten Welt, die hinter den Dingen liegt und die sich nicht beobachten lässt. Er sagt, dass es eine andere Realität gibt, die wir nicht fassen können. Eine Welt, die wir nicht wie Nahrung essen können, eine Welt, die uns nicht willkürlich zu Fall bringt. Eine wirkliche Wahrheit, die hinter allem steht.«

»Wie sollen wir sie dann sehen?«

»Genau darum geht es. Es ist die unsichtbare Welt hinter der echten Welt. Wir können sie nicht sehen, wir können sie nur erahnen. Wir müssen sie mit unserem Geist erfassen, nicht mit unseren Augen und Händen.«

»Die Dinge, die wir sehen und schmecken können, helfen uns nicht dabei, zu verstehen?«

»Sie sind Schatten an der Wand. Wie die Schattenspiele eines Kindes im Kerzenlicht. Das echte Ding ist die Kerze, nicht der Schatten. Aber das Kind schaut nur auf den Schatten.«

Luca starrte Radu an, als wolle er ihn am liebsten packen und das Wissen aus ihm herausschütteln. »Ich will verstehen!«

Radu wischte sich den Mund ab und begann, das Pergament aufzurollen. »Kommt nach Istanbul«, sagte er. »Kommt mit mir. Wir haben Studenten, die Eure Sprache sprechen, sie können Euch die Bibliothek zeigen. Ihr könnt unsere Schriften lesen, Ihr könnt studieren. Seid Ihr ein Mathematiker?«

»Nein«, bekannte Luca bitter. »Nicht so, wie Ihr es meint.«

Radu lächelte. »Platon hat von seinem Lehrer Sokrates gelernt und seinerseits Aristoteles unterrichtet. Ihr seid noch kein Mathematiker, weil Ihr Euch alles selbst beibringen müsst. Aber man kann die Dinge nicht für sich allein betrachten. Es geht vielmehr um einen Körper des Wissens – ein Mann baut etwas auf, und ein anderer Mann lernt daraus. Ihr müsst diejenigen verstehen, die vor Euch da waren – nur dann könnt Ihr Fragen stellen und selbst etwas herausfinden!«

Luca erhob sich. Er verbarg die zitternden Hände in seinem Umhang, damit der Osmane mit seinem scharfen Blick nicht erkannte, dass der Gedanke an eine Bibliothek voller mathematischer Schriften ihm äußerst verlockend erschien. »Unser Gespräch war sehr interessant für mich, aber ich darf nicht vergessen, dass Ihr der Feind meines Glaubens seid, meines Volkes und meiner Familie.«

»Mag sein. Aber sowohl den Glauben als auch das Volk könnt Ihr wechseln. Und Eure Familie habt Ihr ohnehin verloren.«

»Ich könnte meinen Glauben nie wechseln«, entgegnete Luca kurz.

»Vielleicht sind alle Religionen auch nur Schatten an der Wand«, sagte Radu Bey und sah Luca mit einem verschmitzten Lächeln an. »Vielleicht ist Gott wie ein Feuerschein, und alles, was wir sehen, sind unsere eigenen Schatten. Wir sehen große, tanzende Schatten, aber eigentlich sind es nur wir selbst.«

Lucas Augen weiteten sich. »Ich werde für Eure Seele beten«, sagte er. »Was Ihr sagt, ist schreckliche Gotteslästerung.«

»Wie Ihr wollt«, erwiderte Radu mit seinem gewinnenden, trägen Lächeln. »Hast du alles aufgeschrieben, Junge?«

Ishraq hielt den Kopf gesenkt. »Das habe ich, hoher Herr.«

»Auch das mit der Gotteslästerung und so weiter?«

Ishraq musste sich zurückhalten, um sein warmes Lächeln nicht zu erwidern.

»Lass deine Papiere auf dem Tisch liegen und bring das hier für mich zum Schiff«, sagte er nachlässig und reichte ihr die abgedeckte Kiste mit den Manuskripten. Luca streckte er den Arm entgegen. Sie umfassten sich am Ellbogen und spürten die kräftigen Muskeln des anderen.

»Ihr seid zu gut, um durch ein untergehendes Land zu reisen und Narren danach zu fragen, was in ihrem erbärmlichen Leben schiefläuft«, sagte Radu leise zu Luca. »Ihr seid zu intelligent, um die Nachtschrecken alter Weiber zu ergründen. Ich kenne Euren Anführer – er hat sein Leben der falschen Seite gewidmet, und er wird feststellen, dass der Preis dafür zu hoch war. Er wird seine Seele verkaufen und glauben, Gottes Werk zu tun, doch er wird erkennen, dass die Welt sich verändert und er weit zurückbleibt. Kommt auf mein Schiff, segelt mit mir nach Istanbul, wo Ihr in den Bibliotheken studieren könnt.«

Luca ließ seinen Arm los. »Ich bleibe meinem Glauben treu«, erklärte er ein wenig atemlos. »So groß die Versuchung auch sein mag.«

»Wie Ihr wollt«, sagte Radu Bey sanft. Er drehte sich um und ging zu seinem Schiff.

Ishraq warf Luca einen Blick zu, und auf sein Nicken hin folgte sie dem Kapitän mit seinen Manuskripten. Leise raunte der Osmane ihr über die Schulter hinweg auf Arabisch zu: »Wenn du ein Sklave bist, kann ich dich befreien. Komm heute Abend bei Sonnenuntergang auf mein Schiff, wir werden dich mitnehmen. Wenn du ein Mädchen bist, wie ich glaube, wird dir nichts geschehen. Ich gebe dir mein Wort. Wenn du gelehrt bist – nein, ich weiß, dass du gelehrt bist, ob Junge oder Mädchen –, solltest du mit mir nach Istanbul kommen, um zu studieren.«

Ishraq blieb stumm.

»Dein Herr ist ein Narr, die Dummheit dem Wissen vorzuziehen«, sagte er. »Er entscheidet sich für die Verliererseite. Er entscheidet sich für einen Gott, der nur das

Ende der Tage vorhersagen kann. Wirst du dich an mich erinnern, wenn du mich wiedersiehst?«

Überrascht erwiderte sie auf Arabisch: »Ja.«

Er drehte sich zu ihr und lächelte sie an. Sein schönes Gesicht strahlte in der Mittagssonne. »Erinnere dich gut an mich«, sagte er. »Und wenn du einen Mann siehst, der dich an mich erinnert – wenn du einen Mann siehst, den man für meinen Zwillingsbruder halten könnte –, dann wisse, du schwebst in großer Gefahr und solltest sofort zu mir kommen.«

»Ich kann nicht zu Euch kommen«, antwortete sie, wieder gefasster, auf Italienisch. »Niemals.«

Er breitete die Hände aus und machte lächelnd eine kleine Verneigung. »Der Tag wird kommen, an dem du darum betest, zu mir zu gelangen«, sagte er, nahm ihr das Paket aus den Händen und trat auf sein Schiff. »Meine Schwester, diese Christen sind nicht halb so gut, wie sie tun. Ich weiß es, denn ich wurde von ihnen geboren und aufgezogen und verstoßen, genau wie du.«

»Ich wurde nicht verstoßen«, entgegnete sie. Sie verspürte plötzlich den starken Drang, sich bei ihm Gehör zu verschaffen. »Niemand hat mich verstoßen.«

»Es kann nicht anders sein«, sagte er. »Dein Vater muss dich verstoßen haben, oder deine Mutter. Denn hier bist du, mit Haut wie Honig und Augen wie Datteln, und dienst einem *Franji*. Du erkennst dein Volk nicht an, und du kommst nicht mit uns nach Hause, wenn wir dich einladen.«

»Ich bin bei meinem Volk«, erwiderte sie stur.

»Nein, das bist du nicht. Sie sind *Franji* – Fremde für uns.«

Es folgte ein kurzes Schweigen.

»Du bist begabt«, sagte er. »Du wurdest gut ausgebildet. Du gehst wie ein Kämpfer, und du schreibst wie ein Gelehrter.«

Sie sagte nichts.

»Du dienst Menschen, die glauben, dass du in die Hölle kommst«, bemerkte er.

Sie reichte ihm die Kiste und trat an den Rand des Kais.

»Wenn der Tag kommt und du einen Mann siehst, der mir gleicht, dann kehre ihm deinen Rücken zu und mache dich auf den Weg zu mir«, wiederholte er seine Warnung. »Andernfalls wirst du schreckliche Dinge sehen und schreckliche Dinge tun. Du wirst in den Abgrund blicken. Du wirst dich in der Hölle wähnen, die diese Christen erfunden haben.«

Sie zog sich den Hut tiefer ins Gesicht, schlug den Kragen hoch wie zum Schutz gegen Regen, drehte sich um und ließ ihn stehen – obwohl sie am liebsten mit ihm gegangen wäre.

Den Nachmittag über beobachtete die ganze Stadt die Galeere durch die verschlossenen Fensterläden der Häuser an der Uferstraße und durch die Schießscharten der Festung. Radu Beys Männer passten den Mast an und richteten ihn auf, setzten das Segel und legten wie versprochen bei Sonnenuntergang ab. Mit gleichmäßigen Ruderschlägen entfernten sie sich von der kleinen Festung und der Kette vor der Hafeneinfahrt.

»Haltet das Schiff auf!« Der Befehl schallte laut durch die engen Gassen. Hufe klapperten auf dem Pflaster, dann kamen Pferd und Reiter vor der Treppe am Hafen zu stehen. Luca drehte sich ruckartig um, auf eine neue Gefahr gefasst.

»Haltet das Schiff auf! Im Namen des Heiligen Vaters, haltet es auf!«

Nach kurzem Zögern rannte Luca zur Festung und ruderte mit den Armen. »Haltet das Schiff auf! Das ist ein Befehl!«

Das Pferd stürmte aus dem Schatten der Häuser, der Reiter beugte sich tief über seinen Hals. Die Hufe ließen auf den Pflastersteinen Funken sprühen. Der Reiter sprang ab und schrie: »Ich befehle euch, das Schiff aufzuhalten!«

Die Männer rannten aus der Festung, um zu sehen, was los war.

Der Fremde packte Luca am Kragen. »Haltet es auf!

Dieses Schiff gehört dem größten Feind des Christentums!«

»Wie sollen wir es aufhalten?«, brummte Hauptmann Gascone. »Sie rudern mit voller Kraft und haben das Segel gehisst. Es steht nicht in unserer Macht, es aufzuhalten.«

Der Fremde stampfte zornig mit dem Fuß auf. »Das Schiff segelt unter dem Kommando des Teufels!«

»Das Schiff ist fort!«, rief Luca. »Es gibt hier keine Kanone. Wir können es nicht angreifen. Außerdem segelt es unter weißer Flagge. Warum wollt Ihr es aufhalten? Welche Befugnis habt Ihr dazu?«

Erst jetzt fiel sein Blick auf das dunkelblaue Gewand und die durchdringenden schwarzen Augen im Schatten der Kapuze. Sie kamen ihm unheimlich bekannt vor. Bruder Peter fiel neben ihm auf die Knie. »Mein Herr«, stammelte er.

Luca zögerte. »Seid Ihr es wirklich, mein Herr?«

Der Mann blickte an ihnen vorbei auf die Galeere, die windgeblähten Segel und die Sklaven, die in schnellem Wechsel die Ruder hoben und senkten. Wie um sie zu verhöhnen, ließ die aufrechte Gestalt am Heck des Schiffes eine Fahne im Wind flattern, die in herrlichen Blau- und Grüntönen schillerte. Sie war prächtig bestickt mit einem goldenen Pfauenauge, dem Zeichen des Adels im Osmanischen Reich. Es war die Fahne eines großen Feldherrn aus einer Nation der Eroberer.

»War das Radu cel Frumos?«, rief der Herr. »Antwortet! Verflucht seid ihr! War das Radu cel Frumos?«

»Er nannte sich Radu Bey?«, sagte Luca zurückhaltend. Ein kurzer Blick auf Bruder Peter, der immer noch am Boden kniete, bestätigte ihm, dass der zornige Kapuzenträger tatsächlich der Herr war, der ihn in den Orden der Finsternis aufgenommen hatte. Luca kniete neben seinem Schreiber nieder und legte die Hand aufs Herz.

»Gott grüße Euch, Herr.«

»Steht auf«, zischte er, ohne sie eines Blickes zu würdigen.

»Verzeiht, dass wir ihn nicht aufgehalten haben. Wir hätten es wissen müssen«, sagte Bruder Peter leise. »Sein Mast war zerbrochen, deshalb hat er hier angelegt. Wenn wir geahnt hätten … Aber seine Soldaten waren schwer bewaffnet, und wir hatten keine Kanone, nur eine Handvoll Männer mit Piken.«

»Für die Zukunft wisst ihr Bescheid – solltet ihr ihm je wieder begegnen.« Der Herr rang nach Atem und bemühte sich, seine Fassung zurückzuerlangen. »Solltet ihr ihn je wiedersehen, müsst ihr ihn gefangen nehmen und mich sofort rufen lassen. Wenn ihr ihn nicht festnehmen könnt, tötet ihn. Er ist mein größter Feind. Ich werde ihm nie vergeben, dass er sich gegen mich gewendet hat – er ist in allem mein Gegenspieler. Er ist zweiter Befehlshaber unter Sultan Mehmet. Er hat die Mauern Konstantinopels gebrochen, er ist der Anführer ihrer Armee. Er ist der schlimmste Feind des Christentums. Niemanden will ich dringlicher fangen als ihn, niemanden würde ich lieber tot zu meinen Füßen sehen. Er ist der Stellvertreter des Teufels. Ein Vorbote des Untergangs.«

Luca und Bruder Peter wechselten einen verstörten Blick und rappelten sich auf.

Auf See wurde die Fahne in einem letzten spöttischen Gruß geschwenkt und dann eingeholt. Die drei Männer sahen das Schiff kleiner und kleiner werden, während es sich schnell auf dem dunkelnden Meer entfernte, bis die frühe Abenddämmerung es verschluckte.

»Er ist abgereist und lacht über uns«, sagte der Herr bitter. »Er lässt uns machtlos am Ufer stehen wie dumme Bauern. Aber ihr werdet euch an ihn erinnern. Beim nächsten Mal – wenn es ein nächstes Mal gibt – werdet ihr euch nicht mehr von ihm überlisten lassen.«

»Nie wieder«, versicherte Bruder Peter.

Der Herr schwieg einen Augenblick lang. »Ich habe deine Berichte über den Kreuzzug der Kinder und die große Welle gelesen«, sagte er dann zu Luca. »Mein Pfad kreuzte sich mit dem des Boten, als ich auf dem Weg hierher war, um die Abreise des Kreuzzuges mit eigenen Augen zu sehen. Nach dem Abendessen könnt ihr mir mehr darüber berichten.«

»Die Herberge ist einfach«, warnte Luca ihn vor. »Die

Mauern sind noch nicht getrocknet, und es muss noch vieles instand gesetzt werden.«

»Das spielt keine Rolle. Wart ihr auf dem Weg nach Split?«

Luca schüttelte den Kopf. »Nein, Herr. Die gegenüberliegende Küste ist noch schwerer von der Welle getroffen worden als wir. Alle Küstenstädte sind zerstört. Wir können nicht übersetzen. Es ist so schlimm, dass Menschen von dort hierherfliehen. Wir wollten Euch schreiben, um neue Anweisungen einzuholen.«

Der Herr dachte kurz nach. »Ihr könnt über Land reisen, nach Norden, über Venedig. Dort gibt es ohnehin etwas, das du dir ansehen solltest.«

Ohne ein weiteres Wort reichte er Freize die Zügel seines Pferdes und ging in die Herberge.

»Jetzt also nach Venedig?«, sagte Freize mürrisch zu dem Pferd. »Kommt hier angaloppiert wie ein Reiter der Apokalypse und sagt, dass wir nach Venedig sollen. Schön und gut. Meinetwegen. Du und ich, wir sind nur dumme Tiere. Du weißt das, und ich sollte es nicht vergessen.« Er tätschelte den Hals des Pferdes, und der große Kopf drehte sich zu ihm und beschnupperte ihn sanft. »Weißt du, was er im Schilde führt?«, fragte Freize verschwörerisch.

Er wartete, als glaubte er wirklich, das Pferd würde ihm antworten. »Das ist geheim?«, fragte er. »Verständlich. Aber sag mir nicht, dass er dir nicht vertraut.« Das Pferd schwieg. Freize klopfte seine Flanke und löste den Sattel. »Nun ja, eines ist sicher: Ein Mann, der vor seinem Pferd ein Geheimnis verbirgt, ist wahrlich ein Geheimniskrämer.«

Ishraq und Isobel, die durch das Fenster des Speisesaals die Abreise der Galeere verfolgt hatten, verzogen sich in ihre Dachkammer, als der sonderbare Herr in das Gasthaus kam und nach dem Wirt rief. Er verlangte ein Glas Wein, ein Feuer im Speisesaal und das beste Schlafzimmer. Er weigerte sich, eine Kammer mit anderen Reisenden zu teilen, handelte einen Preis für ein Einzelzimmer aus, ließ sich endlich in einen Lehnstuhl sinken, streifte die Reitstiefel ab und erklärte, dass er allein speisen würde. Luca und Bruder Peter würde er nach dem Essen erwarten.

»Wer ist er?« Isobel griff nach Bruder Peters Arm, als er unter Verneigungen das Speisezimmer verließ und die Tür mit offenkundiger Erleichterung hinter dem Fremden schloss.

»Er ist der Anführer unseres Ordens.«

»Wie heißt er?«

»Das kann ich Euch nicht sagen.«

»Welche Befugnisse hat er?«

»Er ist einer der engsten Vertrauten des Heiligen Vaters«, sagte er zögernd. »Er erforscht das Ende der Tage.

Der Orden erkundet die Grenze zwischen dieser Welt und der nächsten und verteidigt die Grenze zwischen der Welt der Christen und der Welt der Heiden. Kein Mann setzt sich größeren Gefahren aus. Und kein Mann ist furchtloser als er.«

»Ist er wohlhabend?«

»Selbstverständlich.«

»Wie viele Männer hat er unter sich?«

»Das weiß keiner außer ihm.«

»Wie lange arbeitet Ihr schon für ihn?«

Bruder Peter dachte kurz nach. »Für ihn? Fünf Jahre.«

»Wie lautet der Name des Ordens?«

»Einige nennen ihn den Orden der Finsternis«, sagte er zurückhaltend.

»Nennt er ihn auch so?«

Bruder Peter lächelte. »Ich weiß nicht, wie er ihn nennt.«

»Er hat also einen anderen Namen?«

»Vermutlich viele.«

»Hat Luca ihm die Treue geschworen?«, fragte sie. »Hat er geschworen, ein eheloser Gottesdiener oder Ermittler oder was auch immer zu sein?«

»Noch nicht.« Er schwieg. »Man muss dem Orden eine Zeitlang dienen, man muss sich seiner würdig erweisen, erst dann legt man sein Gelübde ab«, erklärte er. Unwillkürlich berührte er seinen Oberarm.

»Man bekommt ein Zeichen?«, vermutete sie treffend.

Sein ausweichender Blick verriet ihr, dass sie richtig lag.

»Zeigt es mir«, bat sie sofort.

Er zauderte.

»Warum wollt Ihr es mir nicht zeigen? Schämt Ihr Euch Eurer Treue?«

»Natürlich nicht«, gab er betroffen zurück. Vorsichtig rollte er den Hemdsärmel hoch. Auf seinem Oberarm, tief ins Fleisch geritzt, befand sich das Zeichen des Ordens.

Sie betrachtete schweigend den Drachen, der sich selbst in den Schwanz biss, das Zeichen der Ewigkeit und des Kreislaufs – einer Angst, die sich selbst nährt. »Trägt Luca auch dieses Zeichen? Hat Euer Herr es ihm in die Haut geritzt?«

»Nein. Noch nicht.«

»Er wird dem Orden also bald die Treue schwören und das Zeichen tragen müssen?«, fragte sie. Sie wusste, dass die Männer sonderbare Bräuche hatten, um sich aneinander zu binden.

Sein Schweigen bestätigte ihr, dass sie auch mit dieser Vermutung richtig lag.

»Bruder Peter, ich frage Euch dies nicht aus Neugier oder Dreistigkeit, sondern als gläubige Christin. Gott hat Luca mit besonderen Gaben gesegnet. Glaubt Ihr nicht, dass er frei sein sollte? Glaubt Ihr nicht, dass er reisen und studieren und keinen Sterblichen seinen Meister nennen sollte? Glaubt Ihr nicht, dass er ein besonderer Mensch ist, dessen klarer Blick und reine Weisheit nicht an einen anderen Mann gebunden werden sollten? Glaubt Ihr nicht, dass er frei sein sollte?«

Er schüttelte den Kopf. »Ihr mögt denken, dass er frei sein sollte, um zu studieren und seine Fähigkeiten zu verfeinern, aber dies sind keine gewöhnlichen Zeiten. Unter anderen Umständen würde ich Euch zustimmen, aber das Ende der Tage steht uns bevor. Der Orden wird uns vor dem Ende bewahren oder uns sicher hindurchführen. Der Orden braucht Männer wie Luca. Er versteht Dinge auf Anhieb. Er kann so schnell rechnen, wie andere Menschen sprechen. Vielleicht kann er viele verschiedene Sprachen lernen. Hütet Euch, ihn abzulenken oder von seiner Mission abzubringen. Er ist sehr wichtig für die Arbeit des Ordens. Ich habe viele Ermittler gesehen, aber keinen, der so schnell und so wahrhaftig versteht wie Luca Vero.

Ihr habt mir viele Fragen gestellt, und ich sage Euch: Die Aufgabe des Ordens ist es, die Welt zu retten. Es gibt keine Aufgabe, die wichtiger sein könnte. Ihr solltet nichts anderes tun, als Luca bei seiner Arbeit für den Orden zu unterstützen. Alles andere wäre im Sinne des Teufels. Denkt immer daran.«

Sie senkte den Kopf. Bruder Peter freute sich inständig, dass sie sich seine Anweisung zu Herzen zu nehmen schien. »Ich weiß, dass es nichts Wichtigeres gibt als seine Arbeit«, sagte sie demütig. »Abgesehen davon habe ich keinerlei Einfluss auf ihn.«

Bruder Peter nickte und ging nach oben, um mit Luca zu reden.

Luca und Bruder Peter machten sich in ihrer Schlafkammer so vornehm zurecht, wie es ihnen möglich war in Anbetracht der Tatsache, dass der Großteil ihrer Garderobe in der Flut untergegangen war.

Luca hatte in der Küche etwas Öl erbeten, um seine Stiefel zu polieren. »Wir sehen uns im Speisezimmer«, sagte Bruder Peter. »Es macht einen besseren Eindruck, wenn wir nacheinander hereinkommen. Werdet Ihr unserem Herrn sagen, dass Ihr mit dem Ungläubigen gesprochen habt?«

»Warum nicht?«

»Unser Herr ist offensichtlich kein Freund von ihm. Sobald er ihn gesehen hat, hat er befohlen, ihn festnehmen zu lassen.«

»Der Ungläubige kannte die Schriften über die Welle. Ich musste ihn danach fragen. Ich musste herausfinden, was sie verursacht haben könnte.«

»Werdet Ihr unserem Herrn auch sagen, dass ich Euch nicht begleitet habe?«

»Nur, wenn er mich danach fragt. Aber ich dachte, Ihr

wärt Eurem Gewissen gefolgt? Ich dachte, Ihr wäret stolz darauf, dass Ihr ihm das Gespräch verweigert habt.«

Bruder Peter zuckte die Schultern. Er konnte nicht vorhersagen, ob der Herr ihn für seine Frömmigkeit loben oder ihn wegen seiner Treulosigkeit Luca gegenüber verdammen würde.

»Es spielt keine Rolle«, beruhigte Luca ihn. »Ob wir mit ihm gesprochen haben oder nicht, bedeutet nicht das Geringste im Vergleich zu allem anderen. Wir wären fast gestorben. Wir haben den Kreuzzug gesehen. Wir wähnten uns auf dem Weg nach Jerusalem und waren im Begriff, über den Meeresgrund zu wandern. Wir wurden von einer Welle zurückgetrieben, die hoch wie eine Kirche war und alles auf ihrem Weg ertränkt hat. Fast jeden Tag sind außergewöhnliche Dinge um uns herum geschehen.«

Bruder Peter zog seine unförmigen Reithosen hoch und gürtete sie um die schmalen Hüften. »Ich habe noch nie erlebt, dass er Rom verlässt, um einen Ermittler bei der Arbeit aufzusuchen«, bekannte er. »Es macht mich nervös.«

Luca zögerte. »Er ist noch nie zuvor einem Ermittler nachgereist?«

»Niemals.«

»Warum ist er dann zu mir gekommen?«

»Das frage ich mich auch.«

Freize sollte die Speisen auftragen und half der aufgeregten Wirtin in der Küche, Fleischsuppe in ausgehöhlte Brotlaibe zu füllen. Ishraq und Isobel würden auf ihrer Kammer speisen. »Ich bringe den Damen das Essen nach oben«, bot Freize an.

»Ich bin schon hier«, erwiderte Ishraq von der Tür her. »Und ich kann das Geschirr später wieder in die Küche bringen. Ich weiß, dass ihr alle Hände voll zu tun habt.«

»Der Herr segne dich, gutes Mädchen«, rief die Wirtin. »So hoher Besuch aus Rom, und die Wände sind noch ganz nass!«

»Es ist alles bestens«, versicherte Ishraq ihr. Sie nahm die beiden Suppenschalen und einige Scheiben grobes Brot und ging zur Treppe. Freize hielt ihr die Tür auf.

»Was hat er zu dir gesagt?«, fragte er leise, als sie an ihm vorbeiging.

Sie hob den Kopf. »Wer hat was gesagt?«

»Der ungläubige Kapitän. Er hat in seiner Sprache zu dir gesprochen. Er hat dich beiseitegenommen, als du ihm seine Schriften zum Schiff getragen hast. Ich habe euch reden sehen, aber ich habe kein Wort verstanden. Was hat er zu dir gesagt – und was hast du zu ihm gesagt?«

»Ich habe ihn nicht verstanden«, gab sie zurück. »Er hat zu schnell gesprochen.«

»Also was hast du ihm geantwortet?«

»Dass ich ihn nicht verstehe.«

Freize entging nicht, dass ihre dunklen Augen seinem Blick für den Bruchteil einer Sekunde auswichen, und er wusste, dass sie log. »Er scheint ein wichtiger Mann zu sein«, sagte er leichthin.

»Er scheint sehr gebildet zu sein, nach dem, was er zu Luca gesagt hat«, erwiderte sie gleichgültig und ging zur Treppe.

»Hilfst du mir nun beim Servieren oder schäkerst du?«, fragte die Wirtin vom Feuer her, wo sie Öl über eine Bratente auf dem Spieß träufelte.

»Ich schäkere«, gab Freize zurück. »Zuerst mit der jungen Dame, aber nun – da sie weg ist, Gott sei dank – kann ich mir die fettere Beute vornehmen: dich. Gehen wir in die Wäschekammer? Sagen wir, zur Hölle mit der Ente, bringen wir die Laken in Unordnung?«

Der Herr aus Rom hatte besser gespeist, als er es sich in einer kleinen Stadt, die sich gerade von einer Katastrophe erholte, erhofft hätte. Er schob den Stuhl zurück und biss in einen rotwangigen Apfel. Luca und Bruder Peter brachten Obst und Konfekt an den Tisch. Sie berichteten ihm von dem Kreuzzug, der Welle und der Galeere und warteten auf sein Urteil.

Er lehnte sich in seinem Gewand aus edlem dunkelblauen Samt bequem zurück, doch sein Gesicht blieb auch jetzt im Schatten der Kapuze verborgen. »Ich habe von Platon gehört«, sagte er. »Ich habe ihn selbst gelesen. Allerdings nur auf Griechisch. Wir haben ein Manuskript in Rom, aber es ist eine unvollständige Kopie. Es gab eine bessere Abschrift in unserer Bibliothek in Konstantinopel, doch die ist nun in muslimischer Hand, mit allen anderen Reichtümern des Christentums. Unsere großartige Bibliothek ist in der Hand eines Ungläubigen! Bruder Peter, ich möchte eine Abschrift der Worte des Ungläubigen.«

Bruder Peter nickte. Er erwähnte nicht, dass Ishraq die Mitschrift angefertigt hatte.

»Und ich höre, dass ihr mit zwei Damen reist?«, sagte der Herr. »Sie sind mit euch angekommen und immer noch hier?«

»Ich habe wieder und wieder versucht, sie zu einer anderen Reisegruppe zu schicken«, rief Bruder Peter aus. »Die Umstände haben sie daran gehindert, uns zu verlassen.«

»Wer sind sie?« Der Herr richtete die Frage an Luca, ohne Bruder Peter zu beachten.

»Fräulein Isobel von Lucretili und ihre Dienerin Ishraq«, bekannte Luca. »Sie sind, wie Ihr wisst, aus dem Kloster entkommen. Wir sind unterwegs auf sie gestoßen. Sie waren in Gefahr, da sie allein reisten. Seitdem reisen sie um ihrer Sicherheit willen mit uns, bis sie eine andere Gruppe finden, der sie sich anschließen können. Sie waren von großem Nutzen in Vittorito, wie ich berichtet habe, und auch hier waren sie uns eine große Hilfe. Fräulein Isobel hat nach der Welle so gut zu den aufgebrachten Leuten gesprochen, dass sie einen Aufstand verhindern konnte. Und Ishraq ist hochgebildet. Sie war sehr hilfreich im Umgang mit den Ungläubigen. Sie spricht Arabisch.«

Der Herr zuckte die Schultern, als würden ihn die Mädchen nicht weiter interessierten, doch da kein Licht unter seine Kapuze drang, konnte Luca nicht sagen, ob ihm missfiel, was er hörte.

»Gut«, sagte er gleichgültig. »Du hast schon im letzten Bericht geschrieben, dass die Sklavin gelehrt ist.«

»Sie ist keine Sklavin, sie ist eine freie Frau«, erklärte Luca. »Sie ist zur Hälfte Araberin, aber sie wurde im Schloss von Lucretili aufgezogen. Sie spricht mehrere Sprachen und wurde in Spanien unterrichtet. Der verstorbene Fürst von Lucretili wollte sie wohl zur Gelehrten ausbilden lassen. Er ließ sie Medizin und arabische Schriften studieren. Sie ist in vielerlei Hinsicht geschult.«

»Welchen Glauben hat sie?«, fragte der Herr und kam auf die wichtigste Frage, die einzige Frage, zu sprechen.

»Sie scheint keinen Glauben zu haben«, sagte Bruder Peter düster. »Sie geht nicht in die Kirche, und ich habe sie nie die muslimischen Gebete sprechen hören. Sie redet ohne Ehrfurcht von Gott. Sie könnte eine Ungläubige, eine Muslimin oder eine Heidin sein. Jedenfalls ist sie keine Christin.« Er zögerte kurz und sprach dann die Worte aus, die sie vor der Inquisition und der Bezichtigung der Ketzerei bewahren würden. »Wir betrachten sie als Maurin. Sie folgt den christlichen Gesetzen. Sie verhält sich nicht unsittlich. Sie ist folgsam wie eine Magd. Ich kann keinen Fehler an ihr finden.«

Luca blickte auf seine frisch polierten Stiefel und behielt für sich, wie Ishraq im Nachthemd in die Schlafkammer der Männer gekommen, die Leiter hochgeklettert und mit dem Kätzchen wieder herabgestiegen war.

»Und wohin reisen sie? Habt ihr nicht geschrieben, dass sie nach Budapest wollen?«

»Fräulein Isobel ist die Patentochter des verstorbenen Fürsten Vladislav der Walachei. Sie will seinen Sohn um Hilfe bitten, um ihr Erbe von ihrem Bruder zurückzufordern. Der neue Fürst ist am ungarischen Königshof – sein eigenes Reich wurde von einem Blender erobert.«

»Kennt sie ihn?«, fragte er mit plötzlicher Eindringlichkeit. »Fürst Vladislav? Sohn oder Vater? Hat sie ihn je gesehen?«

»Ich denke nicht.«

Der Herr lachte kurz, als wären dies amüsante Neuigkeiten. »Wie das Leben so spielt!«, sagte er. »Nun, sie können weiter mit euch reisen, wenn sie möchten und wenn ihr keine Einwände habt. Ich will, dass ihr nach Venedig geht. Das liegt auf ihrem Weg, da sie wegen der Auswirkungen der Welle nicht nach Kroatien übersetzen können. Ihr solltet morgen aufbrechen. Wenn etwas geschieht oder ihr auf dem Weg irgendetwas hört, müsst ihr anhalten und ermitteln. Spätestens in Venedig gibt es Arbeit für euch. Es gehen Gerüchte um, dass dort sehr viel Gold auf dem Markt ist.«

»Gold?«

»In Münzen, Goldmünzen. Irgendwo hat irgendwer offensichtlich Gold gefunden, viel Gold. Er fördert es zutage und schleust es auf den Markt von Venedig. Vielleicht hat er auch einen Goldschatz gefunden, gestohlen oder geborgen. So oder so, wir müssen der Sache nachgehen. Zudem ist das Gold nicht in Barren, sondern in Münzen in Umlauf – das ist sehr ungewöhnlich. Irgendwo in einem Keller in Venedig sitzt ein Falschmünzer und prägt aus einer geheimen Goldquelle edle englische Münzen, ausgerechnet. Wunderschöne englische Münzen mit dem alten König Edward auf seinem Schiff auf der einen Seite und der Rose von England auf der anderen. Sie sind perfekt.«

»Perfekt?«

Er griff in die Tasche und brachte eine Münze zum Vorschein. Luca nahm das schwere Goldstück in die Hand und betrachtete die schöne Prägung, die Rose und die kreisförmige Inschrift.

»Fällt dir etwas auf?«

»Sie glänzt«, sagte Luca. »Sie ist sehr schön.«

»Genau. Sie ist zu schwer und zu neu. Niemand hat daran gehobelt und gerieben. Sie ist nicht durch zahlreiche Hände gegangen, die alle versucht haben, ein paar Stäubchen abzukratzen. Sie hat das volle Gewicht.« Unter der dunklen Kapuze sah Luca ein flüchtiges Lächeln. »Sie ist zu gut für diese Welt«, sagte er. »Und genau das interessiert uns: Dinge, die zu gut für diese Welt sind.«

»Ihr wollt, dass ich ermittle?«, fragte Luca. »Ich soll den Falschmünzer ausfindig machen?«

»Ich habe meine Gründe«, sagte der Herr, ohne sie ihm zu nennen. »Reise nach Venedig, misch dich unters Volk, kaufe und verkaufe, bring möglichst viele dieser Münzen in deinen Besitz, versuch dich am Glücksspiel, wenn es nötig ist …«

Bruder Peter hob den Kopf und wiederholte schockiert: *»Glücksspiel?«*

»Richtig. Und geh zu den Geldwechslern, tu, was du tun musst, um an diese Münzen zu kommen, und prüfe ihre Qualität. Wenn es ein Falschmünzer ist, der außerordentlich gute Arbeit leistet, will ich ihn kennenlernen. Finde heraus, wer er ist, und übermittle mir sofort seinen Namen. Gebt euch als junge Händler aus, die Geld zu investieren haben. Streut das Gerücht, dass ihr Anteile an einem Schiff erwerben wollt. Kauft Waren auf, bringt Geld in Umlauf, viel Geld, lasst die Leute wissen, dass ihr reich seid. Stellt Diener ein und behaltet die beiden Frauen bei euch, wenn sie dazu bereit sind. Tut so, als wärt ihr eine Familie, tut so, als wolltet ihr ein Haus in Venedig kaufen. Ihr zwei könnt euch als Brüder ausgeben, das eine Mädchen, Fräulein Isobel, kann sich als eure Schwester ausgeben und die andere als ihre Dienerin. Denkt euch irgendetwas aus, aber bringt euch ins Geschäft mit den Goldmünzen.«

»Ihr wollt, dass wir lügen?«, vergewisserte Bruder Peter sich. Er war entsetzt von diesen Anweisungen. »Wir sollen eine Maskerade vorführen? Falschmünzen erwerben und Glücksspiel betreiben?«

»Handeln?«, fragte auch Luca. »Spielen?«

»Es dient einem edlen Zweck«, sagte der Herr ohne einen Anflug des Unbehagens.

»Nur um sicher zu sein, dass ich Euch recht verstehe«, präzisierte Luca, »Ihr wollt, dass wir lügen, dass wir uns als Menschen ausgeben, die wir nicht sind, um an dieses Gold zu kommen, mutmaßliche Falschmünzen. Wir werden selbst zu Fälschungen, um Fälschungen anzulocken?«

»Ermittler, du weißt so gut wie ich, dass zwei Falschheiten womöglich eine Wahrheit ergeben. Geh hin und erschwindle dir den Weg zur Wahrheit. Sei achtsam, was du siehst, wenn du hinter einer Maske steckst.«

Luca und Bruder Peter wechselten einen Blick angesichts dieser außerordentlichen Anweisungen. Dann kam Luca auf sein eigenes Anliegen zu sprechen: »Der Ungläubige hat von einem Mann im Rialto erzählt, der in der Lage sein könnte, meinen Vater ausfindig zu machen«, bekannte er zögernd. »Wenn wir nach Venedig reisen, muss ich ihn finden. Vielleicht lässt sich die Suche nach ihm mit der Suche nach dem Falschgeld verbinden. Ich verspreche, dass ich meine Arbeit für Euch nicht vernachlässigen werde, aber ich muss mit ihm sprechen.«

»Ich dachte, dein Vater wäre tot?«, fragte der Herr nüchtern.

»Er ist verschollen«, stellte Luca richtig, wie er es immer tat. »Aber der Ungläubige hatte einen Sklaven an Bord, der meinem Vater auf einem Schiff begegnet ist, das unter dem Kommando eines gewissen Bayeed stand.«

»Vermutlich hat er gelogen.«

»Das ist möglich. Aber ich muss es wissen.«

»Nun, vielleicht kannst du ihn mit dem rätselhaften Gold zurückkaufen«, sagte der Herr mit einem schmalen Lächeln unter seiner Kapuze. »Vielleicht kannst du die Arbeit Gottes verrichten und dabei der Kirche zu Reichtum verhelfen.«

»Wir werden beträchtliche Geldmittel brauchen«, stellte

Bruder Peter fest. »Eine solche Maskerade wird kostspielig.«

»Ihr werdet die nötigen Mittel bekommen. Der Heilige Vater ist zufrieden mit eurer Arbeit. Er hat mir aufgetragen, euch genügend Geld für diese Ermittlung zur Verfügung zu stellen. Morgen früh nach der Prim werde ich mich von euch verabschieden. Ich reise zurück nach Rom. Jetzt muss ich mit Bruder Luca sprechen.« Er schwieg kurz. »Allein.«

Bruder Peter verneigte sich und verließ das Zimmer.

Als er die Tür des Speisezimmers öffnete, stolperte er fast über Ishraq und Freize, die draußen auf dem Flur standen. Ishraq hielt das schmutzige Geschirr in den Händen und hatte die Gelegenheit offensichtlich genutzt, um auf dem Weg in die Küche an der verschlossenen Tür zu lauschen. Freize schien Wache zu halten.

»Kann ich euch helfen?«, fragte Bruder Peter mit hörbarem Sarkasmus.

»Vielen Dank«, erwiderte Ishraq lächelnd. Es schien ihr nicht im Geringsten unangenehm zu sein, dass sie beim Lauschen erwischt worden war. »Das ist sehr freundlich von Euch.« Sie reichte ihm das schwere Tablett.

»Wir haben gehofft, zu erfahren, wohin die Reise als Nächstes geht«, fügte Freize hinzu.

»Ihr wisst, wohin«, gab Bruder Peter erbost zurück,

nahm Ishraq die schwere Last ab und wandte sich zur Küche. »Da ihr beide euch die Ohren an der Tür plattgedrückt habt, wisst ihr sicher längst, wohin es geht: nach Venedig. Der Herr hat gesagt, dass die Damen mit uns reisen und vorgeben dürfen, zu unserer Gesellschaft zu gehören. Wir sollen uns als Handelsfamilie ausgeben, und ihr zwei euch als Diener.« Er unterbrach sich und sah sie missbilligend an. »Aber um als Diener durchzugehen, werdet ihr arbeiten müssen. Vielleicht müsst ihr dann selbst euer Geschirr tragen. Ich hoffe, dass bereitet euch keine Unannehmlichkeiten.«

Er stellte die Teller klirrend auf dem Küchentisch ab, ohne auf die Dankesworte der Wirtin zu achten, und ging die Treppe hinauf zu der Dachkammer, die er mit Luca und weiteren Reisenden teilte. Ishraq und Freize blieben allein zurück.

»Ein bisschen frische Luft?«, schlug Freize vor und zeigte auf die offen stehende Tür, das dunkle Meer und den dämmrigen Himmel.

Sie trat vor ihm aus der Tür, und er bot ihr mit einer wunderlich altmodischen Geste seinen Arm an. Sie lächelte, hakte sich unter, und Arm in Arm gingen sie wie ein junges, verlobtes Paar weiter. Sie spürte, dass ihr seine Berührung gefiel, seine Nähe, die Wärme seines Arms und der sanfte Halt, während sie über die unebenen Pflastersteine liefen.

»Also«, sagte Freize, »ich habe gehört, dass du heute am Kai mit dem Ungläubigen gesprochen hast. Der Gedanke, dass er freundliche Worte mit dir gewechselt hat, beunruhigt mich. Ich weiß, dass er in einer fremden Sprache zu dir gesprochen hat – vielleicht war es Arabisch. Und ich weiß, dass du ihm geantwortet hast. Als ich dich gefragt habe, hast du gesagt, du hättest ihn nicht verstanden. Ich will eine junge Dame ja keine Lügnerin nennen, aber du wirst verstehen, dass ich mir Sorgen mache.«

Sie schwieg.

»Ich möchte wissen, was er gesagt hat und was du ihm geantwortet hast. Und auch, warum du behauptet hast, dass du ihn nicht verstanden hättest.«

Sie gingen mehrere Schritte, bevor sie ihm antwortete. »Du traust mir nicht?«

Er schüttelte den Kopf. »Das sage ich nicht. Ich sage nur, dass er in einer fremden Sprache mit dir geredet hat und dass du ihm geantwortet hast. Aber als ich dich darauf angesprochen habe, hast du es geleugnet.« Er zögerte. »Jeder würde sich Gedanken machen. Wir müssen nicht von Vertrauen reden. Es ist eine einfache Frage.«

Sie blieb stehen und ließ seinen Arm los. »Hast du mich hierhergebracht, um mich zu verhören?«, fragte sie anklagend.

»Mein Schätzchen, ich muss es wissen. Sei mir nicht böse. Er ist der Feind des Herrn meines kleinen Herrn.

Du hast ihn gehört. Er hat gesagt, er sei sein schlimmster Feind auf Erden. Deshalb interessiert es mich. Ich bin dem kleinen Herrn in Liebe und Treue verpflichtet, und er ist nun mal dem wortkargen Herrn in seiner blauen Kapuze verpflichtet. Deshalb muss ich dich fragen, was du zu seinem Erzfeind gesagt hast.«

»Du vertraust mir nicht«, gab sie tonlos zurück. »Nach allem, was wir gemeinsam durchgemacht haben.«

»Liebling«, sagte er entschuldigend. »Normalerweise bin ich der vertrauensseligste Mensch der Welt, da kannst du jeden fragen! Ich bin ein Ausbund an Vertrauensseligkeit. Aber hier, unter diesen Umständen, habe ich meine Zweifel. Ich bin von der großen Welle fortgetragen worden, ich bin fast ertrunken, und jetzt bin ich besorgt wegen unseres neuen Bekannten.« Er hob seine große Hand und zählte seine Gründe an den Fingern ab: »Erstens: Ich vertraue dem Ungläubigen nicht. Ich halte ihn für einen überaus herrschsüchtigen und eitlen Gesellen – und ich habe eine tiefe Abneigung gegen herrschsüchtige, eitle Männer, da ich selbst so ein bescheidener und demütiger Mann bin, abgesehen von Momenten großer Heldenhaftigkeit, wenn ich dich daran erinnern darf. Zweitens: Ich vertraue dem Herrn des kleinen Herrn nicht. Ich habe sein Gesicht nie gesehen, aber er scheint Bruder Peter ganz kirre zu machen. Er ist das Ohr des Papstes, mit anderen Worten: Er ist ein bedeutender Mann – und ich habe eine Abneigung gegen bedeutende Männer, da ich selbst so unbedeutend bin, abgesehen von Momenten der Größe, wenn ich dich daran erinnern darf. Er taucht ohne Vorwarnung hier auf, und zwar im feinsten Zwirn und in den besten Stiefeln, die ich je gesehen habe. Das verwirrt mich, weil ich nicht erwarte, einen Kirchenmann in der Kleidung eines Fürsten zu sehen. Drittens: Ich traue deiner Herrin nicht, denn sie ist flatterhaft und leicht aus der Ruhe zu bringen und darüber hinaus eine Frau. Allein deshalb ist sie von Natur aus anfällig für Fehler und Irrtümer, und heute hat sie sich aufgeführt wie ein Wolf im Käfig. Ich weiß nicht, ob es dir aufgefallen ist, aber hat sie überhaupt mit dir geredet? Und viertens: Ich traue mir kaum selbst über den Weg, bei all den Katastrophen und Wundern und hübschen Ungläubigen und launischen Mädchen und gutgekleideten Pfaffen und so vielen anderen Dingen um mich herum, die ich gerade so gut begreife wie ein Pferd – ehrlich gesagt, nicht einmal so gut wie ein Pferd. Deshalb bitte ich dich, nimm es mir nicht übel, dass ich dir nicht vertraue. Du bist nur einer von vielen Menschen, denen ich nicht trauen kann. Du bist Nummer fünf auf meiner Liste der Ängste und Sorgen. Meine Liebe, ich misstraue und fürchte eine Handvoll Dinge. Glaub mir, ich ziehe alles andere in Zweifel, bevor ich dich in Zweifel ziehe.«

Entgegen seiner Hoffnungen ließ sie sich von seiner

Aufzählung nicht beirren. Mit eisigem Gesicht wandte sie sich um und stolzierte ohne ein weiteres Wort zurück zur Herberge. Freize blickte ihr nach und dachte bei sich, dass er nie zuvor eine Frau getroffen hatte, die wie eine gereizte Katze gehen konnte.

Er wusste, dass er sie tief gekränkt hatte. Mit zwei großen Sprüngen setzte er ihr nach und fing sie vor der Tür ab. »Sei mir nicht böse«, flüsterte er ihr sanft ins Ohr. »Nicht, nachdem du so süß zu mir warst, als ich nach der Flut zu dir zurückgekommen bin. Nicht, nachdem du so gütig warst, ein kleines Kätzchen zu retten, und so lieb und zart zu einem großen Tölpel, einem großen närrischen Tölpel wie mir.«

Sie ließ sich nicht erweichen. »Es spielt ohnehin keine Rolle, weil ihr nach Venedig reist«, sagte sie kühl. »Vielleicht will meine Herrin nicht mit euch nach Venedig kommen. Vielleicht reisen wir sofort nach Budapest weiter, und dann kannst du dir jemand anderen für deine Zweifel suchen.«

»O nein«, sagte er schnell und schob seine Hand in ihre, um sie sanft zu sich herumzudrehen. »Natürlich spielt es eine Rolle. Egal, wo wir hingehen. Ihr müsst mit uns nach Venedig kommen. Von dort aus gelangt ihr ebenso gut nach Budapest wie von hier. Und abgesehen davon gibt der Kapuzenmann uns Geld, um in Venedig ein Haus zu kaufen. Das wird ein Spaß. Wir geben uns als wohlhabende Familie aus. Deine Herrin kann leben, wie es ihr gebührt, als Dame in einem schönen Palast und mit schönen Kleidern – wenigstens für ein Weilchen. Wir können alle in heißem Wasser baden – stell dir das mal vor! Du kannst dir schöne Kleider kaufen. Vielleicht machen wir ein Vermögen. Vielleicht gefällt dir Venedig.«

»Es tut nichts zur Sache, was mir gefällt«, entgegnete sie mürrisch. »Es geht immer nur darum, was ihr gefällt.«

»Ich weiß. Aber ihr werdet euch wieder vertragen«, versicherte er.

»Was meinst du?«

»Ihr werdet euren Streit beilegen.«

»Wir haben nicht gestritten. Wofür hältst du uns? Wir sind keine dummen Puten, die sich die Federn ausreißen. Wir haben noch nie im Leben gestritten. Du verstehst gar nichts. Du weißt überhaupt nichts von mir.«

»Er ist ein hübscher Junge«, sagte Freize sanft und ohne sich anmerken zu lassen, wie sehr ihn ihre Empörung belustigte. »Es ist nicht verwunderlich, dass er für ein bisschen Zank im Katzenkorb sorgt. Kein Wunder, dass sich die Kätzchen wegen ihm kratzen.«

Er hätte fast laut gelacht, als er sah, wie sie das Kinn hob und der Zorn in ihren dunklen Augen aufloderte. Bewundernd nahm er zur Kenntnis, wie sie sich wieder unter Kontrolle brachte und die Wahrheit seiner Worte anerkannte.

»Wir haben uns nie zuvor gestritten«, erklärte sie leise.

»Ihr wart auch noch nie mit einem hübschen jungen Mann zusammen«, gab er zurück. »Ihr hattet keinen Anlass.«

Sie lachte. »Aus deinem Mund klingt es so … gewöhnlich.«

»Kleine wütende Hennen im Hühnerhaus«, erwiderte er väterlich. »Sehr, sehr gewöhnlich. Aber wenigstens hast du mich, zu dem du zurückkommen kannst.«

»Wann sollte ich zu dir zurückkommen?«

»Wenn er sie dir vorzieht. Wenn er seine Wahl trifft, und sie nicht auf dich fällt. Wenn du ganz tief am Boden bist und dein Herz wieder zusammenflicken musst.«

Erneut sah er ihre Wut aufflammen. Aber sie brachte ein Lachen zuwege. »Ach, du hast ihr doch auch schon deine Treue geschworen. Ich bin keine Närrin, ich weiß, dass alle sie mir vorziehen. Das werden sie immer tun.«

»Glaub das nicht«, sagte er und schob ihre Hand wieder unter seinen Arm. »Ich bewundere sie aus der Ferne. Ich habe ihr versprochen, ihr treuer Ritter zu sein. Ich habe ihr meine Treue angeboten. Aber du …«

Sie antwortete mit gespielter Entrüstung: »Ich? Mich bewunderst du nicht aus der Ferne?«

»O nein. Dich würde ich hinter die Heuballen ziehen, deinen Rock hochheben und sehen, wie weit ich komme!«

Er duckte sich, bevor sie ihm eine Ohrfeige verpassen konnte, und ließ sie lachend los, als sie in die Herberge traten.

Sie lachte auch. Dann stieg sie die Treppe zur Dachkammer hoch, um Isobel zu sagen, dass sie gemeinsam nach Venedig reisen würden und noch ein Weilchen bei den jungen Männern bleiben konnten, ganz gleich, wer in wen verliebt war, wer erwählt wurde und was auch immer geschah.

Der Nachthimmel lag schwarz über der Stadt. Luca und sein Herr sprachen leise über die Ursache der Welle, über die Lehren der Alten und über die Anzeichen für das Ende der Tage. Dann ließ Luca seinen Herrn allein, damit er beten und sich in seinem Gemach schlafen legen konnte.

In der Küche war das Feuer gelöscht worden. Freize saß auf einem Holzstuhl davor und döste, die Stiefel auf der Kaminumrandung. Er fuhr auf, als er hörte, dass die Tür des Speisezimmers zufiel. »Ich bin aufgeblieben, um dich ins Bett zu bringen«, sagte er, rieb sich die Augen und gähnte.

»Ich denke, das schaffe ich allein«, entgegnete Luca. »Du musst mich nicht zudecken.«

»Ich weiß«, sagte Freize. »Aber es tut so gut, dass wir wieder beisammen sind. Ich wollte dir gute Nacht sagen.«

»Wo schläfst du?«, fragte Luca. »Unsere Kammer ist voll. Und der Herr will sein Zimmer nicht teilen.«

»Die Wirtin hat gesagt, dass ich hier unten schlafen kann«, sagte Freize und zeigte auf den Strohsack neben dem Herd, wo das Kätzchen sich schon zusammengerollt hatte. »Ich werde es wärmer haben als ihr alle.«

»Gute Nacht.« Luca breitete die Arme aus, und die jungen Männer umarmten sich. »Ach Gott, Freize, es tut so gut, dich wieder bei mir zu haben.«

»Ich kann dir nicht sagen, wie viel es mir bedeutet, wieder auf trockenem Boden zu sein und zu wissen, dass es dir und den Mädchen gutgeht«, sagte Freize. »Ich habe mich sogar gefreut, den alten Sauertopf zu sehen.«

Luca ging leise die Treppe hoch, die Tür knarzte, dann folgte Stille. Freize schüttelte seine Stiefel ab, lockerte den Gürtel, schob behutsam das Kätzchen beiseite und streckte sich auf dem Strohsack aus. Er verschränkte die Hände hinterm Kopf und schloss die Augen.

Im Halbschlaf hörte er, wie Lucas Herr leise zu seinem Schlafzimmer hinaufstieg und mit einem leisen Klicken die Tür verriegelte. Das Kätzchen legte sich auf Freizes Schulter, und Freize fiel in tiefen Schlummer.

Er glitt durch sanfte Träume, als ihn plötzlich ein leises Geräusch aus dem Schlaf riss. Es war ein Rascheln, ähnlich wie das Geräusch einer sich windenden Schlange, das Flüstern eines Kleides. Er öffnete die Augen, doch eine

Vorahnung warnte ihn, sich ruhig zu verhalten. Durch die offen stehende Küchentür konnte er den dunklen Flur sehen und dahinter die ebenfalls offen stehende Tür der Herberge. Er rührte sich nicht und beobachtete die beiden dunklen Silhouetten vor dem sternenerleuchteten Himmel. Der eine Umriss gehörte zu einer Frau. Er konnte ihre schmalen Schultern und bloßen Füße sehen und den silbernen Ring an einem ihrer Zehen. Die andere Gestalt war ein Mann in dunklem Umhang und Kapuze. Freize erkannte Lucas Anführer, den Bruder Peter nur den hohen Herrn nannte und der darauf bestanden hatte, allein zu schlafen.

Es war Ishraq, die bei ihm stand, und es war ihr Flüstern und das Rascheln ihres Unterrocks gewesen, das Freize geweckt hatte. Sie stand im Türrahmen, die Hand auf den Arm des Herrn gelegt. Freize sah, dass er ihr sein verhülltes Gesicht zuwandte, aber er konnte seine Antwort nicht hören.

Was auch immer er sagte, was auch immer er so leise murmelte, dass Freizes gespitzte Ohren es nicht hören konnten, es stellte das Mädchen zufrieden, denn sie gab seinen Arm frei und ließ ihn gehen. Er trat auf die Uferstraße. Freize bemerkte, dass er den Gang eines Tänzers hatte. Seine Stiefel gaben keinen Laut von sich, und still wie eine Katze glitt er in die Dunkelheit. Das Mädchen blieb noch einen Augenblick stehen und sah ihm nach, doch er huschte von Schatten zu Schatten und schien in der nächsten Sekunde wie durch Zauberei verschwunden zu sein.

Vorsichtig schloss sie die Tür, wobei sie den Finger unter den Riegel schob, um nicht das geringste Geräusch zu verursachen. Sie drehte sich zur Küche. Freize kniff die Lider zusammen, in der Hoffnung, dass sie nicht den Schimmer seiner Augen am verglimmenden Feuer gesehen hatte, und seufzte behaglich wie im Tiefschlaf. Er spürte, dass sie ihn ansah. Da kein Laut zu hören war, wusste er, dass sie ganz still stand und ihn beobachtete. Trotz ihrer Anziehungskraft, trotz seiner Zuneigung zu ihr überlief ihn ein Schaudern bei der Vorstellung, dass ihre schwarzen Augen ihn in der Dunkelheit anblickten, während ihr Gefährte, ihr Komplize, leise am Kai herumschlich – wer weiß, auf welcher Mission?

Dann hörte er die unterste Treppenstufe knarzen, ein leises Geräusch, kaum mehr als das Seufzen eines alten Hauses, das nach der Flut seine feuchten Wände trocknet. Kurz darauf verriet ihm ein hauchzarter Luftzug, dass sie die Tür zu ihrer Kammer geöffnet und wieder geschlossen hatte.

Freize wartete einige Augenblicke lang. Er lauschte in die Stille, wohl wissend, dass sie beide, die junge Frau und der finstere Herr, sich leise wie Gespenster bewegen konnten. Was der Kapuzenmann vorhatte, warum er mit

Ishraq sprach, von der er behauptet hatte, sie nie gesehen zu haben, und warum er in der Dunkelheit auf den Kai schlich, konnte er sich nicht einmal ansatzweise erklären. Ebenso wenig konnte er sich einen Reim darauf machen, warum Ishraq seine stille Pförtnerin gespielt hatte. Er lag ganz still und drehte und wendete die Fragen und Zweifel in seinen Gedanken, dann setzte er sich auf seinem Strohsack auf und zog die Stiefel an, falls etwas Unvorhergesehenes eintreten sollte. Den Rest der Nacht verbrachte er dösend auf dem Stuhl am Feuer. Er hielt Wache – wogegen, wusste er nicht. Irgendwann, kurz vor dem Morgengrauen, kam ihm der Gedanke, dass er Wache gegen die Angst selbst hielt und dass er sie schon durchs Schlüsselloch röcheln hörte.

Bei Sonnenaufgang erwachte die Herberge zum Leben. Der Bursche, der im Stall geschlafen hatte, brachte Feuerholz in die Küche, und die Wirtin kam gähnend aus ihrer Kammer, um Brot zu backen, dessen Teig die ganze Nacht lang einen starken Hefeduft verströmt hatte. Der Wirt rannte die Treppen hinauf und wieder herunter, um den Gästen Krüge voll heißen Wassers zu bringen, damit sie sich waschen konnten, bevor sie den Hügel hinauf zur Prim in die Kirche stapften. Die Glocke begann gerade zu läuten, als Freize durch einen Schrei vom mittleren Treppenabsatz aufgeschreckt wurde.

Im Nu war er aus der Küche und sprang, zwei Stufen auf einmal nehmend, die Treppe hinauf zu der Tür von Lucas Herrn. Im selben Augenblick kam Luca die Treppe von der Dachkammer heruntergestolpert. Die Tür war geöffnet, und dahinter stand der Herr. Als Luca und Freize auf ihn zustürzten, wandte er das Gesicht ab und zog die Kapuze in die Stirn, um es vor ihnen zu verbergen. Er streckte zitternd die Hand aus.

»Radu Bey«, sagte Luca, der die Fahne in der Hand seines Herrn sofort erkannt hatte. Das kreisrunde Stück

Stoff zeigte, üppig bestickt in Gold, Türkis, Grün und Indigo, das Bild eines Pfauenauges. Es war die Fahne, die Radu Bey lachend auf seiner Galeere geschwenkt hatte, während Lucas Herr machtlos am Ufer gestanden hatte.

»Wie?«, stammelte Luca. »Was hat das zu bedeuten? Woher habt Ihr das?«

»Es lag auf meinem Herzen, als ich erwacht bin. Auf meinem Herzen! Es war mit einer goldenen Nadel an meinem Hemd befestigt. Er hat einen Mörder geschickt, um mir im Schlaf seine Fahne anzuheften. Das ist eine Warnung. Eine Botschaft von Radu Bey, die mir sagt, dass er mich in der Hand hat. Er hätte mir ebenso gut einen Dolch durchs Herz jagen können.«

Der Herr warf Luca das schimmernde Stück Stoff zu. »Nimm du es«, sagte er. »Ich kann es nicht anrühren. Es ist, als hätte er eine Zielscheibe auf mein Herz gemalt.«

»Warum sollte er das tun?«

»Um mich zu warnen. Um damit zu prahlen, dass er mich hätte töten können. So arbeiten sie. Das ist ihre Art. Erst kommen sie, um zu warnen, und das nächste Mal kommen sie, um zu töten.«

»Wer?«, fragte Freize. »Wer kommt?«

»Die Assassinen«, sagte der Herr knapp. »Er hat mir einen Assassinen geschickt.«

»Ein Assassine?«, fragte Bruder Peter von der Treppe her. »Ein Assassine war in der Herberge?«

Isobel und Ishraq waren durch den Lärm beunruhigt aus ihrer Kammer gekommen und standen am oberen Treppenabsatz, die Umhänge über den Nachthemden. »Was geht hier vor?«, fragte Isobel und kam die Treppe herunter.

Luca drehte sich zu ihr um. »Letzte Nacht ist jemand in die Herberge eingedrungen und hat dem Herrn eine Nachricht hinterlassen. Eine Drohung.«

Freize beobachtete Ishraq, die oberhalb von ihnen auf der Treppe stand. Sie war ganz ruhig, ihr Gesicht undurchdringlich. Sie sah den Herrn an.

»Wie ist er ins Haus gekommen?«, fragte Isobel.

Langsam, als hätte sie seinen Blick gespürt, wandte sich Ishraq Freize zu und sah ihn direkt an. Ihre dunklen Augen zeigten keine Regung.

»Sie können an Wänden hochklettern wie Katzen. Sie können über Dachfirste laufen«, sagte der Herr, noch immer um Fassung ringend. »Sie trainieren jahrelang, geräuschlos in verschlossene Räume einzudringen, ohne Vorwarnung zu töten und wieder zu verschwinden. Sie sind geübte Mörder, sie suchen sich ihr Opfer und verfolgen es, bis es tot ist.« Seine Stimme erstarb. »Das sollte eine Warnung an mich sein.«

»Ist er durchs Fenster gekommen?« Luca schritt durch den Raum und schwang die Fensterläden auf. Sie knarrten laut. »Nein. Das hättet Ihr gehört.«

»Die Haustür ist nie abgeschlossen«, sagte Freize. »Vielleicht ist er einfach hereinspaziert.« Ishraqs Blick lag ruhig auf seinem Gesicht. »Und wieder hinaus.«

Sie hob die Augenbrauen kaum merklich und wandte den Blick ab.

»Was bedeutet das?«, fragte Luca seinen Herrn. »Warum hat er das getan?«

»Es bedeutet, dass ich dem Tod geweiht bin«, sagte er. Er atmete hörbar aus und lachte zittrig. »Ich bin ein toter Mann.« Unter seiner Kapuze konnten sie sein bitteres Lächeln sehen. »Er hat den Assassinen befohlen, mich zu töten. Sie werden Mann um Mann schicken, bis ich tot bin oder der Befehl zurückgenommen wird.«

»Was sind Assassinen?«, fragte Isobel und nahm die letzte Treppenstufe, gefolgt von Ishraq. »Wer sind sie?«

»Sie gehören einem Orden an«, erwiderte Bruder Peter. »Oder besser gesagt, einem Geheimbund. Sie nehmen begabte Jungen auf und fangen sehr früh an, sie in den Künsten der Kriegsführung auszubilden: der Kunst der Spionage und den dunklen Künsten der Täuschung und Waffenführung. Man kann sie in Dienst nehmen: Man nennt ihnen eine Person und entlohnt sie, und sie schicken einen Assassinen nach dem anderen, bis sie ihre Mission erfüllt haben und ihr Opfer tot ist.«

»Warum hat er Euch dann nicht getötet?«, fragte Ishraq unverblümt.

»Sie haben das Gleiche mit Saladin getan«, erklärte Bruder Peter. »Sie haben ihm, während er voll bewacht in seinem Zelt schlief, eine Zielscheibe aufs Herz gelegt, um ihn zu warnen, dass er ein toter Mann sein werde, wenn er so weitermache.«

»Und dann?«

»Hat er den Rückzug angetreten«, erwiderte Bruder Peter knapp.

»Die Ungläubigen haben Saladin bedroht?«, fragte Luca verwirrt. »Einen der ihren?«

»Sie erweisen ihrem Orden vor allem anderen die Ehre«, erwiderte sein Herr. »Sie töten jede Person, die man ihnen nennt, egal welchen Glaubens und welcher Herkunft. Sie dienen sich selbst, keiner Religion oder Nation.«

»Aber warum sollte der Sklavenfänger Euch töten wollen?«, fragte Isobel verwirrt.

Er sprach zum ersten Mal direkt zu ihr. »Er ist kein Sklavenfänger«, erwiderte er. »Er ist der größte Mann im Osmanischen Reich. Er ist der Befehlshaber über alle Heere, er ist der Anführer der Janitscharen, der Elitekampftruppe. Er ist die rechte Hand des Sultans Mehmet, der gerade einen triumphalen Einzug in Konstantinopel gehalten hat, sie haben sich ewige Treue geschworen. Er steht für alles, was ich bekämpfe – den Sieg des Osmanischen Reichs über das Christentum, die Eroberung Europas durch die Araber, den Aufstieg des Schreckens und das Ende der Welt. Das ist der Mann, der euch um Hilfe gebeten hat, und ihr habt ihn ziehen lassen. Jetzt hat er mich gewarnt, dass ich kein solches Glück haben werde, wenn ich ihm in die Hände falle. Er verhöhnt mich. Für ihn ist es ein Spiel. Ein Spiel bis zum Tod. Er weiß, dass ich euch befohlen habe, ihn zu töten. Auf diese Weise lässt er mich wissen, dass er auch meinen Tod befohlen hat.«

Banges Schweigen breitete sich aus.

»Was werdet Ihr tun, mein Herr?«, fragte Luca leise.

Der Mann zuckte die Schultern und fasste sich. »Ich gehe jetzt zur Prim«, erklärte er. »Dann werde ich frühstücken, mit dir und Bruder Peter reden und abreisen. Ich werde meinen Kampf fortsetzen. Den Kampf für Christus.«

»Werdet Ihr Euch verteidigen?«

»Wenn ich es kann. Solange ich es kann. Aber diese Botschaft sagt mir, dass ich sterben werde. Ich werde mein Werk nicht abbrechen. Ich habe den Eid geschworen, den Orden der Finsternis anzuführen, die Wächter gegen die Angst, und ich werde niemals aufgeben.«

Luca zögerte. »Sollten wir nicht mit Euch kommen? Sollten wir Euch nicht schützen? Ihr müsst ständig jemanden bei Euch haben.«

Seine Stimme war rau. »Es ist ein Kampf bis in den

Tod«, sagte er. »Bis in meinen Tod oder seinen. Doch weder mein noch sein Tod ist so wichtig wie deine Mission. Wenn ich sterbe, wird ein neuer Herr meinen Platz einnehmen. Für dich wird es immer noch genug Arbeit geben. Ihr reist nach Venedig, wie besprochen, und erforscht die Anzeichen für das Ende der Tage. Ich werde mich schützen, so gut ich kann.«

Er blickte auf die Pfauenfeder in Lucas Hand. »Schaff mir das aus den Augen«, befahl er. »Ich kann den Anblick nicht ertragen.«

Wortlos streckte Ishraq die Hand aus und nahm ihm das Banner ab. Freize beobachtete, wie sie es in der Tasche ihres Umhangs verbarg.

Die Männer und Isobel gingen zur Kirche. Freize blickte ihnen von der Tür aus nach, während Ishraq in die Dachkammer hinaufsteigen wollte, um ihre Habseligkeiten zu packen.

»Ich nehme an, du hast heute Nacht nichts gehört?«, fragte Freize ruhig.

Sie drehte sich um und log ihm direkt ins Gesicht. »Nein. Ich habe fest geschlafen.«

»Er muss die Treppe hochgekommen sein und auf dem Absatz unter eurer Kammer gestanden haben.«

»Ja. Aber er muss auch an der Küchentür vorbeigekommen sein. Hast du nichts gehört?«

»Nein. Stell dir vor, wie entsetzlich es wäre, wenn er den dunklen Herrn getötet hätte. Er ist der Führer meines Herrn. Es ist meine Pflicht, ihn zu verteidigen. Und es ist Lucas Pflicht, ihn zu beschützen.«

»Aber wer auch immer es war, er hat ihn nicht getötet«, erklärte sie nachdrücklich. »Er hatte niemals vor, ihn zu töten. Er hatte eine Botschaft für ihn, er hat sie ihm hinterlassen und ist wieder verschwunden. Es ist Lucas Herr, der von Mord spricht und Todesdrohungen ausstößt. Alles, was ich gesehen habe, ist das Abzeichen einer Flagge.«

»Es war eine Botschaft von unserem Feind«, gab Freize zurück. »Nicht eine Einladung zum Tee. Eine Todesdrohung von unserem Feind.«

»Von *eurem* Feind«, sagte sie. »Dem Feind von Lucas Herrn. Aber ich kann nicht behaupten, dass mir Lucas Herr sehr sympathisch wäre. Jedenfalls ist er nicht mein Herr. Ich weiß nicht, ob sein Feind auch mein Feind ist. Ich weiß nicht einmal, ob er Luca ein guter Führer ist. Vielleicht solltest du das bedenken, bevor du mich fragst, wie ich geschlafen habe?«

Nach der Prim frühstückte die kleine Gesellschaft in der Küche, während Lucas Herr allein im Speisezimmer aß. Als sie das Mahl beendet hatten, stiegen die Mädchen in die Dachkammer, um sich für die Reise fertig zu machen.

»Was wirst du damit tun?«, fragte Isobel, die sah, dass Ishraq das reichbestickte Pfauenauge zuunterst in ihr Bündel schnürte.

»Es aufheben. Ich weiß es nicht«, sagte sie.

»Lucas Herr hatte entsetzliche Angst«, stellte Isobel fest. »Er konnte es kaum ansehen.«

»Ich weiß.«

»Vielleicht solltest du es verbrennen.«

»Vielleicht.« Ishraq zögerte. »Aber ich verstehe nicht, warum Lucas Herr so eine Angst hatte. Er wurde nicht einmal verletzt.«

»Wenn es wirklich ein Assassine war, der ihm das Zeichen auf die Brust gesteckt hat …«

»Es war kein Assassine«, sagte sie. »Es war Radu Bey selbst. Lucas Herr muss ihn heimlich in sein Zimmer gelassen haben. Ich habe Radu herauskommen sehen. Ich habe ihn aus der Tür gelassen.«

»Warum hast du das nicht gesagt?«, fragte Isobel.

»Weil Lucas Herr sich offenbar heimlich mit ihm getroffen und dann diese Geschichte mit dem Assassinen erfunden hat. Ich wusste nicht, was es zu bedeuten hat. Jetzt zweifle ich an Lucas Herrn.«

»Er ist vom Papst ernannt«, erinnerte Isobel sie.

»Das macht ihn nicht zu einem guten Mann«, erwiderte Ishraq. »Viele Männer, die nur Leid und Zerstörung verursachen, sind vom Papst ernannt. Und da ist mehr zwischen ihm und Radu Bey, als wir wissen. Bevor er gegangen ist, hat Radu Bey mich gewarnt.«

»Wovor?«

»Er fragte mich, ob ich das Gesicht des Herrn gesehen hätte, und ich sagte, dass er eine Kapuze trägt und sein Antlitz verhüllt. Er lachte und erwiderte, dass ein Mann Gottes nicht in der Dunkelheit arbeitet. Er sagte, wenn ich sein Gesicht sehe, würde ich mehr verstehen. Er sagte …« Sie verstummte.

»Was?«, fragte Isobel und senkte die Stimme, als fürchte sie, Lucas Herr könnte sie durch die Wände hören.

»Er sagte, ich dürfe ihm nie zu nahe kommen.«

»Warum?«

Ishraq schüttelte den Kopf. »Das hat er nicht gesagt. Er sagte nur, ich dürfe nicht zulassen, dass er mich berührt. Ich dürfe nicht zulassen …« Sie zögerte. »Dass er mich küsst.«

»Er hat das Gelübde eines heiligen Ordens abgelegt!«, wandte Isobel ein.

»Ich weiß. Aber er hat es nicht deshalb gesagt, weil es eine Sünde wäre«, versuchte Ishraq zu erklären. »Es klang mehr, als ob es … gefährlich wäre. Als ob eine Berührung von ihm … gefährlich wäre.«

Beklommenes Schweigen breitete sich aus. Dann schüttelte Isobel den Kopf. »Wir können niemandem trauen«, flüsterte sie.

»Wir können Luca vertrauen, und Freize«, entgegnete Ishraq. »Bei ihnen sind wir in Sicherheit. Und ich weiß, dass Bruder Peter ein guter Mensch ist. Aber ich traue weder Lucas Herrn noch seinem Orden.«

»Wir können einander vertrauen«, sagte Isobel zaghaft. Sie streckte die Hände nach ihrer Freundin aus, und Ishraq trat in ihre Umarmung. Einen Augenblick lang standen sie eng umschlungen da. Dann wich Ishraq einen Schritt zurück. »Wir können einander vertrauen«, bestätigte sie. »Und das müssen wir auch. Denn ich glaube, dass wir in dieser gefährlichen Welt auf uns gestellt sind.«

Nachdem er sein Frühstück eingenommen hatte, kam der Herr in die Küche. Er überreichte Bruder Peter einen Stoß versiegelter Anweisungen und einen schweren Beutel Münzen. »Und hier ist ein Brief an die jüdischen Geldverleiher in Venedig«, erklärte er. »Es soll euch bei der Suche nach dem Falschmünzer an nichts fehlen.« Bruder Peter verstaute die versiegelten Anweisungen in seinem Wams. Freize verdrehte die Augen.

»Wirst du das Geld für mich aufbewahren, Freize?«, fragte Bruder Peter.

»Wenn du willst, trage ich auch die Anweisungen«, erwiderte Freize grinsend.

»Nein. Ich glaube, bei mir sind sie besser aufgehoben.

Ich öffne sie erst, wenn es an der Zeit ist, und nicht schon vorher. Aber es würde mich erleichtern, wenn du auf das Geld achtgibst.«

Freize nickte. Insgeheim war er stolz, mit einer wichtigen Aufgabe betraut worden zu sein. Als Bruder Peter ihm den schweren Goldbeutel reichte, wandte der Herr sich an Luca. »Ich möchte unter vier Augen mit dir reden, bevor ich abreise«, sagte er und führte ihn ins Speisezimmer.

Der Stallbursche schürte gerade das Feuer. Als die beiden Männer eintraten, verbeugte er sich geflissentlich und eilte hinaus. Luca schloss die Tür, und der Herr nahm mit dem Rücken zum Feuer am Tisch Platz und deutete auf den gegenüberliegenden Stuhl. »Setz dich«, sagte er.

Luca gehorchte und wartete.

»Du hast viel gesehen«, sagte der Mann. »Du hast drei Ermittlungen abgeschlossen und einen Eindruck von den Rätseln und Schrecken in diesen gefährlichen Zeiten bekommen. Und du hast hingesehen, ohne mit der Wimper zu zucken.«

»Ich habe gezuckt, als ich die Welle gesehen habe«, entgegnete Luca. »Ich hatte entsetzliche Angst.«

»Angst ist nichts Schlechtes. Die Angst vor Dingen, die man fürchten sollte, wird dich am Leben halten. Ich hatte Angst, als ich Radu Beys Abzeichen auf meinem Herzen entdeckt habe. Es gibt Dinge auf dieser Welt, die man fürchten sollte. Was ich in meinem Orden nicht dulden kann, ist Angst vor Dingen, die noch nicht geschehen sind, Angst vor Dingen, die geschehen könnten und Angst vor Dingen, die wahrscheinlich nie geschehen werden. An solchen Ängsten leidest du nicht?«

»Ich habe keine Angst vor Schatten an der Wand«, antwortete Luca.

Die dunklen Augen unter der Kapuze musterten ihn scharf. »Was weißt du über Schatten an der Wand?«

»Radu Bey, der Ungläubige, hat gesagt …«

»Oh, er ist in der Tat belesen«, entgegnete der Herr bissig. »Ich bin sicher, er könnte uns allen etwas beibringen. Er ist von großen Meistern unterrichtet worden. Er hat seine Seele aufgegeben, sein unsterbliches Leben, um die Geheimnisse der Welt zu ergründen. Sieh dir nur seine Verbündeten an! Er arbeitet mit einem Geheimbund voller Verbrecher. Macht ihn das nicht selbst zu einem?«

Luca schwieg, während sein Herr sich sammelte.

»Wie dem auch sei. Er spielt im Augenblick keine Rolle für uns. Ich beobachte dich, Luca Vero, und was ich sehe, macht mir Mut.«

Luca senkte den Kopf. Das Lob erfüllte ihn mit törichtem Stolz.

»Gehorchst du meinen Befehlen? Achtest du die Regeln des Ordens?«

»Das tue ich.«

»Glaubst du an die Arbeit, zu der wir uns verpflichtet haben, und wirst du fortfahren, sie zu verrichten?«

Luca nickte.

Der Herr zog ein Kästchen aus Rosenholz, das auf dem Tisch stand, zu sich heran. »Entblöße deinen Arm. Ich werde dir das erste Zeichen des Ordens verleihen. Nach und nach werde ich das Zeichen vervollständigen, bis das Siegel komplett ist und du ein volles Mitglied des Ordens bist. Du wirst mich beim Namen nennen und mein Gesicht sehen dürfen, und du wirst mit anderen Rittern des Ordens zusammenarbeiten.«

Luca zauderte. Er fühlte ein seltsames Unbehagen bei dem Gedanken, das Zeichen auf seinem Arm zu tragen.

»Du willst nicht? Du zögerst vor dieser Ehre?«

»Ist es ... wie das Gelübde eines Priesters? Ich bin nicht sicher, ob ich dazu bereit bin.«

Der Herr lächelte. »Nein. Nicht wirklich. Ist es das, was dich zögern lässt?« Er lachte leise in sich hinein. »Du bist ein junger Mann, fürwahr! Nein, in unserem Orden legst du kein Armutsgelübde ab – ich schicke dich als reichen Fürsten nach Venedig. Du legst auch kein Keuschheitsgelübde ab – was du hinter verschlossenen Türen treibst, geht nur dich und deinen Beichtvater etwas an. Ich kümmere mich nicht um Laster und Sünden, solange sie deine Arbeit nicht beeinträchtigen.«

Luca blinzelte.

»Vergiss nicht, dass du dein Noviziat noch nicht beendet hast. Du bist nicht durch das Priestergelübde gebunden. Du kannst es auch später noch ablegen.«

»Ich war mir nicht sicher …«

»Mein Orden verlangt Gehorsam. Du musst mir und meinen Befehlen gehorchen und deine Mission verfolgen, die Grenzen des Christentums vor dem Teufel, den Heiden und den Ketzern zu schützen. Du bist ein Ermittler und ein Diener des Ordens. Wie du die Gebote Gottes achtest, bleibt zwischen dir, deinem Beichtvater und Gott. Unterwirfst du dich dem Orden?«

»Ja, Herr.« Luca senkte den Kopf.

Der Anflug eines Lächelns überzog das Gesicht des verhüllten Mannes. Dann trat er an das frisch entfachte Feuer und hielt eine Wachskerze an die Flamme. Er zündete alle Kerzen im Raum an und trug sie an den Tisch, so dass Luca wie von hellem Tageslicht erleuchtet wurde. In dem Rosenholzkästchen verwahrte er zahlreiche feine bronzene Nadeln und Messer und einen kleinen Topf mit einer Flüssigkeit, die wie schwarze Tinte aussah.

»Entblöße deinen Arm«, sagte er leise.

Luca rollte den Ärmel seines Hemds hoch und streckte den Arm aus.

Der Herr nahm eine scharfe Nadel aus dem Kästchen. »Ob du deinen Vater wiederfindest oder nicht, dieser Orden ist deine Familie«, sagte er leise. »Ob du mit dem Ungläubigen sprichst oder nicht, du hast keinen anderen Herrn als mich. Ob du mit dem Mädchen reist oder nicht, dein Herz gehört der Kartierung der Angst und der Erforschung des Endes der Tage. Was du auf deiner Reise auch siehst, mein Befehl an dich lautet, in den Schlund der Hölle zu blicken und mir zu berichten, wie breit er ist. Wirst du das tun?«

Er drückte die Nadelspitze auf der Innenseite von Lucas Unterarm in die Haut, zwischen Ellenbeuge und Handgelenk. Luca zuckte zusammen, als er den scharfen Schnitt fühlte und das dunkle Blut sah.

»Das werde ich«, keuchte er. Er ballte die Faust gegen den brennenden Schmerz und sah zu, wie die zierliche Nadel in sein Fleisch schnitt und auf der hellen Haut ein unauslöschliches Zeichen hinterließ.

Der Schmerz wurde stärker, je mehr die Schnitte Form annahmen. Es war der Schwanz eines Drachens, fein gezeichnet auf weicher Haut. Das war alles: das erste Zeichen des Ordens, der schuppige Schwanz des Drachens, leuchtend rot von Lucas Blut.

Luca betrachtete die filigrane, purpurne Zeichnung. Dann senkte der Herr seinen verhüllten Kopf auf Lucas Wunde. Luca schnappte überrascht nach Luft, als der weiche Mund sich auf sein Fleisch legte. Er fühlte das Kitzeln der Bartstoppeln, erregend wie ein Kuss auf der empfindlichen Haut. Er fühlte die Zähne des Mannes an seinem Arm, die Berührung seiner warmen Zunge auf der wunden Haut. Er fühlte, wie der Mann sein Blut aus den kleinen Wunden sog, und er spürte die kühle Feuchtigkeit seines Speichels, als er den Kopf hob. Er zog die Kapuze tiefer in das Gesicht, so dass Luca nur einen Blick auf seinen blutverschmierten Mund und das Schimmern seiner schwarzen Augen erhaschte.

Wortlos drehte der Herr den Kopf, ergriff einen zierlichen Pinsel, tauchte ihn in das Tintenfass und fuhr mit größter Genauigkeit über die Linien, die er geschnitten, über die Wunden, die er ausgesaugt hatte. Dann nahm er ein Leintuch aus dem Kästchen und drückte es auf die roten Flecke, die jetzt von der schwarzen Tinte verdunkelt waren. Er hob den Kopf und blickte Luca an. Lucas Augen glühten dunkel in seinem blassen Gesicht, sein Atem ging schnell und flach. Sie saßen sich schweigend gegenüber, als ob etwas Sonderbares und Mächtiges zwischen ihnen geschehen wäre.

»Nun«, sagte der Herr leise, »habe ich dich gezeichnet. Ich habe dein Blut geschmeckt. Bald schon gehörst du dem Orden. Bald schon gehörst du mir.«

Nachwort der Autorin

Ich denke, jeder Leser kann spüren, welche Freude mir die Arbeit an diesem Buch bereitet hat. Ich habe es sehr genossen, mir vor dem historischen Hintergrund die Figuren einer fiktiven Geschichte auszudenken. Luca, Freize, Isolde und Ishraq entwickeln sich wie von selbst zu den Menschen, die sie später in der Serie sein werden. In diesem Band lernen wir Freizes Mut und seinen Sinn für Humor besser kennen, und wir erleben Lucas widersprüchliche Gefühle für seine Kindheit, seine Berufung und für die beiden jungen Frauen.

Diese zwei reifen zu differenzierten Individuen heran, und ich bin sehr neugierig, wohin Ishraqs kritischer Geist und ihre Herkunft sie führen werden und wie Isoldes Überzeugungen einer privilegierten Adligen durch die Bedrohungen und Gefahren der harten Welt auf die Probe gestellt werden. Der Konflikt der beiden jungen Frauen, ob es besser ist, frei zu sein oder sein Verhalten den Konventionen anzupassen, ist eine Frage, die im Mittelalter genauso diskutiert wurde wie von allen nachfolgenden Generationen. Die Debatte darüber, wie Frauen sich zu verhalten haben, hält bis heute an.

Dieser Band führt auch weitere Figuren ein, die in

den folgenden Bänden eine wichtige Rolle spielen werden. Lucas finsterer Herr tritt noch geheimnisvoller in Erscheinung als im letzten Band, aber wir erfahren auch zum ersten Mal, welchen Preis er für seinen Kampf gegen das Osmanische Reich zahlen muss. Später werden wir mehr über seine Geschichte erfahren und den tiefen Hass verstehen, der ihn erbarmungslos gegen seinen Feind vorgehen lässt. Auch sein Erzfeind und Gegenspieler, der glanzvolle und faszinierende Radu Bey, der Luca und Ishraq mit seiner Bildung und seinem guten Aussehen blendet, wird uns in den folgenden Bänden wiederbegegnen.

Die Legende eines Kinderkreuzzuges hat sich durch das ganze Mittelalter hindurch gehalten und wurzelt in den vielen kurzlebigen Zusammenschlüssen junger Menschen und armer Arbeiter, die nur als »Jungen« oder »Mädchen« bekannt waren, unabhängig von ihrem Alter. Es gab zahlreiche kleinere Aufstände der Armen und Machtlosen, die sich zusammentaten und in die nächstgelegene Stadt einmarschierten, wo sie ein Elendsviertel angriffen oder eine Kirche belagerten. In der Regel wurden diese Zusammenschlüsse schnell wieder aufgelöst oder mit einer kleinen Abfindung abgespeist. Historiker nehmen nicht an, dass es einen echten Kinderkreuzzug ins Heilige Land gab, aber die Legenden einer solchen Pilgerfahrt halten sich hartnäckig, und einige Menschen glauben weiterhin, dass es mindestens zwei solcher ernstzunehmenden Versuche von Kindern und Jugendlichen gab – auf diese Quellen beziehe ich mich.

Die Flutwelle, die die Kinder ertränkt hat, ist ebenfalls fiktiv, aber es gab tatsächlich ein gewaltiges Erdbeben, wie Pater Benito berichtet, das im Jahr 1348 die Region Friaul im Nordosten Italiens traf; erst vor wenigen Jahren ist es dort zu einem erneuten Erdbeben gekommen. Die Gelehrten der damaligen Zeit wussten nicht, dass ein Erdbeben eine Flutwelle verursachen kann, aber sie glaubten, dass es die Pest verursachen könne: Das Erdbeben von 1348 setzte faulige Gase frei und rief tatsächlich eine schreckliche Epidemie hervor, wie Pater Benito Luca berichtet.

Die Menschen glaubten auch wirklich an die Existenz von Sturmbringern, die Unwetter heraufbeschwören konnten. Sie stellten sich vor, dass sie zu abgelegenen Seen und Weihern gingen und mit Wasser spritzten, um einen Sturm zu erzeugen. Wir, die wir heute weltweit Zugriff auf wissenschaftliche Forschungsergebnisse haben, staunen über solchen Aberglauben, aber für Menschen, deren Leben nahezu immer von unverständlichen Gefahren bedroht wurde, lag der Glaube an unsichtbare, bedrohliche Mächte nicht fern.

Am Ende dieses Buches gibt Lucas Herr den fünf Reisenden einen neuen Auftrag: Sie sollen nach Venedig reiten, der großen Handelsstadt der mittelalterlichen Welt, und versuchen, das Rätsel um die gefälschten Goldmünzen zu lösen. Die Geschichte dieser Ermittlung, *Schatzwächter,* wird das nächste Buch in der Reihe *Order of Darkness* sein.

Bestsellerautorin Philippa Gregory für junge Leser

Philippa Gregory
Order of Darkness – Schicksalstochter
Band 0166

Philippa Gregory
Order of Darkness – Sturmbringer
Band 0175

Philippa Gregory
Order of Darkness – Schatzwächter
Band 0176

Das gesamte Programm gibt es unter
www.fischerverlage.de

fi 666 085 / 1